Liebe Nina,

Hoffentlich rührt dich das Ende der Reihe so wie es mich gerührt hat.

Gruß & Kuss

Caroline Krieger

Mit Herz und Huf

Neue Chance

tredition

Umschlag, Illustration: Annika Schüttler,
Woodlice Designs, www.woodlice.de
Lektorat, Korrektorat: F. Schneider,
Wortspatz Korrektur

Druck und Distribution im Auftrag der Autorin:
tredition GmbH, Halenreie 40-44, 22359 Hamburg, Deutschland

ISBN
Paperback ISBN: 978-3-384-31598-4
e-Book ASIN: B0D9R5R9YW

Krönender Abschluss

Das ist nun wirklich der allerletzte Teil der "Mit Herz und Huf" Reihe.
Mir war es wichtig, dass auch Ryan seine Geschichte bekommt.

Vielen Dank an euch Leser für euren Support.
Viel Spaß bei der letzten Rückkehr auf die Shamrock Ranch.

Kapitel 1

„Guck nicht so zerknirscht, Ryan", vernahm ich die Stimme meiner Cousine Emma, die mich aufmunternd anstupste. Immer noch ließ ich die Braut nicht aus den Augen, die lachend über die Tanzfläche schwebte. Marie sah wunderschön aus in dem rosafarbenen Kleid. Glücklich lächelte sie ihren Ehemann Mike an. Mein Kiefer spannte sich an.

„Ich hätte das sein sollen", brummte ich missmutig. In einem Zug trank ich mein Bier aus.

„Aber Marie wollte nicht. Du musst das nun mal akzeptierten, dass dir nicht alle Frauen zu Füßen liegen."

Ich dachte zurück an unsere erste Begegnung am Flughafen. Wie sie dort gestanden hatte, vollbepackt. Dann hatte sie auch noch direkt neben mir gesessen und den ganzen Flug über hatte ich mich mit ihr unterhalten. Auch wenn ich nicht wusste, ob wir uns nochmal wiedersehen würden, hatte ich auf eine Nachricht von ihr gewartet. Doch nichts war gekommen. Schon wenige Begegnungen später war mir klar gewesen, dass es an dem neuen Typen lag, den Jake gleichzeitig mit ihr eingestellt hatte. Wenn Blicke hätten töten können, wäre ich nach unserer ersten Begegnung bereits auf dem Friedhof gelandet. Auch heute noch traute er mir nicht über den Weg. Ich konnte es ihm nicht verübeln. Jede Chance, die sich mir bot, nutzte ich, um sie umzustimmen. Ein blaues Auge hatte ich mir dabei schon eingefangen. Sanft legte sich eine Hand auf meine Schulter und ich drehte mich um. Jessica stand hinter mir und lächelte mich kokett an. So wie es aussah, waren wir die einzigen Singles auf dieser Veranstaltung.

„Willst du tanzen?“, fragte sie, wobei sie noch ein wenig näher an mich heranrutschte.

„Keine Lust“, murrte ich. Ich setzte mein Lächeln auf und schlängelte mich durch die Gäste zur Theke durch. Taylor, mein ehemals bester Freund, stand dort und unterhielt sich mit seiner Schwester Sophie, die ihren Sohn Oliver Jacob auf dem Arm hielt.

„Kann ich noch ein Bier haben, bitte?“, fragte ich die Bedienung. Dabei spürte ich die Blicke der Geschwister auf mir. „Ist was?“

„Du liebst doch Partys, wieso das lange Gesicht?“, wollte Sophie wissen. Taylor lachte wissend.

„Den Gesichtsausdruck kenne ich nur zu gut“, neckte er. Ich verdrehte genervt die Augen.

„Will mich heute jeder darauf ansprechen? Ich freue mich für die beiden. Wirklich, aber ich darf mir doch ein bisschen wünschen, dass ich der Mann an ihrer Seite gewesen wäre, oder?“

„Darfst du. Aber sag das deinem Gesicht auch, dass du dich freust“, schimpfte Taylor.

Dringend brauchte ich frische Luft. Mit dem Bier in der Hand ging ich durch die Tür Richtung

Stall. Ein Geräusch aus der Stallgasse erregte meine Aufmerksamkeit. Zu meinem Erstaunen fand ich Jake, der bei seinem Pferd Buck stand.

„Hey, Jake. Wieso bist du nicht drinnen?“, fragte ich. Ertappt drehte er sich um.

„Du weißt doch, dass ich so viele Menschen nicht mehr vertrage. Und was treibt dich nach draußen? Das gebrochene Herz?“

„Gebrochen ist ein bisschen übertrieben. Angekratztes Ego trifft es eher.“

Er legte mir die Hand auf die Schulter.

„Spring über deinen Schatten. Ihr beide hattet nie eine Chance.“

Wo er recht hatte, hatte er recht.

„Ich weiß. Sollen wir zurück rein? Ich muss noch mit der Braut tanzen.“ Langsam folgte er mir, auf seinen Gehstock gestützt, zurück zu der feiernden Gesellschaft. Die Stimmung war ausgelassen. Marie saß bei Sophie am Tisch, die Oliver stillte. Sobald ich sie zum Tanzen aufgefordert hatte, bemerkte ich Mikes Blick auf mir. Ich zog sie ein Stück näher an mich heran, damit auch nur sie hörte, was ich ihr sagen wollte.

„Du bist wunderschön, weißt du das?“, murmelte ich in ihr Ohr. Sofort versteifte sie sich.

„Ryan …“, sagte sie leise.

„Nein, nicht so, Marie. Als Freund darf ich dir das doch sagen, oder? Ich habe dir das zwar schon versprochen, aber hiermit verspreche ich dir nochmals hoch und heilig, dass ich nur dein

Kumpel sein will, mehr nicht“, schwor ich und hob dabei zwei Finger in die Luft.

Ihr bezauberndes Lachen zauberte auch mir ein ehrliches Lächeln aufs Gesicht.

„Weißt du, Ryan, irgendwann findest du die perfekte Frau für dich. Und das bin nicht ich.“

„Wenn du das sagst, dann glaube ich dir das auch. Ich wünsche euch wirklich alles Gute. Von ganzem Herzen.“ Und das meinte ich ernst. Wenn es einer verdient hatte, dann Marie. Sie hatte so viel mitgemacht. Ich entließ sie in den nächsten Tanz mit ihrem Bruder und entschloss mich, den Abend zu genießen. Beschwingt suchte ich mir mein nächstes Tanzopfer und erblickte Mikes Schwester Darlene.

„Wo ist denn der Doktor?“ Auffordernd reichte ich ihr die Hand. Misstrauisch musterte sie mich.

„Notfall. Du willst mit mir tanzen? Sonst keine Opfer unterwegs?“ Darlene war genauso bissig wie ihr Bruder.

„Wenn du nicht willst, dann frage ich eben jemand anderes. Dachte, du hast nur keine Lust mehr, allein hier zu stehen.“ Kaum hatte ich mich rumgedreht, hörte ich sie seufzen.

„Na gut. Aber nur ein Tanz!“

Grinsend zog ich sie zu dem schnellen Lied auf die Tanzfläche und wirbelte sie herum. Nun kamen mir meine Tanzkünste ganz gelegen. Bis tief in die Nacht verließ ich die Menge nur, um mir etwas Neues zu trinken zu besorgen.

Mit dickem Kopf erwachte ich in meinem Bett. Allein. Ein seltenes Phänomen. Ein Blick auf den Wecker genügte, dass ich mich aus den Laken schwang. Ich wollte keinen Streit mit meinem Vater provozieren. Zum Frühstück reichte mir ein schnelles Brot in der Küche, bevor ich in den Stall ging. „Ach, sind wir auch mal wach?“, meckerte Dad sofort. Ich war ihm nie genug. Egal was ich machte, er hatte immer etwas auszusetzen.

„Ich bin doch früh genug, oder? Ich werde mit Zeus trainieren gehen, wenn es dir recht ist …“ Schon wollte ich mich auf den Weg zu dem kräftigen Fuchshengst machen, doch mein Vater hielt mich auf.

„Das muss warten. Fahr bitte auf die Black Ranch, schau was repariert werden muss und dann kümmerst du dich bitte drum, dass es schnell geschieht. Ich habe einen Pächter für die Farm.“

„Wen?“, fragte ich neugierig.

„Sie kommt, sobald es fertig ist. Also hoffentlich so schnell wie möglich.“

„Ich kümmere mich drum“, meinte ich kurz angebunden.

„Danke.“

Um keine Zeit zu verlieren, stieg ich in meinen Mercedes und fuhr mit durchdrehenden Reifen vom Hof. Da durfte ich mir gleich noch etwas zu anhören.

Der Weg zur Black Ranch führte an der Shamrock Ranch vorbei, wo reges Treiben herrschte. Ich entschloss mich zu einem kurzen Besuch.

„Ryan, was treibt dich hierher?“, fragte Jake, der dem ganzen Rummel von seiner Veranda aus zuschaute.

„Ich wollte sehen, was hier los ist. Braucht ihr noch Hilfe?“

Gerade verließ Marie vollbeladen mit Tischdecken die Scheune.

„Die haben alles soweit im Griff. Wohin bist du denn unterwegs?“

„Dad hat Pächter für die Black Ranch. Ich soll schauen, was da gemacht werden muss, aber ganz ehrlich? Da ist alles kaputt.“

„Du kennst doch Bob. So wenig wie möglich investieren. Frag doch Keith, ob er dir mehr sagen kann.“

„Wenn ich da war, mache ich das. Erstmal schauen. Ich erinnere mich an meinen letzten Besuch dort, als wir die Pferde rausgeholt haben. Wenn der Chef das will, dann fahr ich da mal jetzt hin. Außerdem bin ich gespannt, wer die Bruchbude pachten möchte.“

„Eigentlich ist es eine tolle Ranch, mit der richtigen Pflege. Informier mich doch, wer die neuen Nachbarn sind, damit ich weiß, wenn wir an unserer Grenze treffen. Sitz ja auch wieder im Sattel.“

Ungläubig sah ich Jake an.

„Das ist ja wunderbar. Wie kam es?“

„Marie. Es war großartig. Jeden Tag kann ich es nicht machen, aber ab und zu mal raus ist herrlich. Buck genießt es auch sehr."

„Man sieht dir an, dass es dir guttut. So, ich fahr dann mal weiter. Wenn Dad mitbekommt, dass ich noch nicht da bin, macht er mich einen Kopf kürzer", scherzte ich. Dann drehte ich mich um.

„Er ist sehr stolz auf dich, weißt du das? Außerdem ist er froh, dass du hier bist."

Ich stoppte, bevor ich über meine Schulter schaute.

„Wenn er es jetzt noch mir sagen würde, würde ich mich besser fühlen", gab ich ehrlich zu, ehe ich in meinen Wagen stieg. Jake schaute mir noch nach, als ich den Weg zur Straße fuhr.

Die Zufahrt zur Ranch war zugewachsen. Dort würde ich meinen SUV mit Sicherheit nicht durchzwängen. Ich parkte also davor und ging die letzten Meter zu Fuß. Das Gestrüpp wurde immer dichter. Zum Schluss blieb nur ein schmaler Trampelpfad, bevor ich die Ranch erreichte.

Das Scheunentor hing schief in den Angeln, ein paar Scheiben im Wohngebäude waren zerbrochen und auch das Dach hatte seine besten Zeiten hinter sich. Ich schloss die Haustür auf und entdeckte das Chaos, dass hinterlassen wurde. Durch die defekten Fenster war einiges kaputtgegangen, aber zum Glück schienen sich keine Tiere eingenistet zu haben. Um alles zu dokumentieren, schoss ich einige Fotos und machte mir Notizen. Im Obergeschoss sah es noch gut aus. Nun waren die Stallungen dran. Hier herrschte Chaos. Je mehr ich sah, desto mehr war ich mir sicher, dass Abreißen und Neubauen günstiger war. Aber das war nicht meine Entscheidung. Ein Knurren ließ mich erstarren. Langsam drehte ich mich um. In der dunkelsten Ecke der Scheune stand eine verwahrloste Hündin, die beschützend vor einem Wurf Welpen stand. Also müsste ein weiterer Hund hier sein. Meine Nackenhaare stellten sich auf. Behutsam ging ich hinaus und wählte dabei die Telefonnummer unseres Tierarztes. „Hallo, Steve. Hast du Zeit?", fragte ich ruhig, dabei beobachtete ich weiter die Hündin.

„Natürlich, ist etwas nicht in Ordnung mit den Pferden?"

„Ich bin auf der Black Ranch. Hier ist eine Hündin mit Welpen. Sie ist sehr aggressiv."

„Auf der Black Ranch? Wo wir die Pferde abgeholt haben?"

„Ja, genau. Soll ich hier warten?"

„Das wäre gut. Lass sie nicht aus den Augen. Wenn sie die Welpen versteckt, finden wir sie so schnell nicht."

Schon legte er auf und ich wartete in sicherer Entfernung. Bei jedem Geräusch drehte ich mich um. Lautes Rascheln kündigte Steve an, der sich mit seinem Arztkoffer und einem Blasrohr durch das Dickicht kämpfte.

„Die Natur erobert sich zurück, was sie verloren hat. Letztes Mal kamen wir noch mit dem Auto durch. Wo ist sie?"

„Dort in der Scheune. Wir liefern uns einen Wettkampf, wer zuerst wegschaut."

In aller Seelenruhe schraubte er sein Blasrohr zusammen, zog eine Spritze mit Beruhigungsmittel auf und platzierte den Pfeil im Rohr.

„Es wird ein paar Minuten dauern, bis das Mittel wirkt. Wir müssen dann schnell sein."

Ich nickte nur. Routiniert visierte er die Hündin an und wartete den passenden Moment ab. Leise flog der Pfeil los und landete im rechten Oberschenkel. Jaulend versuchte sie den Fremdkörper rauszuziehen, doch dieser hatte die Flüssigkeit bereits abgegeben. Nun warteten wir. In der Zwischenzeit sah ich mich genauer in dem Stall um. Transportkäfige standen verwaist in einer Ecke und ich musste an die letzten Tiere denken, die wir hier rausgeholt hatten. Die einsame Ranch war oft als Zwischenstopp für illegale Tiertransporte genutzt worden. Das wäre mit einem neuen Pächter hoffentlich vorbei.

„Jetzt können wir sie verladen. Ich habe mit Marie gesprochen, sie würden sie aufnehmen, wenn sie sich mit Daisy und Rocky verträgt."

„Da sind sie gut aufgehoben. Hast du eine Kiste dabei, oder müssen wir eine dieser schrecklichen Käfige nutzen?", fragte ich. Steve beäugte diese mit genauso viel Argwohn wie ich.

„Ich habe alles dabei. Nimm du dir die Welpen, ich trage die Mama ins Auto." Die kleinen Hunde waren erst drei Wochen alt. Vorsichtig, nahm ich die ersten drei auf den Arm. Steve legte gerade die schlafende Hündin in eine Transportbox, als ich ihm die aufgeweckten Welpen anreichte. Fehlten nur noch zwei. Wir kämpften uns zurück durch das Dickicht. Kaum betrat ich die Scheune, hörte ich ein erneutes Knurren. Den großen schwarzen Rüden erblickte ich sofort.

„Steve? Hast du noch so ´n Pfeil?", rief ich, ohne den Hund aus den Augen zu lassen. Seine Schritte knirschten auf dem verdreckten Boden.

„Ich bin immer auf alles vorbereitet", sagte er leise und legte sofort das Blasrohr an. Ehe er abschießen konnte, rannte der Hund davon.

„Scheiße. Und nun?", fragte ich.

„Bringen wir die Hunde erstmal weg und ich komme mit Fallen zurück. Das bringt jetzt nichts."

Jeder von uns hob einen der quirligen Welpen hoch und setzte sie zurück zu ihrer Mama. Friedlich schlummerte sie in der abgedunkelten Transportbox. Damit war die Arbeit für mich hier getan. Ich folgte also dem weißen Transporter von Steve zurück auf die Shamrock Ranch. Marie wartete schon auf uns am Stall.

„Hey, habt ihr alle bekommen?", fragte sie, als sie sich neugierig dem Transporter näherte.

„Da war noch ein Hund, aber der ist abgehauen. Steve will ihn mit Fallen bekommen. Seid ihr nicht in den Flitterwochen?"

Ein Lächeln breitete sich in ihrem hübschen Gesicht aus.

„Wir fahren in einer Stunde los. Unser Flug hat sich verschoben. Taylor war schon so fleißig und hat eine Box dichtgemacht. Dort kann sie sich in Ruhe an alles gewöhnen. Wenn ich wieder da bin, kümmere ich mich intensiv um sie."

„Dann wünsche ich euch einen schönen Urlaub. Bringt mir was Schönes mit", scherzte ich. Sie knuffte mich in die Seite. Steve öffnete die Türen.

„Sind die niedlich", schwärmte Marie. Gemeinsam mit Steve trug ich die Kiste in den Stall. Taylor wartete an einer Box. Den oberen Teil hatte er provisorisch mit Draht gesichert.

„Was hast du auf der Black Ranch gemacht?", fragte Taylor. Dabei öffnete er uns die Tür.

„Dad hat einen neuen Pächter und da muss ein wenig repariert werden."

Taylor lachte.

„Ein wenig? Dann bin ich ja mal auf die neuen Nachbarn gespannt. Weißt du, wer es ist?"

Ich schüttelte den Kopf.

„Marie, wir müssen los!", rief Mike. Sofort fixierte er mich. Stand ich zu nah an seiner Frau?

„Ich komme direkt. Mach dir um die Welpen keine Sorgen. Emma kümmert sich so lange um sie. Wir sehen uns in zwei Wochen", sagte Marie fröhlich, zog Mike an ihrer Hand nach draußen und winkte uns noch über die Schulter zu. Verträumt starrte ich ihr nach, bis Taylor mich anschubste.

„Der Zug ist definitiv abgefahren, Kumpel. So kenn ich dich gar nicht. Sogar zur Hochzeit bist du ohne Begleitung aufgetaucht. Und auch allein nach Hause."

„Man glaubt es kaum, aber auch ich werde erwachsen und sehne mich nach jemandem, der zu Hause auf mich wartet." Ehrlich, aber wahr. Mein ehemaliger bester Freund musterte mich, schloss dann die Boxen-Tür. Die Hündin regte sich langsam wieder. Ich wollte gerade dazu ansetzen, etwas zu ihm zu sagen, da legte er mir die Hand auf die Schulter.

„Wenn du Bock hast, komm doch heute Abend auf ein Bier vorbei. Wie in alten Zeiten", sagte er. Sprachlos sah ich ihn an. Dann nickte ich.

Kapitel 2

Zwar hatte ich meinen Dad schon unterwegs informiert, dennoch wartete er bereits am Stalltor auf mich.

„Das hat ja Ewigkeiten gedauert. Und was passiert jetzt mit dem anderen Tier?“, fragte er grummelnd.

„Steve kümmert sich darum. Er denkt, in ein paar Tagen hat er den Hund gefangen. Oder er ist nun weg. Wir können also trotzdem starten. Zuerst würde ich mal den Weg freischneiden. Hat der neue Pächter sich da nicht umgeschaut?“

„Tatsächlich nein. Sie will so schnell wie möglich einziehen.“

Sie? Eine Frau, allein auf der Ranch im Niemandsland? Aber bevor ich dazu etwas sagen konnte, tippte er bereits eine Nachricht in sein Telefon.

„Chef!“, rief einer der neuen Mitarbeiter, deren Namen ich mir nie merken konnte. Momentan war es schwierig, neue Mitarbeiter zu finden, die länger als zwei Monate bei uns blieben.

„Was gibt es?“, raunte mein Vater ihn an.

„Thor macht schon wieder Probleme“, nuschelte er verlegen.

„Ich mach das. Dann kannst du dich darum kümmern, dass jemand auf die Ranch fährt“, sagte ich, dann folgte ich bereits dem Arbeiter in den

Stall. Das laute Trommeln vernahm ich sofort. Diese Blutlinie brachte nur schwierige Pferde hervor. Sein Halbbruder Loki befand sich bereits bei Jake auf der Shamrock Ranch. Seitdem Marie sich seiner angenommen hatte, war er lammfromm. Zumindest, so lange sie in der Nähe war.

„Er ist nicht ausgelastet. Ich fange morgen wieder mit dem Training an. Kannst du ihn longieren?"

Der junge Mann war gerade Anfang 20 und ich konnte ihm ansehen, dass seine Knie schlotterten. Zögerlich nickte er. „Hast du schon mal ein Pferd longiert?", fragte ich ihn.

„Das Pony meiner Schwester, aber ich bin mir unsicher, ob …"

Ich unterdrückte den Drang, genervt zu stöhnen. Wir hatten alle mal angefangen. Die einen früher, die anderen später.

„Ich zeige es dir. Kannst du mir bitte seine Trense und die Longe aus der Sattelkammer bringen?", bat ich ihn. Ein Lächeln stahl sich auf sein Gesicht, als er davoneilte. Ich öffnete die Box von Thor und legte ihm sein Halfter an. Viel zu putzen gab es bei ihm nicht. Immer wieder sagte ich meinem Vater, dass Thor die Weide brauchte, aber er hatte Angst, das teure Pferd könnte sich verletzen. Erleichtert schnaubte der Hengst. Er wusste, dass er nun endlich Bewegung bekam. Marc, so hieß der junge Stallbursche, wartete mit respektvollem Abstand in der Stallgasse.

„Thor ist eigentlich sehr brav. Man muss ihm nur zeigen, dass man keine Angst vor ihm hat. Das nutzt er sonst gerne aus. Hat man sein Vertrauen, macht er alles für einen.“ Zögerlich trat er näher und ich drückte ihm einen Striegel in die Hand. Nach wenigen Striegelstrichen gewann er an Sicherheit und Thor schnaubte entspannt.

„Ryan, kommst du bitte?“, rief mein Vater durch die Stallgasse. Seufzend legte ich die Bürste an die Seite und ging schnellen Schrittes auf den Hof, wo ich das fremde Auto sofort erblickte. Definitiv aus der Stadt. Mit so einem Wagen kam man hier draußen nur im Sommer zurecht. Mein Vater winkte mich heran. „Das ist mein Sohn Ryan. Ryan, die neue Pächterin der Black Ranch, Kayla.“ Mir verschlug es den Atem. Dunkelblondes Haar, grüne Augen und Sommersprossen verschönerten das hübsche Gesicht. Das Lächeln wirkte gequält, dennoch atemberaubend.

„Freut mich, dich kennenzulernen. Ich habe mich heute schon auf der Farm umgeschaut.“

„Es ist wichtig, dass wir so schnell wie möglich einziehen können. Wie lange wird es ungefähr dauern?“ Ihre Stimme zitterte leicht.

„Ich habe schon Handwerker angefordert. Morgen geht es sofort los. Und mit Wir meinst du…“ Ich ließ die Frage absichtlich offen.

„Meine Tochter Sadie und ich. Sie schläft im Wagen. Die lange Fahrt hat sie müde gemacht. Können wir schon die ersten Sachen hinbringen?“

Dad sah mich an, jedoch schüttelte ich den Kopf.

„Es sind Fenster beschädigt und auch am Dach müssen Reparaturen durchgeführt werden. Es wird dauern, bis …"

Enttäuschung machte sich in ihrem Gesicht breit.

„Wir können nicht zurück. Gibt es hier eine günstige Pension oder ähnliches? Damit wir die Zeit überbrücken können, bis wir einziehen können."

„Wir bekommen mit Sicherheit etwas organisiert Kayla. Mach dir keine Sorgen. Ryan macht sich sofort auf die Suche."

Lange brauchte ich nicht überlegen. Die einzigen mietbaren Unterkünfte in der Nähe, befanden sich auf der Shamrock Ranch, also griff ich zum Telefon.

„Hallo, Jake, Ryan hier. Zwei Fragen: Ist Keith noch da und habt ihr noch eine Hütte frei?"

„Auf beides kann ich mit Ja antworten. Keith kümmert sich darum, dass Marie und Mike nach den Flitterwochen einziehen können. Wieso?"

„Bis die Black Ranch wieder nutzbar ist, bräuchte die Pächterin eine Unterkunft. Wir kommen dann sofort."

„Kein Problem. Bis gleich."

Kayla stand an ihrem Auto und schaute nach ihrer schlafenden Tochter. Im Vorbeigehen schätzte ich sie auf 7 oder 8 Jahre.

„Jake hat noch Platz. Er ist euer neuer Nachbar und bietet Touristenführungen zu Pferd an. Euch wird es dort gefallen."

„Beeil dich, wir haben viel zu tun", scheuchte mein Vater mich. Schon saß ich wieder in meinem SUV. Das Gefühl eines Déjà-vus kam in mir auf, als ich zum zweiten Mal an diesem Tag zur Shamrock Ranch fuhr. Der graue Wagen von Kayla folgte mir. Auf der Ranch war es nun bedeutend ruhiger, nachdem Maries Familie gemeinsam mit dem frischgebackenen Ehepaar zum Flughafen gefahren war. Jake saß mit Taylor, Emma und Keith am Tisch und aßen zu Abend. Mir war gar nicht bewusst gewesen, dass wir es schon so spät hatten. Kayla parkte ihr Auto und schloss sofort zu mir auf, nachdem ich auch ausgestiegen war. Sie wirkte erschöpft und gleichzeitig nervös. Doch Jakes Lächeln erreichte sie sofort.

„Willkommen auf der Shamrock Ranch. Wir haben gerade ein paar Steaks auf den Grill geschmissen, wenn du mitessen möchtest", bot er sofort an.

„Sadie ist ziemlich müde und möchte bestimmt …"

„Mama?" Das Mädchen mit den blonden Löckchen umfasste die Hand ihrer Mutter und schaute verschlafen zu ihr auf.

„Sadie, Spatz. Gleich kannst du weiterschlafen …"

„Wohnen wir jetzt hier?"

„Erstmal könnt ihr hierbleiben. Emma zeigt euch, wo ihr schlafen könnt." Sofort erhob sich meine Cousine und kam freundlich auf uns zu. Zur Begrüßung gab sie mir einen Kuss auf die Wange.

„Schön dich zu sehen, Cousin. Dann kommt, soll ich euch etwas abnehmen? Ich habe Hütte drei vorbereitet. Da gibt es leider nur ein Bett. Morgen können wir eine andere bereitstellen."

„Das ist kein Problem, wir können in einem Bett schlafen. Wir möchten euch nicht unnötig belästigen. Wir hätten unsere Ankunft vorher ankündigen sollen."

„Jetzt kommt erstmal mit, alles weitere schauen wir morgen."

Ich schaute den beiden Frauen und Sadie nach, ehe ich mich neben Taylor auf die Bank setzte.

„Sie wohnt dann allein auf der Ranch?" Besorgnis schwang in seiner Stimme mit.

„Ja. Das wusste ich auch nicht. Auch nicht, dass sie heute kommt. Dad war auch überrascht. Wo wir bei meinem zweiten Grund sind, hier herzukommen. Keith, wie sieht eure Auftragslage aus? Wir bräuchten alle Hände auf dem Grundstück, damit die beiden einziehen können."

„Eigentlich bin ich hier stark eingespannt. Ich habe nur zwei Wochen Zeit, bis die Turteltauben zurückkehren. Sophie ist jetzt schon genervt, wenn ich spät nach Hause komme."

Leise seufzte ich. Fest hatte ich mit dem Handwerker gerechnet.

„Die zwei brauchen ein Zuhause, Keith. Ich denke, meine Schwester wird es verkraften können. Kann ich auch irgendwo mit anpacken? So lange die beiden nicht da sind, haben wir auch keine Feriengäste und es ist ein bisschen ruhiger."

„Das erklärst du ihr. Okay, dann fangen wir morgen direkt an. Ich kläre das noch mit Thomas. Wir brauchen mit Sicherheit ein bisschen mehr Manpower."

„Ein bisschen ist gut", murmelte ich und zeigte ihnen dann die Fotos. Sofort sprang Keith auf, holte ein Blatt Papier mit Stift und machte sich Notizen.

Emma kam ohne Kayla zurück.

„Sie möchten sich ausruhen. Verständlich nach acht Stunden Autofahrt."

Auch sie schaute sich die Fotos an. „Viel Arbeit."

Wir vertieften uns in weitere Gespräche und wurden von dem Gebell der beiden Hunde Rocky und Daisy unterbrochen.

„Der Hunger war doch größer als gedacht. Können wir uns dazusetzen?", fragte sie mit einem sanften Lächeln und Emma rutschte sofort rüber.

„Natürlich. Wir haben genug. Noch etwas trinken?", fragte Emma. Sie sprang schon auf. Auch ich erhob mich.

„Ich muss wieder los. Es gibt einiges zu organisieren. Wir sehen uns morgen."

Zum Abschied klopfte ich Jake auf die Schulter, streichelte die Hunde und stieg dann in meinen Mercedes. Kayla lief mir hinterher.

„Danke, Ryan, dass du dich um alles kümmerst. Wir haben wahrscheinlich einige Probleme verursacht."

Ich winkte ab. „Nichts, was sich nicht regeln lässt. Wir beeilen uns, damit ihr in euer neues Zuhause ziehen könnt. Ich komme euch morgen früh abholen, mit deinem Auto wirst du nicht bis zur Ranch kommen."

„Sollte ich über ein neues Auto nachdenken?"

„Über Kurz oder Lang auf jeden Fall. So lange biete ich mich als euer Fahrer an", meinte ich mit einem Augenzwinkern. Was war nur los mit mir?

„Ehrlich, danke. Es ist nicht selbstverständlich."

„Hier auf dem Land kümmert man sich um seine Nachbarn. Bis morgen, Kayla."

Mein Dad wartete schon ungeduldig auf mich. Neben ihm stand Marc mit Thor am Halfter. Marc schaute verängstigt drein. „Wo warst du so lange?", fuhr Dad mich an.

„Ich habe mit Keith und Taylor besprochen, wo wir morgen anfangen."

Ohne ein weiteres Wort schnappte ich mir den Hengst und ging in Begleitung von Marc auf den Reitplatz hinter den Stallungen.

„Ich wollte nicht allein anfangen, aus Angst, etwas falsch zu machen", stammelte er. Ich lächelte ihm aufmunternd zu.

„Alles gut. Zeig mir doch, wie du es machen würdest, und ich korrigiere dich, wenn es sein muss."

Ihm schlotterten sichtlich die Knie. Dennoch ließ ich ihn allein und setzte mich auf den Zaun des Platzes. Thor bemerkte seine Unsicherheit und versuchte den großen Macker zu markieren, doch Marc fing meinen prüfenden Blick auf und straffte die Schultern. Er gab dem Hengst mehr Raum und im langsamen Schritt trottete dieser um den jungen Mann herum. Erst als der Fuchs warm war, ließ Marc ihn antraben.

„Er macht das besser, als ich gedacht habe", bemerkte Dad, der unbemerkt an mich herangetreten war.

„Man muss ihm nur eine Chance geben."

„Tut mir leid, dass ich dich eben so angefahren habe. Es war nicht geplant, dass die Pächterin schon kommt."

„Wusstest du, dass sie allein auf die Ranch zieht?"

„Nicht so richtig."

Wir schwiegen und beobachteten, wie der Hengst weiter seine Runden drehte.

„Ich fahre morgen früh mit auf die Ranch. Taylor will auch mit anpacken, damit die beiden schnell einziehen können."

„Das ist eine gute Idee. Wird Thomas noch Leute schicken?"

„Keith fragt das nach, aber ich bin mir sicher. Hab eben versucht ihn zu erreichen."

Weitere stille Minuten vergingen, bis mein Dad sich abwandte.

Mein schlechtes Gewissen regte sich. Da hatte er sich einmal entschuldigt und ich nahm diese Entschuldigung nicht an. Ein kurzer Blick zu Marc genügte, um zu sehen, dass er gut allein klarkam, und ich eilte meinem Vater hinterher.

„Dad, warte. Ich weiß, dass du viel Stress hast. Du brauchst dich dafür nicht entschuldigen."

„Doch, musste ich. Mir ist schon vor langer Zeit klar geworden, dass ich der Grund war, wieso du Kanada verlassen hast. Und momentan begehe ich denselben Fehler wie damals und jage dich hinaus."

„Du denkst, ich bleibe nicht hier?" Ich war wirklich überrascht.

„Na ja, du bist doch ein erfolgreicher Anwalt und die Kanzlei in Amsterdam …-"

„Ich kann von überall aus arbeiten, Dad. Aber ich weiß nicht, ob ich noch als Anwalt arbeiten will. Für eine Zeit war es okay. Meine Arbeit hat mir Spaß gemacht, aber hier bin ich zu Hause."

Ausgesprochen hatte ich dieses Gefühl noch niemandem gegenüber. Wem auch? Seit Taylor und ich keine besten Freunde mehr waren, hatte ich niemanden mehr an mich herangelassen. Mir wurde bewusst, wie sehr ich meinen Freund vermisste.

„Und dein Job?" Skeptisch beäugte er mich.

„Ich habe mich freistellen lassen und muss nur zum Abschluss noch einmal nach Amsterdam.

Dann breche ich dort meine Segel ab. Die Wohnung habe ich schon lange gekündigt. Dachte, du wüsstest das."

Tränen glitzerten in seinen Augen, die er jedoch schnell wegblinzelte. Niemals würde er Schwäche zeigen. Das einzige Mal, als ich ihn habe weinen sehen, war am Abend nach der Beerdigung meiner Mum gewesen. Erst als alle aus dem Haus waren und er sich sicher war, allein zu sein, hatte er seinen Gefühlen freien Lauf gelassen. Auch sonst konnten wir Parkers sehr gut mit Gefühlen umgehen. Eine ernsthafte Beziehung hatte ich noch nie. Längere Bettgeschichten, ja. Mich schreckte die Liebe ab. Erst Marie hatte mir gezeigt, dass ich tief in meinem Innersten genauso etwas haben wollte wie sie und ihr Typ. Oder wie Taylor und Emma. Die Paare um mich herum hatten überhandgenommen und ich fühlte mich plötzlich einsam. Erst das Räuspern meines Vaters durchbrach meine Gedanken.

„Das freut mich. Wenn du willst, kannst du dir auch das Gästehaus einrichten. Du möchtest doch bestimmt deine Privatsphäre haben. Emma wird das Gästehaus nun ja nicht mehr nutzen."

„Eine gute Idee, aber erst wenn die Black Ranch umgebaut ist. Ich schaue nach Thor."

Er nickte, Damit war unser Gespräch beendet.

Thor schnaubte gelassen, als Marc ihn zurück in den Stall brachte. „Er ist wirklich ein tolles Tier", lobte er den Fuchs, wobei er ihm den Hals tätschelte.

„Wenn du möchtest, darfst du dich gerne mehr um ihn kümmern. Jemanden zu haben, dem er vertraut, ist toll. Die meisten halten hier Abstand von ihm. Das macht ihn traurig und unberechenbar. Wenn ich nicht da bin, muss ich jemanden haben, der sich um ihn kümmern kann."

„Ich? Aber ich weiß nicht", stotterte er unsicher.

„Marc, du hast das sehr gut gemacht heute. Ich denke, dass wir hervorragend zusammenarbeiten können."

Ich warf einen Blick auf meine Uhr und dachte an Taylors Worte vom Vormittag. „Weißt du, was? Fang heute schon damit an. Ich habe noch etwas vor. Sein Futterplan hängt an der Tür und ich putz ihm gerade noch den Schweiß aus dem Fell. Wir sehen uns morgen auf dem Reitplatz. Ich möchte sehen, wie du dich im Sattel machst."

Marcs Gesicht wurde kalkweiß, aber ich winkte ihm nur zum Abschied. Zum dritten Mal an diesem Tage fuhr ich auf die Shamrock Ranch.

Kapitel 3

Wie erwartet, saßen alle außer Keith noch vor dem Haus. Überrascht schaute Taylor zu meinem Wagen. „Steht die Einladung zum Bier noch?“, fragte ich, ein bisschen verunsichert.

„Klar, greif zu“, sagte Taylor und nickte zur Kühlbox. Mit einem Zischen öffnete ich die Bierflasche und rutschte ihm gegenüber auf die Bank. Nun saß ich direkt neben Kayla.

„Hattest du wieder Streit mit deinem Vater?“, wollte Jake wissen. Oft war ein Ortswechsel nötig, wenn bei uns die Fetzen geflogen waren.

„Tatsächlich: nein. Wir hatten heute ein sehr offenes Gespräch. Und es tut mir leid, dir das sagen zu müssen, aber das Gästehaus gehört dir nicht mehr“, sagte ich mit einem Augenzwinkern zu Emma. Sie lächelte mich an.

„Wird ja auch Zeit, dass du auf eigenen Beinen stehst“, scherzte sie.

„Darf ich fragen, wie ihr zueinander steht? Also Emma und Taylor sind verheiratet, das weiß ich schon“, fragte Kayla.

„Emma ist meine Cousine und Bob mein Vater“, antwortete ich. Dabei nippte ich gelassen an meinem Bier.

„Und Keith?“

Nun antwortete Taylor. „Er ist mein Schwager und der Bruder von unserem Mitarbeiter Mike.

Der ist seit gestern mit Marie verheiratet und sitzt gerade im Flieger, hoffentlich." Er warf Emma einen fragenden Blick zu.

„Klar, alles lief nach Plan. Marie hat ein Foto in die Mädelsgruppe geschickt. Das nächste sieht hoffentlich sandiger aus." Emma zeigte das Selfie von Marie und Mike aus dem Flugzeug. Die beiden strahlten glücklich in die Kamera. Ich musste mich zusammenreißen, nicht die Augen zu verdrehen. Taylor schmunzelte.

„Sonst noch jemanden, den man kennen muss?"

„Steve, den Tierarzt, vielleicht. Er ist mit Mikes Schwester zusammen. Auf dem Land gibt es keine große Auswahl. Da wird jede hübsche, junge Dame sofort umschwärmt", entgegnete ich mit einem leichten Anflug von Sarkasmus.

„Überschaubar finde ich gut. Deswegen sind wir hier hergekommen. Vancouver war uns zu groß und zu schnell. Nach dem Tod von meinem Mann brauchten wir einen Tapetenwechsel." Ihre Tochter Sadie wirkte plötzlich sehr bedrückt. Der frühe Verlust eines Elternteils muss ein einschneidendes Erlebnis für ein so junges Kind sein. Emma konnte sich sehr gut in sie hineinversetzen. Auch ihr Vater, mein Onkel, war früh gestorben. Da sie noch nie Berührungsängste gehabt hatte, nahm sie sofort Sadies Hand. Schüchtern lächelte das Mädchen sie an.

„Du wirst es hier lieben. Es ist wunderbar. Bist du schon mal geritten?"

Sadie schüttelte den Kopf.

„Das ist überhaupt kein Problem. Marie bringt es so vielen Kindern bei, dann dir bestimmt auch. Und so lange sie nicht da ist, zeige ich dir, wie man mit den Minipferden umgeht“, bot Taylor an. Auch er hatte schon immer ein Händchen für Kinder gehabt. Emma fing meinen Blick auf und lief rosa an. Könnte es bei den beiden schon soweit sein?

„A propos Minipferde. Hat Steve sich Stella angeschaut, ob sie bald gedeckt werden kann? Wir sollten die nächste Rosse ausnutzen“, meinte Jake.

„Du willst ein Fohlen von Stella? Wer soll sie decken?“, fragte ich nach.

„Loki, wer sonst. Marie ist schon ganz aufgeregt, so oft wird man ja nicht Oma.“ Belustigt kicherte Emma, ich jedoch verdrehte die Augen. Frauen wurden bei Pferden immer so emotional. Es waren Arbeitstiere und keine eigenen Kinder.

„Ihr seid also Cowboys, ja?“ Ich spürte Kaylas Blick auf mir.

„Taylor ist der Cowboy“, antwortete ich mit einem Grinsen. Taylor lachte laut.

„Klar und was bist du dann?“

„Hast schon recht. Wann treten wir wieder gegeneinander an?“

„In fünf Wochen trete ich dir in den Arsch“, feixte Taylor.

„Die beiden führen schon Wettkämpfe gegeneinander, seitdem sie auf ihren Ponys saßen. Ewige Kindsköpfe“, klärte meine Cousine die verwirrte Kayla auf.

Den Rest des Abends verfolgte sie aufmerksam unseren Gesprächen. Es fühlte sich beinahe an wie damals. Nun fehlte nur noch Sophie, die hin und wieder einen bissigen Kommentar fallenließ. Jake zog sich irgendwann zurück und auch Emma ging müde ins Bett. Sadie war auf Kaylas Schoß eingeschlafen. Die Nacht war angenehm warm und die Sterne funkelten um die Wette. Wir schwiegen einige Zeit und nahmen die ruhige Umgebung um uns zur Kenntnis. Für uns war es Alltag, doch Kayla seufzte, als sie zum Himmel sah.

„Die Sterne sind so hell hier. In Vancouver sieht man sie kaum", murmelte sie.

„Es ist schon einige Zeit her, dass ich in Vancouver war, aber du hast recht. Mir fällt es nur kaum auf. Ich schaue selten nach oben", gab ich zu.

„Wieso?", fragte sie. Taylor verfolgte aufmerksam unser Gespräch. Ihre grünen Augen hatten mich gefangengenommen.

„Ich schaue lieber nach vorne."

Sie grinste. „Das glaube ich gerne."

Früher als üblich klingelte mein Wecker. Ich musste noch einiges vorbereiten und einladen, bevor ich zur Ranch fahren konnte. In meinen Lieblingsjeans und T-Shirt suchte ich das Werkzeug zusammen und verstaute alles in meinem SUV.

„Kann ich Ihnen helfen?“, hörte ich Marcs Stimme.

„Guten Morgen. Nein, ich denke, ich habe alles. Du kannst ruhig Ryan sagen.“

„Oh, okay. Dann Ryan. Soll ich mitfahren?“ Kurz überlegte ich. Ein paar mehr helfende Hände konnten nicht schaden. Jedoch würden wir die heute noch nicht brauchen.

„Heute nicht. Ich ruf dich aber an, dann kannst du Thor schon vorbereiten. Gegen Nachmittag müssen wir trainieren. Das nächste Turnier steht an.“

Nervös nickte er. Gedanklich hakte ich meine Checkliste ab und stieg in mein Auto. Wahrscheinlich war Taylor zwar noch bei der Fütterung, aber rumsitzen konnte ich hier auch nicht mehr.

Auf der Shamrock Ranch war noch alles ruhig, nur das Geräusch des Futterwagens verriet, dass schon jemand wach war. Taylor fütterte gerade die Pferde und ich klopfte gegen die Boxen-Tür von Fawkes, dem ruhigen Fuchswallach, der genüsslich seine Morgenration Hafer fraß.

„Du bist früh dran. Aber dann kannst du mir direkt dabei helfen, die Hündin zu füttern“, meinte Taylor. Dabei nickte er in Richtung der verriegelten Box. In einen Napf füllte er etwas Hundefutter und öffnete den Riegel. „Du musst an der Tür warten und mir sofort aufmachen. Sie geht einen direkt an.“ Er atmete noch einmal tief durch, bevor er durch den schmalen Spalt trat. Das

Knurren der Hündin war bedrohlich und ich wagte einen Blick hinein. Wieder stand sie schützend vor ihren Welpen, die noch tapsig durch die Box wanderten. Ohne zu zögern, ließ ich ihn wieder hinaus, bevor das Tier eine Chance ergriff nach Taylor zu schnappen.

„Ich finde, sie sieht schon friedlicher aus. Im Vergleich zu gestern." Mit einem Scherz versuchte ich die angespannte Stimmung aufzulockern.

„Ich bin gespannt, ob Marie das wirklich schafft. Ein bissiger Hund ist etwas anderes als ein verrücktes Pferd." Wie aufs Stichwort klopfte Loki, der Rapphengst, gegen die Boxen-Tür.

„Wenn jemand es schafft, dann Marie", schwärmte ich. Dafür fing ich mir einen Schlag gegen den Oberarm ein.

„Wieso Marie?", fragte Kayla.

Wir zuckten erschrocken zusammen.

„Sie hat diesen wilden Kerl hier gezähmt", antwortete ich schlicht darauf. Was passieren würde, wenn es nicht funktionierte, wusste ich nicht.

„Dann bin ich ja mal gespannt, wie sie ist. Höre ja sehr viel von ihr." Neugierig beobachtete sie uns.

„Sadie schläft noch?", fragte ich, während ich den Wagen durch die Stallgasse schob.

„Ja, Emma hat versprochen sich mit ihr um die Ponys zu kümmern. Da konnte ich nichts gegen machen."

„Ponys sind einfach die besten Argumente."

Die restlichen Pferde waren schnell versorgt und wir drei konnten nach einem schnellen Kaffee sofort aufbrechen. Kayla sah sich neugierig die Landschaft an. Als wir die Auffahrt zur Ranch fuhren, wurde sie unruhig.

„Warst du schon mal hier?", fragte Taylor.

„Nein", murmelte sie. Taylor warf mir einen Blick zu. Das war alles sehr merkwürdig. Ich parkte vor dem Gestrüpp, das uns den Weg versperrte, und stieg aus. Aus dem Kofferraum holte ich die Kettensäge, setzte uncool eine Schutzbrille auf und beseitigte das störende Geäst. Taylor lachte laut.

„Seit wann achtest du denn auf sowas?", wollte er wissen.

„Dieses hübsche Gesicht darf nichts entstellen."

Nun lachte Kayla. „Du bist so gar nicht von dir voreingenommen, oder?"

„Ryan? Niemals", neckte Taylor. Gemeinsam zogen wir den Baum an den Straßenrand und stiegen dann wieder ins Auto ein.

„O", sagte Kayla, als sie die verfallene Hütte sah.

„Es sieht schlimmer aus, als es ist", beruhigte ich sie.

Schweigend schauten wir uns um, dann entschloss ich mich in der Scheune nach dem streunenden Hund zu schauen. Doch keine Spur. Ich schickte Steve eine Nachricht, dass wir hier waren, damit er mit der Falle anrücken konnte.

„Keith ist auf dem Weg", meinte Taylor.

„Sehr gut. Ich würde sagen, dass wir anfangen auszuräumen“, schlug ich vor, während ich die Haustür aufschloss.

Kayla begutachtete die einzelnen Räume, strich über die noch vorhandenen Möbel und ging dann die Treppe hinauf.

„Ich glaube, sie hat es sich anders vorgestellt“, sagte Taylor und begutachtete das defekte Fenster.

„Wahrscheinlich. Aber das sollten wir hinbekommen. Die Möbel müssen alle raus. Die sind wirklich …-“

„Ekelhaft?“, beendete Kayla meinen Satz.

„Ja. Legen wir los!“, motivierte ich, während ich meine Ärmel hochkrempelte.

Zu dritt zerlegten wir die alten maroden Möbel. Keith rückte mit zwei Arbeitskollegen an und begann am Dach zu arbeiten, nachdem sie das Fenster notdürftig repariert hatten. Am Ende des Tages war der Erfolg sichtbar, dennoch gab es noch viel zu tun.

„Kayla, wir sollten über die Renovierung der Zimmer sprechen. Welche Farben schweben dir vor?“, fragte Keith. Er bat uns in den ersten Stock und wir blickten in die nun leergeräumten Schlafzimmer.

„Sadie würde sich über ein bisschen Farbe sehr freuen. Türkis ist momentan ihre Lieblingsfarbe. Ich frage sie aber sicherheitshalber noch einmal.

Mein Schlafzimmer kann so bleiben. Da bin ich pragmatisch eingestellt."

„Es ist kein Problem. Wir können auch gerne Farbmuster raussuchen und", begann ich, doch sie unterbrach mich mit einem Lächeln.

„Vielleicht irgendwann. Machen wir es weiß."

Keith nickte und schon stand ich mit ihr allein in ihrem zukünftigen Schlafzimmer. Sie seufzte und schaute aus dem Fenster auf den Hinterhof. Im angrenzenden Waldstück entdeckte ich den wilden Hund, der dem Treiben aus sicherer Entfernung zuschaute.

„Ist er gefährlich?", murmelte sie. Behutsam trat ich einen Schritt näher an sie heran. Sobald mein Atem ihr Gesicht streifte, stellten sich die kleinen Haare an ihren Armen auf. Sofort erkannte ich, dass sie die Luft anhielt. Machte ich sie etwa nervös?

„Ich denke nicht. Steve ist sich sicher, dass auch er sich schnell auf der Ranch eingewöhnen wird."

Meine Hand legte ich neben ihre auf die Fensterbank, nur wenige Millimeter von ihrer entfernt. Die Wärme, die ihr Körper ausstrahlte, war verlockend und ich wünschte mir, dass sie sich gegen mich lehnen würde. Schwere Schritte auf der Treppe unterbrachen unseren Moment. Kayla räusperte sich, drehte sich zu mir um und ich verlor mich in ihren grünen Augen. Kleine Fältchen hatten sich um ihre Augen gebildet und ihre Lippen standen ein wenig auf, sodass ich darüber nachdachte, wie sie sich wohl auf meinen anfühlen würden.

„Ryan, hier bist du. Ich habe die Falle dabei. Sollen wir sie aufstellen?“, hörte ich die Stimme des Tierarztes. Ich blinzelte, lächelte sie unschuldig an und drehte mich um.

„Ja, sollten wir. Hab mich schon gefragt, wo du bleibst. Steve, das ist die neue Pächterin Kayla.“ Die beiden schüttelten sich die Hände zur Begrüßung. Mir entging nicht Kaylas Blick über den gutaussehenden Tierarzt. Ein kleiner Funke Eifersucht regte sich in mir, doch ich lächelte ihn weg. Wir folgten Steve zurück nach unten, wo die große Tierfalle bereits auf der Veranda stand.

„Und damit wollt ihr ihn fangen?“ Kayla klang erschüttert.

„Das ist die humanste Möglichkeit. Er geht rein, wir versuchen ihn an uns zu gewöhnen und dann …-“

„Und was ist, wenn es nicht funktioniert?“ Berechtigte Frage. Steve und ich schauten uns an. Auf dem Land wurde das anders geregelt, aber ich wollte ihr das nicht sagen.

„Dann finden wir eine andere Lösung“, antworte Steve diplomatisch. Er grinste sie dabei so überzeugend an, dass sie es erwiderte. Wir platzierten die Box in der gleichen Ecke, wo die Hündin mit dem Nachwuchs gelegen hatte, und beendeten dann den Tag für heute auf der Black Ranch. Ich war immer noch verwirrt. Kayla brachte mich auf die Art durcheinander, wie auch

Marie schon zuvor es geschafft hatte, dass ich mich zum Affen machte. Noch unsicher, was es zu bedeuten hatte, versuchte ich so viel Abstand wie möglich zwischen uns zu bringen.

Auf direktem Weg fuhr ich Kayla und Taylor auf die Shamrock Ranch. Schon von unterwegs hatte ich Marc Bescheid gegeben, dass er bitte Thor vorbereiten sollte. Der Fuchs stand fertig geputzt auf dem Hof. Immer in der Nähe mein Vater, der alles mit Argusaugen beobachtete. Sofort kam er auf mich zu, als ich den Wagen verließ.

„Wie läuft es?", fragte ich ihn und nickte in Thors Richtung, der das ausgiebige Putzen von Marc sichtlich genoss.

„Sehr gut. Die beiden kommen gut klar. Und auf der Black Ranch?"

„Viel Arbeit. Wir haben erstmal die alten Möbel rausgeschmissen und Keith flickt das kaputte Dach. Steve hat die Hundefalle aufgestellt. Wir sind aber optimistisch, dass Kayla und Sadie Ende nächster Woche einziehen können." Ich schaute auf mein Telefon, um zu sehen, ob es Neuigkeiten gab, dann ging ich auf Thor zu.

„Sorry, aber er wollte zunächst nicht nach draußen, sonst wären wir schon fertig", murmelte Marc, während er die Hufe auskratzte.

„Das ist nicht schlimm. Ich ziehe mich gerade um, dann kannst du ihn satteln und falls ich noch nicht da sein sollte, schon mal auf dem Platz warmreiten."

Marcs Gesicht wurde kalkweiß.
„Ich … Ich …-“, stotterte er, doch ich ging auf das Haus zu.
Hatte Dad wirklich jemanden eingestellt, der noch nie auf einem Pferd gesessen hatte, oder war es nur Respekt vor Thor?

Kapitel 4

Es stellte sich heraus, dass Marc lediglich Angst vor Thor hatte. Im Sattel machte er gar keine so schlechte Figur, dennoch nahm ich mir vor, ihm noch ein bisschen Unterricht zu geben. Auch mein Vater war damit einverstanden. Alles unter einen Hut zu bringen, war schwieriger als gedacht. Bis zum frühen Nachmittag war ich auf der Black Ranch beschäftigt, danach forderte Thor meine Aufmerksamkeit und zwischendurch wollte auch mein Vater, dass ich ihn bei anderen Aufgaben unterstützte. Die Renovierungsarbeiten waren aufwendiger als gedacht. Keith fand immer wieder Stellen, die repariert werden mussten. Dennoch konnten wir schon bald mit den Verschönerungen beginnen. Zwei Wochen waren vergangen und an diesem Morgen holte ich Kayla und Sadie ab, um mit ihnen Farbe aussuchen zu fahren.

„Kommt Taylor heute nicht mit?“, fragte Kayla, als sie auf ihren üblichen Platz neben mir auf dem Beifahrersitz rutschte.

„Er muss Marie und Mike vom Flughafen abholen. Außerdem brauchen wir ihn hierbei nicht. Streichen kann ich noch allein.“

Sie lachte. Dabei beobachtete sie mich von der Seite.

„Das kann ich mir kaum vorstellen.“

„Wieso? Ich bin handwerklich sehr begabt, auch wenn man es mir nicht ansieht."

Ihr Lachen wurde lauter. Durch den Rückspiegel schaute ich zu Sadie, die neugierig die Landschaft erkundete.

„Sie war nur auf der Ranch. Emma hat sich gut um sie gekümmert", sagte Kayla.

„Das habe ich schon gehört. Du durftest auch auf den Ponys reiten, nicht wahr?"

Sadie nickte.

„Wir hatten nie viele Berührungspunkte mit Tieren. Die Nachbarskatze war ihr Highlight, wenn sie sich mal auf unser Grundstück verirrte." Kayla sprach nie viel über ihr altes Leben. Neugierig wartete ich ab, ob sie weitererzählen würde, aber wie immer schwieg sie. Vor dem Baumarkt parkte ich und öffnete dann Sadie die Tür. Gut gelaunt sprang sie hinaus und nahm wie selbstverständlich meine Hand. Kayla warf einen Blick auf die Szene und schmunzelte.

„Hast du dir schon eine Farbe ausgesucht?", fragte ich das Mädchen. Zur Antwort nickte sie. Zielstrebig gingen wir in die Abteilung für Farben. Ich war erschlagen von der riesigen Auswahl, doch Sadie fand sich schnell zurecht. Ein heller Türkiston sollte es sein. Wir ließen den Eimer anmischen. Während wir warteten, wanderte Kayla doch wieder zu den Farbkarten.

„Wäre es zu umständlich, vielleicht doch das Schlafzimmer zu streichen?"

„Natürlich nicht. Ob wir nun weiß oder eine andere Farbe streichen, ist doch egal. Such dir etwas aus. Ich gehe so lange mit Sadie eine Lampe auswählen, wenn du nichts dagegen hast“, schlug ich vor.

„Geht ihr beiden nur. Ich finde euch schon.“

Die vielen Gänge verwirrten mich, doch das Mädchen schien sich hier leichter orientierten zu können als ich. Schon standen wir bei den Lampen. Eine glitzernde Leuchte erregte ihre Aufmerksamkeit.

„Die ist toll. Aber Mama sagt bestimmt nein“, sagte sie bedrückt.

„Wieso sollte sie nein sagen? Außerdem darf ich auch immer noch etwas dazu sagen.“

„Magst du meine Mama?“, fragt sie völlig aus dem Nichts heraus.

„Wie meinst du das?“, versuchte ich abzulenken.

„Meine Mama mag dich. Sie redet jeden Tag von dir. Dann muss sie lächeln“, plapperte sie drauf los. Nun musste ich auch lächeln.

„Tatsächlich? Wir kennen uns ja noch nicht so lange.“ Ich schaute nach der Lampe und holte sie aus dem Regal.

„Wen kennst du noch nicht so lange?“ Kayla war schneller bei uns, als ich gedacht hatte.

„Dich. Habe gehört, du erzählst von mir“, neckte ich sie. Ihre Wangen färbten sich rosa.

„Ich erzähle Sadie nur, was wir geschafft haben auf der Ranch“, murmelte sie. Dabei wich sie meinem Blick aus.

„Mama schau, die Lampe bekomme ich“, rief Sadie stolz. Kayla runzelte die Stirn.

„Sadie, Schatz. Die ist bestimmt zu teuer. Wie wäre es denn mit der hier?“ Sie zeigte auf eine einfache Lampe. Sadie verzog das Gesicht und ich merkte, dass sie gleich wütend wurde.

„Ich habe ihr schon gesagt, dass ich die kaufe. Das ist überhaupt kein Problem.“

„Das geht nicht. Die Renovierung kostet schon so viel Geld, da kann sie sich nicht so eine teure Lampe aussuchen.“

Ich nahm sie ein Stück zur Seite.

„Ehrlich, Kayla. Wenn ich Sadie damit glücklich machen kann, dann gerne. Und über das Geld brauchst du dir überhaupt keine Gedanken machen, das habe ich dir schon mehrmals gesagt. Haben wir nun alles?“ Verlegen nickte sie. Sadie trug lächelnd ihre neue Lampe zur Kasse und ich bezahlte die Einkäufe. Auf dem Weg nach draußen machten wir noch eine Pause, um eine Kleinigkeit zu Mittag zu essen. Munter erzählte Sadie mir von ihren Tagen auf der Ranch. Sie war begeistert von den Pferden und durfte sogar auf Fawkes reiten, dem Lieblingspferd aller Gäste. Der ruhige Fuchs bestach mit seiner Gutmütigkeit. Auch Julia, die seit einiger Zeit auf der Shamrock Ranch ritt, nahm sie gerne mit und ließ sich von Sadie helfen.

„Und dann haben wir mit Taylor die Strohballen runtergeschubst und sind darauf gesprungen. Das war wirklich lustig. Aber in einer Box ist ein böser

Hund, sagt Julia. Gesehen habe ich den aber nicht. Ich bin zu klein und kann nicht drüber gucken."

„Da ist nicht nur ein Hund drinnen, sondern auch Welpen. Aber rein darfst du da nicht. Das ist viel zu gefährlich", erzählte ich ihr. Sie machte große Augen.

„Babyhunde? Wie süß." Alle Kinder liebten kleine Hunde, dennoch hatte ich Angst, dass das Mädchen allein die Box öffnete.

„Taylor hat ein Schloss dran gemacht, damit niemand einfach die Tür öffnen kann", beruhigte mich Kayla. Ich war tatsächlich erleichtert. Das Mädchen war mir ans Herz gewachsen.

Nachdem wir aufgegessen hatten, brachte ich Sadie zurück auf die Shamrock Ranch. Zeitgleich fuhr auch Taylors Jeep auf den Hof. Mein Magen verknotete sich. An Marie hatte ich die letzten Tage immer weniger gedacht. Sie jetzt zu sehen, löste eine Flutwelle an Emotionen aus.

„Ist alles in Ordnung?", fragte Kayla, die meine plötzliche Unruhe bemerkte.

„Ja natürlich. Sollen wir auf die Ranch? Wir haben ja noch einiges zu tun."

„Willst du nicht hallo sagen?"

Ich seufzte. Mir blieb wohl keine andere Wahl. Zu dritt stiegen wir aus. Marie öffnete gerade die hintere Tür und musterte uns. Immer wieder schaute sie zwischen mir und Kayla hin und her. Dann grinste sie.

„Du musst Marie sein. Hier wurde schon viel von dir erzählt." Kayla streckte die Hand aus und Marie nahm sie lächelnd.

„Und ich habe schon viel von dir gehört. Willkommen bei uns auf der Ranch. Was erzählt man denn so?", fragte Marie mit einem Augenzwinkern.

„Ach, so dies und das", wich Kayla einer Antwort aus. Mike stellte sich sofort neben seine Frau und legte eine Hand um ihre Taille.

„Wie war der Urlaub?", fragte ich. Beide waren braungebrannt.

„Herrlich. Aber auch ein bisschen langweilig. Ich kann es kaum erwarten, wieder auf dem Pferd zu sitzen", meinte Mike.

„Das glaube ich dir. Wir müssen auch los, oder, Kayla?", fragte ich sie, doch sie grinste mich nur an.

„Auf den einen Tag kommt es doch auch nicht mehr an."

„Dann aber morgen früh direkt", sagte ich bestimmt, aber ich merkte, wie meine Stimme ein wenig nervös zitterte.

„Komm doch zum Abendessen. Sophie, Keith und die anderen kommen auch. Urlaubsfotos angucken", lud Marie mich ein. Immer noch konnte sie den Blick nicht von uns beiden lassen.

„Ich hab´ noch ein bisschen zu tun. Vielleicht schaffe ich es nicht", versuchte ich aus der

Einladung rauszukommen. Ich fühlte mich gerade dem Ganzen nicht gewachsen.

„19 Uhr und keine Ausrede“, drängte Marie, bevor sie Hand in Hand mit Mike in den Stall schlenderte. Genervt knirschte ich mit den Zähnen.

„Dann fahre ich jetzt zur Ranch, ich muss trainieren“, murmelte ich.

„Kann ich mit? Ich wollte noch ein paar Dinge mit deinem Vater klären. Dann können wir heute Abend zusammen zurückfahren.“

Mist. So musste ich ja definitiv nochmal hierher, aber ich konnte Kayla auch keinen Wunsch abschlagen. Tief atmete ich ein.

„Klar. Aber ich muss gleich trainieren und habe nicht viel Zeit.“

Kayla nickte nur. Schweigend fuhren wir zu mir nach Hause. Erst meine Mitfahrerin durchbrach die Stille.

„Du hast sie geliebt, oder?“ Sie traf den wunden Punkt.

„Ich habe mich für sie interessiert, ja. Aber gegen Mike hatte ich wohl keine Chance“, antwortete ich mit einem falschen Lächeln auf den Lippen.

„Hat er sie dir ausgespannt?“

Mein Lachen verschleierte ich mit einem Husten.

„So kann man das nicht sagen. Wann es genau passiert ist, dass sie sich für ihn entschieden hat, kann ich gar nicht sagen. Es ist nun mal so, wie es ist. Ändern kann ich sowieso nichts mehr. Die beiden sind glücklich verheiratet."

„Und wie geht es dir damit?"

Sie war die erste, die mich das fragte.

„Es wird einfacher." Kurz und knapp fiel meine Antwort aus und ich beendete damit das Gespräch. Ich sah ihr an, dass sie noch etwas sagen wollte, aber sie beließ es dabei. Zu Hause angekommen, verabschiedete ich mich in den Stall. Wenn ich bei dem kommenden Turnier gewinnen wollte, musste ich dringend in den Sattel. Marc drehte bereits die Runden auf dem Platz, damit Thor gelockert ins Training gehen konnte.

„Da bist du ja, Ryan. Ich dachte, du wolltest heute streichen."

„Planänderung. Wie ist er drauf?"

„Sehr gut. Wenn du willst, kannst du sofort aufsteigen", sagte Marc. Schon lenkte er Thor in die Mitte der Bahn und sprang ab. Fordernd untersuchte Thor mit seiner Schnauze Marcs Hosentasche. Lachend fasste er hinein und gab ihm ein Stück Apfel. Seitdem er die Aufgabe übernommen hatte, war Marc richtig aufgeblüht. Und Thor fand ihn auch super.

„Danke, Marc. Ich könnte dich gut beim nächsten Wettkampf gebrauchen."

„Ist das dein Ernst?" Ein strahlendes Lächeln breitete sich auf seinem Gesicht aus.

„Natürlich", bekräftigte ich und stieg dabei in den Sattel.

„Wow. Das ist … Danke!"

„Dann nehme ich das als ein Ja und kümmere mich um eine Unterkunft.“

Thor absolvierte die geforderten Lektionen mit Leichtigkeit. Nach einem Blick auf die Uhr wollte ich gerade noch eine weitere Runde starten, als ich Kayla am Zaun bemerkte. Hatte sie schon lange dort gestanden? Ich trabte auf sie zu. „Ich brauch noch ein paar Minuten, wenn das in Ordnung geht. Ansonsten kann Marc dich bestimmt gerne zurückfahren“, schlug ich vor.

„Damit du dich vorm Abendessen drücken kannst? Ich habe Zeit. Außerdem sehe ich dich das erste Mal auf einem Pferd.“

„Dein wahr gewordener Barbie-Traum?“, scherzte ich.

„Träum weiter, Ryan“, entgegnete sie mit einem frechen Lächeln.

Ich zwinkerte ihr noch zu, lenkte Thor zurück und fokussierte mich aufs Training. Das war schwerer als gedacht. Die ganze Zeit spürte ich ihren Blick auf mir. Prompt gab ich Thor eine nicht eindeutige Hilfe und er stolperte bei der Drehung. Grummelnd wollte ich neu starten, doch mein Vater winkte mir zu.

„Gönnt euch eine Pause. Ihr habt für heute genug“, sagte er, dabei stolz lächelnd. „Ihr seid bestens für das Turnier vorbereitet.“

„Dann gehen wir noch eine Runde ins Gelände, damit er mal laufen kann. Kann ich dich noch eine Weile allein lassen?“, fragte ich Kayla. Sie wollte gerade antworten, da hatte Dad einen anderen Vorschlag.

„Sie kann doch mitkommen.“

„Ich saß noch nie auf einem Pferd, da würde ich dich nur aufhalten.“

„Eine ruhige Runde kann Thor auch vertragen. Ich lasse dir ein Pferd fertig machen. Ohne Pferd ist man hier auf dem Land verloren, Kayla“, sagte Dad und verschwand.

„Das ist keine gute Idee, Ryan. Ich kann das nicht.“

Ruhig wartete ich neben ihr am Zaun.

„Wenn er sich etwas in den Kopf gesetzt hat, ist er davon nicht mehr abzubringen.“ Nervös knetete sie ihre Hände. Marc brachte einen dunkelbraunen Wallach, der sich zum Glück gut mit Thor vertrug, und half Kayla in den Sattel.

„Was mache ich jetzt?“, fragte sie und hielt die Zügel ratlos in den Händen.

„Zuerst einmal nimmst du die Zügel richtig in die Hand.“ Ich ritt neben sie und schlang zunächst meine Zügel um das Horn vom Sattel. Sanft nahm ich ihre linke Hand in meine und zeigte ihr, wie sie am besten die Leinen hielt.

„Wieso so kompliziert?“ Mit einem Kichern versuchte sie ihre Unsicherheit zu verbergen. Ich schenkte ihr ein schiefes Lächeln.

„So hast du mehr Kontrolle. Nun die Beine. Schön lang lassen, den Rücken gerade und die Schultern runter. Ganz wichtig: Tief durchatmen. Wir machen ganz langsam, okay?“ Sie wagte es nicht, zu sprechen. Langsam streichelte ich über ihre Beine. Vielleicht ein wenig langsamer als nötig. Thor bewegte sich den Weg entlang und der Wallach mit Kayla folgte brav. Sie wirkte ein wenig steif im Sattel, doch ich hatte das Gefühl, dass sie sich allmählich entspannte.

„Das ist gar nicht so schlimm, wie ich dachte“, murmelte sie irgendwann, wobei sie sich aufmerksam umschaute.

„Mit der Zeit wird es einfacher. Also, Kayla. Was hast du mit der Ranch vor, wenn du so gar keine Ahnung von Tieren hast?“

Sie wich meinem Blick aus, sammelte sich kurz und starrte mir dann direkt in die Augen.

„Ich hatte mich schon gefragt, wann mich jemand ausquetscht. Wahrscheinlich wurde schon viel hinter meinem Rücken darüber geredet.“

Ich war verwirrt, wieso sie plötzlich so kühl war.

„Haben wir nicht. Zumindest nicht, dass ich davon wüsste. Du musst mir nicht antworten, es ist nur etwas, sagen wir mal, ungewöhnlich.“

„Weil eine alleinerziehende Frau mit ihrem Kind aufs Land zieht?“, fragte sie mürrisch.

„Nein, weil eine Frau allein auf eine Ranch zieht und sie so gar nicht weiß, was für Pflichten auf sie zukommen“, antwortete ich ehrlich.

Betreten schaute sie in die Umgebung.

„Mein Mann ist während eines Einsatzes gestorben. Wir mussten einfach raus. Unser Traum war es immer gewesen, aufs Land zu ziehen. Und dein Vater sagte, wir können auch dort nur wohnen. Die Weiden würde er sowieso aktuell nicht nutzen.“

Ich musterte sie. Kayla konnte ihre Trauer gut verstecken, doch gerade sah ich ihr die Verletzlichkeit an.

„Das mit deinem Mann tut mir leid. Was ist denn passiert, wenn ich fragen darf?“

„Er war Feuerwehrmann. Zusammen mit seinem Partner kam er nicht schnell genug aus einem brennenden Gebäude heraus. Das Dach stürzte über ihnen ein.“ Tränen sammelten sich in ihren grünen Augen. Tröstend hob ich meine Hand zu ihrem Gesicht und wischte sie weg.

„Grausam. Sorry, ich war vielleicht ein wenig zu neugierig“, entschuldigte ich mich. Sie nahm meine Hand, die immer noch auf ihrer Wange ruhte, und drückte sie sanft.

„Dass wir für Gesprächsstoff sorgen, war mir bewusst. Also, das gehört alles euch?“, fragte sie und lenkte somit vom Thema ab.

„Soweit dein Auge reicht und noch ein bisschen weiter. Zwischen deiner Ranch und unserer liegt die Shamrock Ranch. Wenn du willst, zeige ich dir alles, sobald ihr euch eingewöhnt habt.“

„Das wäre schön.“

„Gut, was hältst du davon, wenn wir den Heimweg ein bisschen schneller reiten? Du musst dich nur hier am Horn festhalten. Alles andere macht DJ von allein, wenn du mir seine Zügel gibst."

Kayla beäugte mich skeptisch, gab mir dann aber doch die Zügel.

„Aber nicht zu schnell, okay?", bat sie mich. Ich zwinkerte ihr noch zu, wartete, bis beide Hände sich am Horn festhielten, und galoppierte los.

Kapitel 5

„Und dann rennt er einfach mit mir los. So verrückt", erzählte Kayla beim gemeinsamen Abendessen auf der Shamrock Ranch. Die einzigen, die am Tisch noch fehlten, waren Marie, Mike und Keith.

„Aber cool war es trotzdem, oder?", hakte Emma nach, die sich wieder einmal um Sadie kümmerte.

„Ziemlich. Das würde ich gerne noch einmal machen", antwortete sie und sah mich dabei flehend an.

„Ich kann es dir gerne beibringen, wenn du möchtest", bot ich ihr an.

„Ryan als Reitlehrer?", meinte Taylor überrascht.

Bevor ich antworten konnte, gesellte sich nun der Rest zu uns.

„Er ist immer noch für Überraschungen gut, der Casanova", scherzte Sophie, die ihren Sohn in den Schlaf wiegte.

„Casanova. Ihr seid mir tolle Freunde", murmelte ich, als ich Kaylas belustigten und zugleich auch skeptischen Blick einfing.

„Dafür sind wir da. Vor ihm musst du dich in Acht nehmen, Kayla. Obwohl er schon wesentlich ruhiger geworden ist." Sophie stupste Kayla an.

„Ihr seid so gemein zu ihm. Ich find es gut. Schließlich kennt Kayla hier noch niemanden“, sagte Marie. Dabei lächelte sie mich an.

„Danke, Marie. Wenigstens eine, die zu mir hält. Erzählt mal, wie war euer Urlaub?“

Aufmerksam hörten wir während dem Abendessen jede Einzelheit von ihren Flitterwochen. Mike zuckte zwischendurch nur mal mit den Schultern oder nickte. Er genoss lieber die Sonnenstrahlen und das kalte Bier.

„Klingt nach einem richtigen Traumurlaub“, meinte ich, als sie mit ihrer Erzählung fertig war.

„Das war es. Aber zu Hause ist es doch am Schönsten. Ich hab´ dir auch was mitgebracht. Hier – für dich.“ Marie überreichte mir ein Papiertütchen. Zum Vorschein kam ein schmales Lederarmband mit einem silbernen Anhänger.

„Der Anhänger soll einem helfen, seine wahre Liebe zu finden“, sagte sie, während sie mir das Armband am Handgelenk befestigte. Ein Kribbeln breitete sich über meinen gesamten Körper aus. Dies blieb nun auch Mike nicht verborgen, der sich plötzlich aufplusterte wie ein Hahn.

„Dass du mir was mitbringen solltest, war nur ein Scherz. Möglicherweise hilft es ja. Vielen Dank, Marie.“

Ein unbehagliches Schweigen breitete sich aus, das alle außer Marie bemerkten.

„Also, Kayla. Wieso verschlägt es dich soweit nach draußen in die Wildnis?“

„Das könnte ich dich ja genauso fragen“, gab sie die Frage zurück.

„Touché. Mein verrückter Ex hat mich aus Deutschland vertrieben. Ich bin nun fast zwei Jahre hier. Mann, die Zeit rennt ganz schön.“

„Das kannst du laut sagen. In der Zeit ist viel passiert. Zwei Hochzeiten, ein Baby und eine Entführung“, zählte Sophie auf.

„Entführung?“ Kayla war geschockt und schaute Marie fragend an.

„Sag ja, verrückter Ex. Auf dem Junggesellinnenabschied von Emma hat er versucht mich zurück nach Hause zu holen. Aber Mike hat mich gerettet“, sagte sie und schaute ihren blonden Cowboy verliebt an.

„Hey, ich hab´ auch ein bisschen geholfen“, schaltete sich nun Taylor ein. Ganz hatte ich die Geschichte auch noch nie gehört, doch Marie schien nicht das Verlangen zu haben, das näher auszuführen.

„Dabei dachte ich, hier auf dem Land ist es ruhiger. Sadie und ich brauchen den Abstand zur Großstadt. Was passiert hier denn sonst so?“

„Hoffentlich nicht mehr so viel. Das einzige Highlight des Jahres soll bitte das Turnier bei Ryan bleiben“, meinte Emma.

„Schade, dass du das verpasst hast. Aber Sadie kann sicherlich nächstes Jahr in der Ponyklasse antreten. Sie ist ein Naturtalent, hat Emma mir erzählt.“ Marie kuschelte sich in Mikes Arme und gähnte.

„Wir sollten ins Bett gehen“, murmelte er in ihr blondes Haar. Als er bemerkte, dass ich sie beobachtete, gab er ihr demonstrativ einen Kuss auf ihren Kopf.

„Sollten wir, aber ich bin doch so furchtbar neugierig“, antwortete sie leise.

Die Nacht brach über der Ranch ein, nahm jedoch kaum etwas von der Wärme mit. Seit ein paar Tagen kletterte das Thermometer unerbittlich in die Höhe, dabei hatten wir gedacht, die Hitzewelle wäre für dieses Jahr bereits vorbei.

„Was gäbe ich jetzt für einen Pool“, seufzte Sophie sehnsüchtig und warf mir dabei einen Blick zu.

„Der Pool steht euch immer offen.“ Dabei fixierte ich Kaylas Blick, die mich schon seit einiger Zeit beobachtete. Sadie war mal wieder eingeschlafen. Müde erhob sich Kayla.

„Ich gehe aber ins Bett, wir müssen morgen noch zwei Zimmer streichen. Sadie, Schatz. Aufwachen.“ Müde rollte sich das Mädchen weiter auf der Bank zusammen.

„Soll ich sie dir ins Bett tragen?“, fragte ich.

„Sie ist doch viel zu schwer“, murmelte Kayla.

„Quatsch. Ich wette, Thors Sattel ist schwerer“, prahlte ich. Als ich Sadie hochhob, musste ich mich schwer zusammenreißen, nicht zu stöhnen. Sie sah definitiv leichter aus, als sie war. Schweigend folgte ich ihr durch die Dunkelheit. Immer begleitet von den beiden Hunden Daisy und

Rocky. Leise schloss Kayla die Tür auf. Behutsam legte ich das Mädchen auf das Bett.

„Danke, Ryan. Für alles heute", flüsterte Kayla mir zu.

„Ach, ich hab´ doch gar nichts gemacht. Morgen früh die gleiche Zeit?"

„Ja, gerne. Ich kann das aber auch allein machen. Du hast bestimmt genug zu tun."

Ich trat einige Schritte näher an sie heran, wartete aber ihre Reaktion ab, bevor ich einen weiteren Vorstoß wagte.

„Wie oft, soll ich dir das noch sagen, Kayla? Ich mache das wirklich gerne."

Ihr warmer Atem strich über mein Gesicht und ermutigte mich, ihr zum Abschied einen Kuss auf die Wange zu geben. „Bis morgen", sagte ich und ging, ohne mich nochmal umzudrehen. Dennoch merkte ich, wie sie mir nachschaute.

Am frühen Morgen, als ich mich auf den Weg machte, um Kayla abzuholen, verspürte ich ein aufgeregtes Kribbeln in meinem Bauch und das lag mit Sicherheit nicht an Marie. Wie erwartet, waren nur Geräusche aus dem Stall zu hören. Während Mike und Taylor fütterten, beobachtete Marie die Hündin, indem sie auf der Boxen-Tür von Fawkes balancierte. Gerade noch rechtzeitig stand ich neben ihr und fing sie auf, als sie das Gleichgewicht verlor.

„Das war knapp. Guten Morgen, Ryan. Kayla trinkt gerade noch ihren Kaffee“, sagte sie gut gelaunt.

„Du musst aufpassen, Marie“, schimpfte ich. Sofort stand auch Mike neben ihr und nahm sie mir ab.

„Wie praktisch, dass du da warst“, brummte er missgelaunt. Irgendwann musste doch auch mal gut sein, dennoch konnte ich mir einen spitzen Kommentar nicht verkneifen.

„Einer muss es ja sein. Was sagst du denn zu den Hunden?“ Ich beschloss, dass ich ihn einfach ignorieren würde.

„Sie hat Angst. Aber ich werde mich gleich mal zu ihr reinsetzen. Jeden Tag ein bisschen länger. Das wird schon.“

Ich vertraute ihr und warf auch einen Blick hinein. Sobald die Hündin mich sah, knurrte sie.

„Mich scheint sie nicht zu mögen“, meinte ich und war mir sicher, Mike sagen zu hören, dass sie da nicht die einzige war.

„Sie hat noch keine positiven Erfahrungen mit dir gemacht. Ein Schritt nach dem anderen. So, ich werde jetzt Loki satteln und ausreiten. Vielleicht schaue ich gleich mal auf der Ranch vorbei. Oder störe ich da bei eurem Streich-Date?“ Verschwörerisch wackelte sie mit den Augenbrauen.

„Das ist kein Date. Wir renovieren“, rechtfertigte ich mich.

„Klar. Und dabei kommt man sich nicht näher, oder wie? Ich hab´ genau gesehen, wie du ihr gestern Abend einen Kuss gegeben hast. Ich war zwar müde, aber meine Augen noch nicht.“

Darauf wollte ich nichts mehr sagen, winkte zum Abschied und ging über den Hof auf das Wohnhaus zu. Beinahe wäre ich in Kayla gerannt, die aus der Tür stürmte.

„Du bist früh dran“, schimpfte sie lächelnd. Sie trug eine kurze Latzhose, darunter ein kariertes Hemd, und ihre Haare hatte sie zu zwei Zöpfen geflochten. Außerdem fiel mir auf, dass sie ein leichtes Make-Up trug. Oder war es mir nur die letzten Tage nicht aufgefallen?

„Der frühe Vogel fängt den Wurm. Können wir los? Will Sadie mit?“

„Niemals. Ich seh´ es schon kommen, dass ich neben einem neuen Auto auch noch ein Pony kaufen muss“, antwortete sie lachend.

„Ein Pony allein geht ja nicht. Dann brauchst du mindestens zwei. Und was ist, wenn sie ausreitet? Am besten wären dann fünf Pferde, so wäre nie eins einsam“, führte ich aus und erntete dafür einen Schlag gegen den Oberarm.

„Was soll ich denn noch alles kaufen? Wenn sie reiten möchte, kann sie bestimmt auch hierher kommen. Ich kann mich nicht um Tiere kümmern. Ich bekomme ja gerade mal so unser Leben geregelt.“

„Ich finde, du machst das echt toll.“ Sie wurde rot, stieg dann neben mir in meinen SUV.

„Ryan, gestern der Kuss …-“

„Auf die Wange zum Abschied? War das zu viel?“

Abwehrend hob sie die Hände.

„Nein, es ist nur …-“ Wieder knetete sie die Finger.

„Es kommt nicht wieder vor“, meinte ich mit einem Zwinkern. Den Rest der Fahrt schwiegen wir. Auf der Ranch waren wir heute allein. Keith und seine Kollegen waren fertig und wenn die Schlafzimmer gestrichen waren, standen dem Einzug nur noch die fehlenden Möbel im Weg.

Ich schnappte mir beide Farbeimer, Kayla die Farbrollen und wir gingen die Treppen ins Obergeschoss hoch. Es hatte sich viel getan. Die Böden waren aufgefrischt worden, Risse repariert und gründlich geputzt worden war auch. Die Ranch war beinahe nicht mehr wiederzuerkennen.

„Fangen wir bei Sadie an. Die wird sich freuen“, schlug ich vor. Ich breitete die Abdeckplane aus und öffnete den Farbeimer. Ein schöner Türkiston strahlte mir entgegen. Mit einem Stock, den ich mir auf dem Weg bereits abgebrochen hatte, rührte ich die Farbe noch einmal um. Ich begann mit den großflächigen Arbeiten, während Kayla die Ecken umrandete. Irgendwann begann ich ein Lied zu pfeifen und Kayla stieg mit ein. Beinahe wäre ich über den Farbeimer gestolpert und sie fing mich auf. Dabei landete ein bisschen Farbe an ihrer Wange. Wir brachen in schallendes Gelächter aus.

„Lass mich das wegmachen“, murmelte ich, nahm den Saum meines T-Shirts und wischte die feuchte Farbe aus ihrem Gesicht. Ihr Atem ging stoßweise, als ich dafür unwillkürlich nähertreten musste. Ich grinste verschmitzt, verharrte einen Moment in ihrer Nähe und ließ meinen Blick über ihre sanften Gesichtszüge wandern. Ihre Lippen waren leicht geöffnet und luden mich ein, sie zu küssen. Doch ich wartete ab. Mein Finger streifte ihren Kiefer und sanft hob ich ihr Kinn an. Ihre grünen Augen wanderten hektisch von links nach rechts. Behutsam beugte ich mich zu ihrem Gesicht und hoffte, dass sie den letzten Schritt machte. Etliche Sekunden verstrichen. Ihr Gesicht verschloss sich und sie trat ein paar Schritte nach hinten. Verdammt.

„Wir sollten …-“, stammelte sie.

„Ja, sollten wir“, sagte ich und nahm den Farbroller wieder auf, den ich auf den Boden habe fallen lassen.

Grimmig bearbeitete ich die Wand, bis ich eine Hand auf meinem Unterarm spürte.

„Es ist nicht, dass ich dich nicht mag … Aber ich muss an Sadie denken.“

Ich schnaufte. War ich nicht gut genug für ihre Tochter?

„Ryan …-“

„Ist schon gut, ich habe das schon verstanden.“

Sie merkte, dass ich nicht mehr mit ihr reden wollte, und ging an die gegenüberliegende Wand. Schweigend arbeiteten wir weiter. Zum Glück brach Steve das Schweigen, der nach der Hundefalle schaute.

„Das sieht ja richtig gut hier aus. Respekt. So viel handwerkliches Geschick hätte ich dir gar nicht zugetraut, Ryan."

„O ich werde meist unterschätzt. Ich habe viele Eigenschaften, die man mir nicht sofort ansieht."

Kayla verstand den Seitenhieb sofort und schaute demonstrativ weg.

„Ich habe die Köder ausgetauscht. Hoffentlich bekommen wir ihn bald, bevor ihr hier einzieht."

„Das wäre schön. Ein wilder Hund muss nicht unbedingt sein."

Steve begann die Vorteile eines Hofhundes aufzuzählen und Kaylas Gesicht wurde bleich.

„Bären?", stammelte sie.

„Die kommen nur selten so nah, allerdings war hier seit Jahren niemand. Wer weiß. Aber keine Angst." Dafür war es nun zu spät.

„Je mehr Aktivität hier ist, desto weniger haben die Tiere das Verlangen, hierher zu kommen. Falls doch etwas sein sollte, kannst du mich anrufen", sagte ich und verließ dann das Kinderzimmer, um im Schlafzimmer weiterzumachen. Nur mit einem halben Ohr hörte ich dem Gespräch im Nachbarzimmer zu. Immer noch hallte das Gespräch mit Kayla in mir nach. Und ich musste dringend mit jemandem darüber reden. Kurzentschlossen nahm ich mein Telefon in die Hand und schickte eine Nachricht an Taylor, ob wir uns heute Abend in Angelas Diner treffen können. Eine andere

Wahl hatte ich nicht. Nervös wie ein Kind am ersten Schultag wartete ich die Antwort ab. Nur wenige Sekunden später kam ein Daumenhoch. Ich atmete auf. Vielleicht war doch ein Neuanfang unserer Freundschaft möglich.

Kapitel 6

Wir strichen das Schlafzimmer schweigend. Kaum war die letzte Wand fertig, packte ich zusammen.

„Ryan, wegen eben“, begann Kayla, doch ich winkte ab.

„Alles gut, Kayla. Fahren wir heim, ich habe heute Abend noch etwas vor.“

So schnell wie möglich lud ich sie an der Shamrock Ranch ab, fuhr nach Hause und stellte mich erst einmal unter die kalte Dusche.

„Ryan?“ Mein Vater betrat mein Badezimmer.

„Dad! Ich dusche gerade. Was gibt es so Dringendes?“

„Nichts, ich wollte nur hören, ob alles in Ordnung ist. Du bist eben einfach so reingerauscht.“

Ich seufzte.

„Ich bin voller Farbe, deswegen.“

„O, okay. Ich dachte, es wäre etwas passiert. Dann lass ich dich mal in Ruhe.“

Kurz bevor er die Tür schloss, rief ich ihn zurück.

„Danke, Dad, fürs Nachfragen.“

Im Spiegel sah ich, wie er lächelte. Ich musste mich dringend um das Gästehaus kümmern, denn mit Ende dreißig war ich eindeutig zu alt, um bei meinem Dad zu wohnen.

Ich entschied mich für Jeans und ein lockeres T-Shirt, setzte mich in meinen Mercedes und machte mich auf den Weg zu Taylor. Er wartete bereits auf der Veranda auf mich. Schnell verabschiedete er sich von Mike und Marie, die es sich in der Sonne gemütlich gemacht hatten, und stieg ein.

„Alles in Ordnung?"

„Ja … Ja … Es ist … Ich brauchte nur jemanden zum Reden und du bist der Einzige, der mir eingefallen ist."

Taylor schaute mich skeptisch von der Seite an.

„Gut. Dann trinken wir erst einmal ein Bier und dann sehen wir weiter."

Im Diner war viel los. Es gab ja in der näheren Umgebung auch nichts anderes. Wir suchten uns einen Platz, wo wir ungestört reden konnten, und bestellten zwei Bier. Kaum waren sie da, nahm ich einen großen Schluck.

„Es ist … wegen Kayla."

Wissend grinste Taylor.

„Du hattest bei ihr denselben Gesichtsausdruck wie bei Marie."

„Was soll das denn heißen?", brummte ich missmutig.

„Dass du dich in Kayla verguckt hast. Stimmts, oder hab´ ich recht?"

Ich seufzte tief. Er kannte mich immer noch am besten.

„Aber sie sich nicht in mich", antwortete ich.

„Das glaube ich nicht. Dir kann doch keine Frau widerstehen, ach ja - außer Marie“, scherzte Taylor und schubste mich an.

„Wenn Mike nicht gewesen wäre“, begann ich, beendete den Satz aber nicht. Ich leerte mein Bier.

„Was ist passiert?“, hakte er nach.

„Nichts, das ist es ja. Wir hätten uns fast geküsst, aber dann sagte sie, sie müsste an Sadie denken. Wäre ich denn so schlecht als Vater?“

Taylor musterte mich von oben bis unten.

„Vor ein paar Jahren wäre die Antwort wahrscheinlich anders ausgefallen, aber gerade die letzten Wochen bei den Umbauarbeiten hab´ ich gemerkt, dass du dich geändert hast.“

„Was heißt geändert? Ich bin immer noch genauso wie immer.“

Er lachte.

„Niemals, Ryan. Ich kenne dich schon viele Jahre und du bist älter geworden. Nicht immer, aber du wägst deine Entscheidungen ab. Rennst nicht mehr kopflos in Situationen.“

„Oder Frauen“, versuchte ich es nun auch mit einem Witz.

„Oder Frauen hinein. Ich hab´ dich tatsächlich schon seit Monaten nicht mehr so gesehen.“

Ich spielte mit dem Kreis aus Wasser, den das Bierglas hinterlassen hatte.

„Kayla ist anders. Und Sadie ist ein tolles Mädchen. Ich weiß, dass es für sie beiden nicht leicht war die letzten Monate, zumindest ahne ich es. Viel reden sie nicht davon. Ich will für sie da sein.

Teil von ihrem Leben sein. Aber sie gibt mir nicht einmal die Chance, mich zu beweisen."

„Ihr kennt euch doch noch gar nicht so lange. Lass es langsam angehen. Du machst wieder viel zu viel Druck. So hast du es dir auch am Anfang mit Marie verscherzt."

Zerknirscht schwieg ich. Taylor hatte recht. Ich bestellte mir ein weiteres Bier und erschrak, als mein Telefon vibrierte. Kayla.

„Sie fragt, ob ich noch sauer auf sie bin", murmelte ich.

„Und, bist du es?" Er schaute mich ehrlich interessiert an.

„Nein, eigentlich nicht. Ich fühl mich nur verletzt."

„Scheiße, wenn man auf der anderen Seite ist, oder?" Verbitterung schwang in seiner Stimme mit. Er war immer noch sauer auf mich wegen seiner Schwester damals.

„Taylor … Es tut mir leid. Ich war wirklich ein riesiger Idiot. Was ich damals mit Sophie abgezogen habe, war richtig scheiße … Aber ich habe Panik bekommen, weil …-" Verwirrt musterte er mich, aber nun musste ich mit der Sprache rausrücken. „Ich war hoffnungslos verknallt in deine Schwester. Zumindest dachte ich das. Aber ich merkte nach ein paar Wochen, dass ich doch mehr wie ein großer Bruder für sie empfand, und bekam Panik. Ich dachte, wenn ich mich einfach verhalte wie immer, dann würde Sophie dir nichts erzählen und es wäre alles so geblieben wie immer. Ich hätte mit dir reden sollen. Wir waren beste Freunde."

„Du warst in Sophie verliebt?"

„Anfangs mit Sicherheit. Später war es doch eher der brüderliche Beschützerinstinkt, den ich bei jedem ihrer Freunde spürte. Ich wollte sie nicht verletzen, das musst du mir glauben."

„Es ist schon okay. Sophie ist glücklich und das ist die Hauptsache."

Schweigend tranken wir das nächste Bier. Erst dann fand ich den Mut, die nächste Frage zu stellen.

„Und wir? Meinst du, wir können wieder Freunde werden? Denn, auch wenn sich das jetzt sehr schnulzig anhört, ich vermisse dich als Freund."

Taylor brummte und meine Hoffnung schien beinahe zerstört, bis er mir antwortete.

„Ich vermisse dich auch. Es gab Tage, da hatte ich deine Nummer schon fast gewählt, aber ich wusste auch nicht, ob du noch mit mir reden willst, nachdem ich dir eins auf die Nase gegeben habe."

Ich lachte auf.

„Das hat auch höllisch wehgetan, aber ich hatte es verdient."

Er drehte sich zu mir und streckte die Hand aus.

„Vergessen wir alles?"

Ohne zu zögern, nahm ich sein Friedensangebot an.

Etwas verlegen lächelten wir uns an. Es tat gut, zu wissen, dass er wieder an meiner Seite war. Schnell bestellten wir zwei neue Bier und stießen auf unsere neu gewonnene Freundschaft an.

Angela stellte mit einem lauten Knall zwei Gläser Wasser auf die Theke. „Jungs, es ist jetzt Feierabend. Soll ich euch heimfahren, oder habt ihr jemanden, der das macht?"

„Mike", nuschelte Taylor. Dabei friemelte er unbeholfen sein Telefon aus der Hemdtasche. Nach wenigen Sekunden hatte er seinen Freund erreicht, der versprach sich sofort auf den Weg zu machen. Dankbar nahm ich das Glas Wasser an und trank, in der Hoffnung, dass mein Kater am Morgen nicht zu schlimm ausfallen würde. Taylor und ich schraken zusammen, als sich eine Hand auf jeweils eine unserer Schultern legte.

„Fahren wir heim, Jungs", hörte ich die Stimme meines ehemaligen Rivalen und stand folgsam auf. Brav gingen wir hinter ihm her ins Auto, wo wir beide auf den Rücksitz rutschten.

„Danke, Kumpel, fürs Abholen", nuschelte Taylor und versuchte sich anzuschnallen.

„Ich helfe dir", lallte ich. Mit einem geschlossenen Augen fixierte ich den Anschnaller und steckte den Gurt in das Gurtschloss. Das Gleiche wiederholte ich bei mir und ließ den Kopf gegen die kühle Fensterscheibe sinken.

„Hattet ihr also einen guten Abend, ja?“, fragte Mike. Ich sah genau, dass er uns durch den Rückspiegel beobachtete. Als ob wir Kinder wären.

„Ja … Hoffentlich haben wir euch nicht geweckt“, entschuldigte sich Taylor.

„Quatsch. So schnell weckst du Marie nicht. Die ist eben glückselig lächelnd eingeschlafen“, prahlte er. Jedoch traf mich der Kommentar kaum. Gespannt wartete er meine Reaktion ab, doch ich zuckte nur mit den Schultern.

„Ich schlaf auch gleich sofort ein. Das war ein langer Tag. Du brauchst mich nicht nach Hause zu fahren. Die paar Meter laufe ich“, sagte ich, doch Taylor schubste mich an.

„Du kannst im Gästezimmer schlafen. Das ist immer vorbereitet. Und morgen früh fahren wir dein Auto holen.“

Mike grinste. „Morgen früh? Das letzte Mal hast du dich nach so einem Abend erst am frühen Nachmittag ans Steuer gewagt.“

„Das würde ich so nicht sagen. Also, bleibst du über Nacht?“ Taylor sah mich mit einem Auge an.

„Okay … Aber nur, weil ich keine Lust habe, meinem Dad noch übern Weg zu laufen wie ´n Teenager“, grummelte ich.

„Wie ist es mit etwas Eigenem?“, hakte Mike nach.

„Ich ziehe ins Gästehaus. Da habe ich meine Ruhe“, antwortete ich. Müde schloss ich die Augen. Autofahren war immer so einschläfernd.

„Nein, ich meine etwas eigenes ohne Daddy.“

Darüber hatte ich noch nie nachgedacht. Eigentlich hatten wir immer darüber gesprochen, dass ich irgendwann die Ranch übernehmen würde. Aber wollte ich das auch?

„Du kennst das Gästehaus nicht. Das ist wie ein eigenes Grundstück. Da fehlt nur der Stall“, sprang Taylor mir zur Seite. Darauf erwiderte Mike nichts.

Die Shamrock Ranch lag in völliger Dunkelheit, als wir dort eintrafen. Die Betäubung des Alkohols ließ langsam nach und ich dachte doch nochmal drüber nach, ob ich nicht nach Hause gehen sollte. Aber ich sah, dass Taylor schwankte, und half ihm zu seinem Häuschen. In all den Jahren war ich hier noch nie gewesen. Mike verabschiedete sich an Maries Hütte von uns. Schnell öffnete er die Tür und ich erhaschte einen Blick auf die schlafende Marie.

„Tut mir leid“, murmelte Taylor, als er meinem Blick folgte.

„Was? Dass sie mich nicht wollte, sondern ihn? Da kannst du ja nichts für.“

„Ich habe ihr erzählt, was passiert ist, und sie vor dir gewarnt. Vielleicht hätten die Dinge sich anders entwickelt.“

Taylor öffnete die Haustür und stolperte hinein.

„Das glaube ich nicht. Ich weiß zwar immer noch nicht, was sie an ihm findet, aber da hatte ich keine Chance gegen. Solange sie glücklich ist, ist alles in Ordnung.“ Ich stellte meine Stiefel in den Flur und folgte Taylor unsicher hinein. Es war wirklich gemütlich eingerichtet. Eine kleine Küche und dann das geräumige Wohnzimmer mit einer Couch und zwei Sesseln sowie einem grässlichen Wohnzimmertisch. Von dort aus gingen drei Türen ab.

„Hier ist eine Toilette und dort das Gästezimmer. Brauchst du irgendwas?“, fragte Taylor. Gerade wollte ich antworten, da tapste Emma aus der rechten Tür heraus.

„Hey, da seid ihr ja“, murmelte sie verschlafen. Ihre Haare standen in alle Richtungen ab und sie schlang die Arme um ihren Ehemann.

„Ich komm jetzt ins Bett“, versprach er. Dabei gab er ihr einen Kuss auf den Kopf.

„Ich brauch nichts, danke. Schlaft gut“, verabschiedete ich mich schnell, huschte ins Gästezimmer und schloss die Tür hinter mir. Das große Bett war ordentlich gemacht und wartete nur darauf, dass ich mich hinein kuschelte. Leise legte ich meine Jeans mit dem schweren Gürtel auf einen Stuhl, zog mein Hemd aus und schlüpfte nur in Unterwäsche ins Bett. Nur wenige Sekunden später war ich eingeschlafen.

Ein Kichern riss mich aus meiner Nachtruhe. Meine Cousine stand mit einer Tasse Tee im Türrahmen und beobachtete mich.

„Du redest im Schlaf. Scheint aufregend gewesen zu sein“, neckte sie mich und setzte sich auf die Bettkante.

„Ich weiß nicht, wovon du redest.“

Wusste ich wohl. Ich hatte nämlich von Kayla geträumt. Langsam setzte ich mich auf. Die Kopfschmerzen hielten sich zum Glück in Grenzen.

„Ihr habt euch wieder vertragen, hat Taylor mir noch erzählt, dies Nacht?“ Es war weniger eine Frage, eher eine Feststellung.

„Ja, wurde auch langsam Zeit. Schläft er noch?“ Ich zog mir meine Klamotten an.

„Natürlich nicht. Er ist draußen bei den Pferden. Willst du nichts frühstücken?“, fragte sie.

„Ein Kaffee reicht.“ Mein knurrender Magen strafte mich Lügen. „Vielleicht eine Kleinigkeit.“

Sie hakte sich bei mir ein und ich erhaschte einen Blick auf die Uhr. Es war gar nicht so spät, wie ich dachte.

„Ich dachte, du willst vielleicht nicht so lange schlafen. Ich kenne meinen Onkel doch.“

„Er hat sich verändert. In den letzten Wochen haben wir viele Gespräche geführt.“

„Und was ist dabei rausgekommen? Ist es wirklich die beste Lösung, in das Gästehaus zu ziehen?“

„Es ist eine eigene Wohnung. Was habe ich sonst für eine Wahl?“, motzte ich, doch sie schubste mich nur an. Vor der Tür zur Küche hielt sie mich am Arm fest.

„Naja, bevor Kayla aufgetaucht ist, hätte ich gesagt, die Black Ranch wäre der perfekte Ort für dich gewesen. Aber das ist nun ja nicht mehr möglich. Außer, ihr werft Kayla und ihre Tochter wieder raus, aber das willst du bestimmt auch nicht.“

Ich schnaubte. Natürlich wollte ich das nicht.

„Ich weiß es doch auch nicht, was ich sonst machen soll. Erstmal einen Schritt nach dem anderen. Ich habe noch einige Dinge zu regeln, bis ich meine Zelte in Amsterdam ganz abbrechen kann, aber es ist alles in die Wege geleitet."

„Du hast gekündigt?", fragte Emma ungläubig.

„Na klar. Ich habe doch gesagt, ich bleibe hier. Aber ich muss noch ein paar Sachen auslaufen lassen. Es geht nicht immer so schnell, wie man es möchte. Und nun lass uns reingehen." Schnell drückte ich sie an mich und gab ihr einen Kuss auf die Stirn.

In der Küche saßen Marie und Jake über Pläne gebeugt und brauchten einige Sekunden, bis sie uns bemerkten.

„Guten Morgen, ihr zwei. Was schaut ihr euch da an?", fragte ich neugierig, nahm mir einen Kaffee aus der Kanne und setzte mich neben Jake auf den Stuhl. Den Platz neben Marie ließ ich bewusst aus. Emma plumpste zwischen uns. Dabei kicherte sie kindisch.

„Umbaupläne. Wir brauchen mehr Platz, sagt Marie", erzählte Jake euphorisch. Er war aufgeblüht, seitdem die Blondine aus Deutschland hier eingetroffen war. Sie hatte unser aller Leben verändert.

„Das klingt, als wolltest du es nicht. Es war deine Idee mit der Reithalle." Nun warf auch ich einen Blick auf den ausgebreiteten Plan.

„Ich würde die eher auf die andere Seite bauen. So ist der Weg vom Stall kürzer.“

„Aber wir verbauen uns das Licht auf die Reitplätze, wenn wir die Halle dahin bauen“, argumentierte Marie gegen den von mir vorgeschlagenen Standort.

„Haben wir etwas verpasst?“, brummte Mike, der mit Taylor in die Küche kam.

„Wir spielen nur etwas an dem Plan herum. Was machen die Pferde?“, fragte Marie, wobei sie nur kurz aufschaute.

„Loki wartet auf dich. Er ist total unruhig.“

„Das trifft sich gut, wir müssen die Rinder zum Abholen hertreiben. Aber zuerst fahr ich Ryan zu seinem Auto.“ Taylor sah genauso scheiße aus, wie ich mich fühlte.

„Ich muss sowieso in die Stadt, dann nehme ich ihn mit“, sagte Emma.

„Dann wäre das ja geklärt. Ihr reitet los, ich fahr mit meiner Cousine meinen Wagen holen und dann …-“ Ich stoppte mitten im Satz. Kayla stand in der Tür und schaute mich an.

„Du hast mir nicht geantwortet“, sagte sie anklagend.

Kapitel 7

Das war für die anderen das Stichwort, eilig die Küche zu verlassen. Innerhalb weniger Sekunden waren wir allein und nur das Ticken der Uhr war zu hören.

„Ich habe dir geschrieben und du hast mir nicht geantwortet.“ Ihre Stimme zitterte ein wenig. Vor Wut?

„Ich war mit Taylor im Diner und wir haben uns ausgesprochen.“

„Wieso ausgesprochen?“ Sie nahm den Stuhl neben mir und rutschte näher an mich heran.

„Wir hatten ein paar Streitigkeiten, die wir aber endlich beigelegt haben.“

„Okay … Also, bist du nun sauer auf mich?“

Um ihr nicht sofort zu antworten, holte ich mir einen neuen Kaffee.

„Nein, bin ich nicht.“

„Aber?“ Ihre grünen Augen schauten mich traurig an.

„Mein Ego hat es vielleicht nicht so gut verkraftet. Normalerweise bin ich für die Frauen unwiderstehlich“, versuchte ich es mit einem Scherz. Sie zog eine Augenbraue hoch. „Kayla, ich mag dich. Und ich mag Sadie. Wenn du mir eine Chance gibst, dann könnte ich dir auch zeigen, dass ich eben nicht nur der coole Nachbar bin.“ Kayla schnaubte belustigt.

„Ryan, es ist nicht so, dass ich dich nicht mag. Aber ich bin eine Mutter und an erster Stelle kommt mein Kind. Wenn es mit uns nicht klappt, was dann?“

„Wieso so pessimistisch? Was ist, wenn es klappt? Hast du daran schon gedacht?“

„Sadie hat gerade erst ihren Vater verloren, ich will nicht, dass sie …-“ Tränen bildeten sich in ihren Augen und ich fasste sanft unter ihr Kinn, damit sie mich anschauen musste.

„Gib mir eine Chance, bitte“, flehte ich sie an.

„Ich weiß es nicht, Ryan. Setz mich bitte nicht unter Druck“, murmelte sie, rutschte dennoch näher an mich heran.

„Mach ich nicht. Ich wollte nur, dass du es weißt, Kayla. Wenn du mich brauchst, ich bin für dich da, okay?“ Nun war ich es, der sich ein Stück von ihr entfernte. Ich gab ihr den Freiraum, den sie forderte. Ihr Blick verriet nichts, aber ich glaubte, die richtige Entscheidung getroffen zu haben.

Emma wartete bereits bei ihrem Cabrio und grinste wissend.

„Hast du ihr gesagt, dass du sie toll findest?“

Seufzend setzte ich mich auf den Beifahrersitz.

„Was geht euch alle mein Liebesleben an? Sie will keinen Druck, also fahre ich einen Gang runter.“

Mit Vollgas brauste sie vom Hof.

„Du? Was ist passiert?“

Mein Kopf dröhnte.

„Dein Mann und der Vater deines zukünftigen Kindes. Ich kann es nicht glauben, dass du mir nie erzählt hast, was du für ihn empfindest. Wieso habt ihr all die Jahre so ein Spiel gemacht? Dass Taylor mir nichts erzählt hat, okay. Das konnte ich verstehen. Aber du?“

Emma schaute mich zerknirscht an.

„Taylor wollte es nicht. Ich war schon oft genug kurz davor gewesen, es dir zu erzählen. Und woher weißt du …-“

„Das du schwanger bist? Der Tee heute morgen hat dich verraten.“

Ihr Gesicht wurde rot. „Erzähl es niemandem, okay? Nicht mal Sophie weiß es bis jetzt.“

„Und was sagt Taylor?“, wollte ich wissen.

„Er behandelt mich wie ein rohes Ei. Nichts darf ich mehr.“

„Sehr süß. Ich freue mich für euch. Dann werde ich ja …-“

„Großcousin. Wenn alles gut geht. Ich möchte noch warten, bis die kritische Zeit rum ist. Es ist noch zu früh.“

Fürsorglich nahm ich ihre Hand und drückte sie.

„Du kannst dich auf mich verlassen. Mehr Babys sind aber nicht unterwegs, oder?“, hakte ich nach und versuchte es beiläufig klingen zu lassen.

„Soweit ich weiß, haben Marie und Mike kein Mitbringsel aus den Flitterwochen mitgebracht, außer dieses Armband.“ Sie zeigte auf mein

Handgelenk, an dem noch immer der Glücksbringer baumelte. Schon hielt sie vor dem Diner an.

„Danke fürs Fahren. Wir sehen uns", verabschiedete ich mich. Sanft drückte ich ihr einen Kuss auf die Wange.

„Gar kein Problem. Und, Ryan?"

„Ja?"

„Kayla braucht nur ein bisschen Zeit. Sei einfach weiter du selbst. Der Kerl ist nämlich ein echt guter Typ."

Grinsend winkte ich ihr hinterher, als ich zu meinem Wagen ging. Immer noch lächelnd setzte ich mich hinters Lenkrad und machte mich auf den Weg nach Hause.

Beinahe erwartete ich eine Predigt von meinem Vater über mein spätes Auftauchen, doch er winkte mir von der Terrasse zu, als ich am Haus vorbeifuhr. Es war bereits neun Uhr und er saß noch am Frühstückstisch? Stirnrunzelnd parkte ich das Auto und ging auf das Haus zu. Am Tisch war ein weiterer Teller eingedeckt. „Guten Morgen, hast du einen schönen Abend gehabt?"

Ich gesellte mich zu ihm.

„Ja, ich habe mich mit Taylor wieder vertragen. Und was ist mit dir?"

Lächelnd lehnte er sich zurück. Aus der Kanne goss ich mir Kaffee in die Tasse. Das würde heute nicht meine letzte sein.

„Ich habe beschlossen, mich etwas zurückzunehmen und dir die Zügel zu übergeben."

Beinahe verschluckte ich mich an dem heißen Getränk.

„Mir was?" Ich war sprachlos.

„Dir mehr Verantwortung geben. Das wolltest du doch immer. Natürlich nicht von heute auf morgen, aber ich finde, wir sollten uns ernsthaft über die Zukunft der Ranch und von dir unterhalten. Oder wirst du weiter als Anwalt arbeiten? Ich weiß, dass das immer dein Traum war, aber ich habe das Gefühl, diese Arbeit vermisst du gar nicht."

„Ja … Nein … Du hast schon recht, aber … Was ist mit dir? Wieso der plötzliche Rückzug?"

„Ich bin ja nicht weg. Aber wieso sollen wir damit warten, bis ich nicht mehr handlungsfähig bin?"

Er hatte nicht ganz unrecht. Dennoch kam es alles sehr unerwartet.

„Du hast Angst, dass ich meine Meinung ändere", stellte ich fest. Mein Blick wanderte über die sich im Wind kräuselnde Oberfläche des Pools.

„Vielleicht, aber ich habe sehr gründlich darüber nachgedacht, Ryan."

Für ihn war das Gespräch damit beendet. Unsicher, wie ich mich verhalten sollte, nahm ich ein Toast aus dem Körbchen und verdrückte mich in mein Zimmer. Schnell zog ich die Klamotten vom Vortag aus und nahm eine kalte Dusche, um Kayla aus meinem Kopf zu bekommen. Heute würden wir uns nicht so schnell über den Weg laufen und ich brauchte dringend diesen Abstand. Doch auch unter dem eisigen Wasser konnte ich nur an sie denken. Noch nass schlüpfte ich in eine frische Jeans und T-Shirt. Was jetzt nur noch half, war ein Ausritt auf Riddle, meinem treuen Gefährten. Thor war ein tolles Pferd, gar keine Frage, aber Riddle und ich genossen gerne die Weite unseres Landes. Zügig überquerte ich den Hof, holte den braunen Wallach aus seiner Box und band ihn hinter dem Stall in der Sonne an.

„Ryan, soll ich dir helfen?“, fragte Marc, der mich im Stall sofort bemerkt hatte.

„Nein, ich brauche Zeit für mich. Kannst du Thor bitte reiten? Ich werde heute nicht dazu kommen. Falls jemand fragt, ich bin die Weiden kontrollieren.“ Marc nickte nur. Ich beeilte mich, mein Pferd zu satteln, und folgte dem Weg hinter den Reitplätzen in den Wald. Hier war es ruhig und niemand wollte etwas von mir. Bis mein Telefon klingelte. Ohne zu schauen, nahm ich ab.

„Ja?“

„Was würde Ryan Parker denn machen, wenn ich ihm tatsächlich eine Chance geben würde?“ Kaylas Stimme ließ mein Herz sofort höherschlagen.

„Du meinst, außer dein Haus zu renovieren, damit deine Tochter und du es gemütlich habt? Ich könnte mich zum Möbelaufbau anbieten.“

Kayla lachte.

„Das will ich deinen zarten Händen nicht antun. Hör zu, Ryan. Ich bin noch nicht bereit für etwas Neues, aber vielleicht irgendwann und ich hoffe, dass du dann noch da bist.“ Ihre Stimme brach.

„Wieso sollte ich es nicht sein?“, raunte ich in den Telefonhörer.

„Weil du vielleicht jemanden kennenlernst, der nicht mit Anhang kommt und …-“

„Du meinst Sadie? Ich finde deine Tochter toll, Kayla. Und sie mich, falls du das nicht gemerkt hast.“

„Natürlich habe ich das. Sie redet von nichts anderem mehr, außer dir. Und vielleicht den Ponys.“

„Dagegen anzukommen, ist nicht einfach.“

„Ryan. Was ich sagen will: Können wir einfach langsam machen? Also, sehr langsam? Bis ich bereit bin?“

„Du gibst das Tempo vor. Aber ich sage dir, wenn du mich küsst, kann ich für nichts mehr garantieren“, neckte ich sie, um ihr ein Lachen zu entlocken.

„Alles klar. Ich werde das im Hinterkopf behalten. Danke, Ryan, dass du so viel Verständnis für uns hast.“

„Danke, dass du mir eine Chance gibst“, sagte ich noch, bevor sie auflegte. Plötzlich sah der Tag viel sonniger aus. Ich pfiff irgendeinen alten Country Song, der mir plötzlich in den Sinn kam, und trieb Riddle an. Auch er spürte, dass meine Stimmung sich gebessert hatte, und schnaubte gelöst, als er angaloppierte. Heute konnte nichts mehr schiefgehen.

Zurück auf der Ranch kümmerte ich mich zuerst um Riddle, schaute bei Thor, der noch mit Marc auf dem Platz war, nach dem Rechten und beschloss dann, das nächste Projekt anzugehen. Ich betrat also das Gästehaus, das jahrelang meine Cousine bewohnt hatte, wenn sie am Wochenende über Nacht geblieben war. Schon lange war niemand mehr hier gewesen, wie eine dicke Staubschicht mir verriet. Zunächst öffnete ich die Vorhänge, um Licht hereinzulassen. Es klopfte an der Tür, als ich gerade das alte Sofa zur Seite schob. „Hier ist ja noch einiges zu tun", hörte ich Taylor.

„Was machst du denn hier?", fragte ich erstaunt.

„Du hast dein Portemonnaie vergessen und ich war sowieso unterwegs. Hier wird heute also die neue Ryan-Residenz? Oder Casa de Parker?"

„Scherzkeks. Ein bisschen dauert es, bis ich hier einziehe. Aber es wird Zeit. Vor ein paar Tagen ist mein Dad einfach ins Badezimmer gekommen, während ich duschen war. Stell dir mal vor, ich bringe jemanden mit nach Hause. Und außerdem, ist es nicht etwas seltsam, in meinem Alter noch keine eigene Bude zu haben?"

„Ein wenig. Also, wo soll ich anpacken?"

Wir durchquerten die Wohnung und beschlossen, dass alle Möbel ausgedient hatten. Nach und nach brachten wir sie ins Wohnzimmer und vermaßen dann die Räume. Schnell holte ich aus dem Poolhaus nebenan ein paar Flaschen Bier, dann setzten wir uns auf das staubige alte Sofa.

„Ich dachte, nach gestern Abend bekommst du kein Bier mehr runter", scherzte Taylor und unsere Flaschen klirrten gegeneinander.

„Sagen wir mal, ich hatte ein gutes Telefonat. Mit Kayla … Ein Grund zum Feiern."

„Sag bloß, sie gibt dir Aufreißer eine Chance?"

„Aufreißer? Die letzte Frau ist schon Monate her. Und ich finde, ich bin nun auch mal dran. Marie hat mir nicht umsonst dieses Armband mitgebracht", sagte ich. Taylor beäugte es misstrauisch.

„Du trägst es immer noch? Vielleicht ein falsches Zeichen für Kayla, oder?"

„Darf ich jetzt keine Freunde mehr haben? Mir ist das neu."

Nun lachte Taylor.

„Nein, so meinte ich das nicht. Aber denkst du nicht, dass sie von irgendjemandem bestimmt erfährt, dass ihr beide eine Vergangenheit habt, und könnte das Armband als merkwürdig empfinden?"

„Woah, Taylor. So tiefgründig. Vielleicht muss man das werden, wenn man bald Vater wird." Er wurde kreidebleich.

„Woher", begann er.

„Emma kann vor mir nichts verstecken. Naja, bis auf eure geheime Liebe zueinander. Ich kann es immer noch nicht glauben, dass ich das nicht bemerkt habe. Wart ihr jemals hier?"

„Nein, ich war nie hier im Gästehaus. Willst du wirklich wissen, wo ich mit deiner Cousine Sex hatte?" Kindisch hielt ich mir die Ohren zu.

„Auf gar keinen Fall. Naja, ich werde morgen mal in den Baumarkt fahren und alles besorgen, was ich brauche." Ich ließ den Blick über mein neues Zuhause schweifen und sah schon vor mir, was wohin kommen würde.

„Du wirst noch ein richtiger Handwerker. Kayla kommt aus dem Schwärmen gar nicht mehr raus." Taylor schaute auf seine Armbanduhr. „Ich muss wieder los. Wenn du Hilfe brauchst, sag Bescheid." Mit einem Schulterklopfen verabschiedete er sich und ließ mich allein in meinem Domizil zurück.

Auch wenn ich in den letzten Wochen viel gelernt hatte, brauchte ich zum Ausräumen dennoch Hilfe. Dad hatte ein paar Mitarbeiter beauftragt, ein paar Tage später das alte Mobiliar zu entsorgen. Mein Fokus lag nun auf den letzten Trainingseinheiten vor dem Turnier. Taylor und ich waren zwar Freunde, aber auf dem Platz zählte trotzdem noch der Bessere. Und diesmal wollte ich das sein. Ich trieb den Hengst zur Höchstform an. „Stopp!", rief mein Vater, als ich den Sliding-Stop zum dritten Mal wiederholte.

„Was?“ Ich wischte mir den Schweiß von der Stirn.
„Macht mal eine Pause. Er ist klatschnass. Morgen ist auch noch ein Tag.“
„Noch einmal. Dann darf er eine Runde entspannen. Das Wetter lädt zum Schwimmen im See ein. Taylor ist auch gleich da. Ich hab´ die Badehose schon drunter.“
Papa lächelte. „Schön, euch wieder vereint zu sehen. Gönn dir den Nachmittag eine Pause. Willst du wirklich Thor mitnehmen?“
„Klar. Er liebt schwimmen und er ist nicht gerne in seiner Box eingesperrt.“
„Ich weiß, aber wenn er sich verletzt …-“
„Dad, ich passe schon auf. Sobald wir vom Platz sind, machen wir nur noch langsam. Energie sparen. Hat Jake dich schon angerufen? Er hat heute Abend zum Grillen eingeladen.“
„Ja, deswegen bin ich hier. Fahren wir zusammen?“
„Können wir machen. Das wird schön, mal wieder mit allen zusammenzusitzen.“
„Außerdem feiern wir Kaylas Auszug. Am Wochenende zieht sie auf die Ranch“, eröffnete mein Dad mir feierlich.
„Sehr gut. Wir sehen uns gleich. Die anderen warten bestimmt schon am See auf mich.“

Der Weg zum See war von unserem Hof kürzer als von der Shamrock Ranch und so war ich vor Taylor, Marie und Mike da. Zu meiner

Überraschung hatten sie Fawkes und das weiße Pony mit dabei. Darauf saß strahlend Sadie, die mir zuwinkte, als sie mich sah. „Wart ihr schon im See oder warum ist er so nass?“, fragte Marie, die Fawkes am Strick neben Loki führte. Unsicher lächelte Kayla.

„Wir kommen vom Training. Mit euch beiden hätte ich hier am wenigsten gerechnet.“

„Ich wurde gezwungen. Nur Sadie zuliebe sitze ich hier auf dem wackeligen Tier.“

Ungeduldig buddelte Thor im Wasser und ich rutschte aus dem Sattel. Auch die anderen folgten und kletterten auf die blanken Rücken der Pferde. Alle, bis auf Kayla.

„Willst du vielleicht lieber bei mir mit aufsitzen?“, bot ich ihr an.

„Du kannst Fawkes einfach stehen lassen. Er rennt nicht weg“, sagte Taylor und zwinkerte mir zu.

„Ist das nicht zu schwer für ihn?“, fragte Kayla.

„Das bisschen, was du wiegst, merkt er gar nicht. Komm, steig auf den Felsen und ich zieh dich rauf.“ Doch zuerst zog ich mein Hemd und die Jeans aus. Mir entging Kaylas Blick nicht, doch ich versuchte es mir nicht anmerken zu lassen. Grinsend wandte ich mich ab. Kayla zog sich auch aus, bis sie nur noch einen gelben Bikini mit pinken Punkten trug. Nun war ich es, der starrte. Sie kletterte auf einen der größeren Felsen am Seeufer und ich streckte ihr meine Hand entgegen.

„Wirklich sicher? Ich will nicht, dass er sich unwohl fühlt."

„Vertrau mir. Und nun komm, die anderen sind bereits im Wasser." Zögernd schwang sie ein Bein über Thors Kruppe und ich fasste um sie herum nach den Zügeln. Sie so nah bei mir zu haben, war aphrodisierend. Einen Moment wagte ich ihren Duft nach Sonnencreme auf warmer Haut einzuatmen, bevor ich uns ins kühle Nass ritt.

Kapitel 8

Die Auszeit am See hat mich nur verrückter gemacht. Mich zurückzuhalten, war nicht meine Art, und mir fiel es wirklich schwer, sie nicht dauernd zu berühren. Und nun saßen wir nach einem anstrengenden Tag alle gemeinsam auf dem Hof der Shamrock Ranch, Taylor und ich wechselten uns beim Grillen ab, während Mike und Keith die großen Tische aufgestellt hatten. Kayla deckte mit den anderen Frauen den Tisch, während Sadie die beiden Hunde Daisy und Rocky über den Hof jagte. Ihr immer hinterher Julia, die nach der Schule nun ein fester Bestandteil auf dem Hof war. Auch hier war Marie es gewesen, die sich ihrer angenommen hatte. Ehemals gemobbt von ihren Mitschülerinnen, war sie nun mit dem beliebtesten Mädchen in ihrer Klasse befreundet. Außerdem machte sie eine hervorragende Figur auf dem Pferd. „Hey, Julia. Trittst du nächste Woche auch an?“, fragte ich sie, als sie gerade an mir vorbeirannte.

„Nein, ich darf noch nicht. Erst nächstes Jahr“, seufzte sie. Schwerfällig plumpste sie auf den Stuhl neben mir.

„Mit welchem Pferd?“, wollte ich wissen. Marie rutschte neben sie.

„Das schauen wir dann. Auch wenn sie und Thunder das toll gemacht haben, finde ich, sie sollte einen eigenen Partner an ihrer Seite haben."

Julia wandte ruppig den Kopf Marie zu.

„Was …-"

„Spirit darfst du natürlich weiter reiten, aber wenn du wirklich auf Turniere gehen möchtest, helfe ich dir bei der Suche nach dem passenden Pferd."

„Wir haben doch gar nicht das Geld und …-"

Nun war es der alte Jake, der mich überraschte, während ich die Unterhaltung verfolgte.

„Ich habe Taylor damals auch gefördert und wenn ich ein Talent wie dich hängen lassen würde, hätte ich ein schlechtes Gewissen. Voraussetzung ist natürlich, dass du weiterhin hier aushilfst, wenn es eng wird."

Julia nickte mit Tränen in den Augen und umarmte Jake stürmisch.

„Vielleicht habe ich da das passende Pferd im Stall. Kommt doch vorbei gucken", schlug ich vor. Im Augenwinkel sah ich, wie Dad mir aufmunternd zunickte. Tatsächlich schwebte mir eine nette Stute vor, die wir schon seit ein paar Wochen im Stall stehen hatten.

„Ich weiß nicht, was ich sagen soll. Damit habe ich nie gerechnet", stammelte Julia. Marie lächelte mich dankbar an und ich erwiderte es. Ich sah, wie Kayla uns beobachtete, und ich rückte ein Stück von Marie weg.

„Was macht der wilde Hund?“, fragte ich Marie, um das Thema zu wechseln.

„Naja, sie knurrt nicht mehr, wenn ich in die Box gehe. Die Welpen sind neugierig und freundlich.“

„Immerhin. Der andere Hund ist nicht mehr aufgetaucht. Vielleicht ist er auf der Suche nach ihr. Haltet also lieber die Augen auf“, warnte ich sie.

„Rocky und Daisy passen schon auf. Danke für dein Angebot, Ryan“, sagte Marie. Verschwörerisch beugte sie sich zu mir. „Was ist mit dir und Kayla eigentlich? Ich hab´ euch heute im See beobachtet.“ Ihre Stimme war leiser geworden. Ich vermied es, sie anzuschauen.

„Ich mag sie. Wir lernen uns kennen. Mehr nicht“, antwortete ich kurz angebunden.

„Wie? Ryan Parker hat eine Frau noch nicht direkt beim ersten Treffen küssen wollen?“, vernahm ich nun leise die Stimme von Mike. Natürlich war er sofort zu ihr gekommen.

„Mike“, brummte Marie. Er legte den Arm um sie und gab ihr einen Kuss auf die Schläfe.

„Sorry“, antwortete er, sah mich dabei aber nicht an.

„Wir überstürzen nichts. Das ist alles. Wieso interessiert das eigentlich jeden?“ Taylor half mir aus der Situation raus, als er bat, ihm in den Stall zu folgen. Schweigend drückte er mir den Futterwagen in die Hand.

„Lass dich doch nicht von Mike immer provozieren“, meinte er miesepeterig. Ich schnaubte.

„Er greift mich doch immer direkt an. Wenn ich auch nur in Maries Richtung schaue, steht er neben ihr wie so ein Pitbull.“

„Kannst du es ihm verübeln? Als du Marie kennengelernt hast, warst du so aufdringlich, dass du dir sogar ein blaues Auge eingefangen hast.“

„Ja … Emma hasst mich immer noch für die Hochzeitsfotos. Zumindest konnte man das Veilchen ein bisschen abdecken.“

„Wieso hat Mike dir eine reingehauen?“, hörte ich Kaylas Stimme. Zerknirscht drehte ich mich um und musste schlucken, als ich ihren Gesichtsausdruck sah. Eifersucht und Wut konnte ich darin ablesen.

„Ich war ein Idiot“, sagte ich nur. Taylor reichte mir die Futterkelle.

„Macht ihr zwei das mal.“ Unauffällig zwinkerte er mir zu.

„Also, wieso warst du ein Idiot?“ Kayla übernahm den Futterwagen.

„Marie und ich … Nein, warte. Ich fange anders an. Auf ihrem Flug nach Kanada habe ich sie kennengelernt. Ich dachte, das Interesse würde auf Gegenseitigkeit beruhen, aber das war leider nicht so. Und ich habe mich nicht wirklich gut verhalten. Dass ich abgewiesen werde, musste ich erst lernen. Bei den Vorbereitungen von Emmas und Taylors Hochzeit habe ich versucht sie zu küssen und Mike hat mir eins auf die Nase gegeben. Verdient, muss ich sagen", gab ich kleinlaut zu.

„Das ist ja noch gar nicht so lange her", murmelte sie. Ihr Griff um die Karre verstärkte sich.

„Ja, ich weiß. Marie hat mir schon früh zu verstehen gegeben, dass sie kein Interesse an mir hat, aber ich wollte es nicht akzeptieren. Erst der Schlag ins Gesicht hat mich geweckt."

„Deswegen reagiert er so aggressiv auf dich", merkte sie an.

„Genau, aber ich will nichts mehr von Marie, das musst du mir glauben", sagte ich leise zu ihr und legte meine Hände auf ihre Oberarme. Kayla versuchte sich von mir zu entfernen und ich ließ sie los. Wenn ich eins in den letzten Monaten gelernt hatte, dann, dass ich Grenzen akzeptieren musste.

„Es geht mich auch nichts an. Ich gehe mal nach Sadie gucken." Sie ließ mich allein im Stall stehen. Ich beendete die Fütterung und schaute dann nach der Hündin in der Box. Eine Hand auf meiner Schulter erschreckte mich.

„Wo bleibst du denn?", fragte Marie.

„Ich brauchte ein bisschen Ruhe", antwortete ich knapp.

„Es tut mir leid wegen Mike. Er ist nun mal eifersüchtig."

„Ich kann es ihm nicht verübeln. Ich war nicht besonders nett zu dir und ihm. Eigentlich muss ich mich entschuldigen."

„Das hast du schon zu Genüge. Und es ist doch alles in Ordnung. Irgendwann legt Mike auch sein

Gehabe dir gegenüber ab und vielleicht werdet ihr dann Freunde. Ich bin froh, dass ich dich als meinen Freund an meiner Seite habe. Und, dass du und Taylor euch vertragen habt, finde ich wirklich gut."

„Wurde endlich mal Zeit. Die Liste meiner Verfehlungen ist ziemlich lang."

Freundschaftlich knuffte sie mich in die Seite.

„Genug davon. Komm zurück, das Essen ist gleich fertig und wir haben extra den Platz neben Kayla freigelassen."

„Sie will sowieso nicht neben mir sitzen. Sie wollte wissen, wieso Mike mir ein blaues Auge verpasst hat, und ich habe es ihr erzählt. Fand sie nicht so toll."

„Dann sollten wir umso schneller zurückgehen, bevor weitere Gerüchte entstehen."

Schon hakte sie sich bei mir ein und zog mich zurück auf den Hof. Mike funkelte uns zwar an, doch Marie warf ihm einfach einen Kussmund zu. Zögernd nahm ich neben Kayla Platz, die nicht mal aufsah, als ich mich hinsetzte. Sie war in ein Gespräch mit Steve vertieft, der sehr detailliert seinen heutigen Notfall schilderte.

„Also bin ich mit der Hand rein und …-"

„Du bist mit der Hand in den Hintern der Kuh?", fragte Kayla ungläubig.

„Natürlich. Das Kalb hatte sich verkeilt und ich musste die Kette drum legen." Steve schaute sie an, als wäre sie von einem anderen Stern.

„Aber ist das nicht eklig?"

Nun lachte ich neben ihr.

„Es gibt angenehmere Dinge, aber wenn die Kuh Hilfe braucht, dann muss man tun, was man kann", sprang ich Steve zur Seite.

Kayla schüttelte sich. „Ich hoffe, dass ich das nie machen muss."

„Da du ja keine Tiere auf deinem Hof halten willst, wirst du davon verschont bleiben. Was machst du also mit der Scheune?", fragte ich.

Sie sah zu ihrer Tochter, die nun bei Sophie saß und den kleinen Oliver im Arm hielt. Tränen glitzerten in ihren Augen, die sie schnell wegblinzelte, als sie bemerkte, dass ich sie beobachtete.

„Ich werde, glaub ich, nicht um ein Pony drumherum kommen. Außerdem muss ich zugeben, dass mir der Ausritt heute wirklich Spaß gemacht hat. Aber von einem eigenen Pferd bin ich weit entfernt."

„Du bist immer willkommen, wenn du mit Fawkes ausreiten willst. Der arme Kerl steht die meiste Zeit rum. Marie bildet die Leute einfach zu gut aus. Die möchten dann kein Anfängerpferd mehr. Außerdem ist er bald so weit, seine ruhigen Tage auf der Koppel zu verbringen. Lange Strecken schafft er zwar noch, aber man soll es ja nicht übertreiben", sagte Jake und schaute rührselig zu seinem Stall, der nach einem großen Feuer im letzten Jahr neu aufgebaut werden musste. Überhaupt war in den letzten Monaten so viel passiert, dass einem Außenstehenden nur schwindelig werden musste. Ich schüttelte mich, als ich daran dachte, was Marie erst vor kurzem durchgemacht hatte. Von ihrem Exmann verschleppt, waren hier alle durchgedreht, verständlicherweise. Auch ich hatte mir Sorgen gemacht.

„Woran denkst du?“, holte mich Emmas Stimme aus meinen Gedanken.

„Ach, nichts. Ich bin einfach nur müde. Das Training war heute sehr anstrengend. Vielleicht fahre ich gleich nach Hause.“

„Was ich noch fragen wollte, fahren wir wieder zusammen? Also, falls du noch Platz hast für uns drei“, fragte Taylor.

„Klar, wir nehmen den Transporter. Da bekommen wir alle unter. Und Loki und Thor haben trotzdem genug Abstand. Aber wieso drei?“

Mike grinste. „Marie hat mich überredet, mit Domino beim Barrel Race teilzunehmen. Gegen die Profis haben wir zwar keine Chance, aber ich will nicht immer nur auf der Bühne sitzen.“

„Was für ein Turnier?“ Kayla schaute fragend in die Runde.

„Ein großes Rodeo ist nächstes Wochenende mit Party am Samstagabend. Komm doch mit. Ich fahr Samstag früh hin und kann euch gerne mitnehmen“, bot Sophie ihr an.

„O, Mama. Können wir? Bitte“, flehte Sadie.

„Ich fahre abends auch wieder nach Hause“, fügte Taylors Schwester hinzu.

Man sah Kayla an, dass sie sich nicht entscheiden konnte.

„Bitte, Mama.“ Sie seufzte.

„Muss ich da irgendetwas Besonderes anziehen?"

Emma, Sophie und Marie sahen sich an und sagten freudestrahlend im Chor: „Shopping!"

Kayla brachte Sadie ins Bett und setzte sich danach bewusst neben mich. „Ich habe ein bisschen Angst", flüsterte sie mir zu.

„Vor einem Shopping-Ausflug mit Sophie hätte ich auch Angst. Zieh auf jeden Fall Laufschuhe an", entgegnete ich scherzend.

„Doch nicht davor, du Blödmann. Vor dem Umzug. Hier fühle ich mich so aufgehoben. Ich will keine einsame Frau werden mit hundert Katzen."

„Naja, bei dir wohnt der Hund, das wird nichts mit Katzen. Aber wenn du einsam bist, kannst du immer vorbeischauen, ob bei uns oder hier."

Sie rutschte ein wenig näher an mich heran, sodass sich unsere Knie berührten. Ein angenehmes Prickeln durchfuhr meinen Körper.

„Du hast vor nichts Angst, oder?"

Ich lachte leise in mich hinein.

„Vor vielen Sachen. Angst, meinen Vater zu enttäuschen, Angst, schon wieder gegen Taylor zu verlieren, Angst, meine Zelte in Amsterdam abzubrechen, Angst, dir zu sagen, dass ich dich unwahrscheinlich gerne küssen würde …-" Im

Augenwinkel bemerkte ich, dass ihre Wangen rot anliefen.

„Hast du schon mal gegen Taylor gewonnen?"

„Bisher noch nicht. Aber mit Thor habe ich realistische Chancen. Er war ein paar Jahre nicht auf Rodeos, da habe ich immer gewonnen. Nun macht die Herausforderung auch wieder Spaß."

„Wegen seinen Eltern, oder? Emma hatte sowas angedeutet."

Ich nickte. „Während eines Turniers sind seine Eltern tödlich verunglückt. Danach musste er sich um Sophie kümmern, die war damals erst 16."

Ihr Blick wanderte zu Taylors Schwester, die müde, aber glücklich, neben ihrem Freund Keith saß, während der Kleine auf ihrem Arm schlummerte.

„Alle hier wirken so glücklich, als ob hier eine andere Welt ist, ohne Verbrechen und Krankheiten", murmelte sie. Nun nahm ich ihre Hand und sie zog sie nicht zurück.

„Das wirkt nur so. Hier passieren auch schreckliche Dinge. Der Stall wurde neu aufgebaut, nachdem ihn ein ehemaliger Mitarbeiter von uns in Brand gesetzt hat, um Marie eins auszuwischen. Mike war für einige Zeit verschwunden, weil er von seiner Vergangenheit eingeholt wurde, und Maries Exmann Simon hat versucht sie zurück nach Deutschland zu verschleppen, während sie auf dem Junggesellinnenabschied von Emma in Vancouver war. Alle haben sie tagelang gesucht."

Erschrocken riss Kayla die Augen auf und beobachtete nun Marie, die losgelassen über einen blöden Spruch von Steve lachte. Dabei versank sie glücklich in Mikes Armen.

„Deswegen passt er so auf sie auf", schlussfolgerte sie. Wie selbstverständlich streichelte ich mit meinem Daumen über ihren Handrücken.

„Willst du mir erzählen, was mit deinem Mann passiert ist?" Ich spürte, dass ihr das Thema auf dem Herzen lag.

„In einem ruhigen Moment. Das ist nichts, was alle hören sollen. Zumindest noch nicht."

Kapitel 9

Am nächsten Morgen half ich beim Transport der restlichen Sachen auf die Black Ranch, bevor ich Sadie wieder auf die Shamrock Ranch fuhr. Die Frauen hatten beschlossen, sofort am nächsten Tag loszufahren, und Taylor kümmerte sich um Sadie. Selbst Julia war mit der Gruppe zum Einkaufen gegangen und ich stellte mir vor, wie sie alle gutgelaunt und kaffeeschlürfend durch die Einkaufsstraße schlenderten. Sadie war ein bisschen traurig, dass sie nicht dabei sein konnte, aber Taylor hatte ihr versprochen, dass sie mit ihm ausreiten durfte. Dabei hatte er mich flehend angeschaut und ich hatte ihm zugesagt, nach meinem Training mit Riddle zur Ranch zu kommen.

„Ich würde sagen, du gönnst Thor eine Pause", schlug mein Vater vor. Es waren nur noch drei Tage bis zum Turnier. Zähneknirschend sah ich zu dem Fuchs, der unruhig in seiner Box auf und ab ging.

„Nur ein kurzes Training. Sonst wird er zu unruhig. Ab morgen hat er Pause. Marc kann sich dann kümmern, dass er für das Turnier sauber ist."

Dad nickte. „Ich finde es gut, wie engagiert du bist. Deine Chancen auf einen Sieg stehen gut."

„Du weißt, dass Taylor auch daran teilnimmt."

„Die letzten Male waren es nur wenige Punkte Unterschied. Wie ist der Umzug heute Morgen gelaufen?“ Mein Vater reichte mir Thors Halfter und folgte mir dann nach draußen.

„Das meiste war ja schon da. Nur noch der letzte Rest. Mal gespannt, wie es allein auf der Ranch funktioniert.“

Mit kräftigen Bürstenstrichen reinigte ich das Fell von Thor.

„Ich bin mir sicher, dass so eine hübsche junge Frau nicht lange allein bleiben wird“, meinte Dad. Ich bemerkte, dass er mich von der Seite ansah.

„Möglich. Ist der Transporter überprüft? Nicht, dass wir auf dem Weg zum Rodeo eine Panne haben“, wechselte ich das Thema.

„Alles gecheckt. Marc reinigt den gerade und verstaut schon mal die Sachen für Thor. Den Jungen nimmst du mit, oder?“

„Natürlich. Thor vertraut ihm. Oder hast du etwas dagegen?“

Er schüttelte den Kopf. „Der Junge macht seine Sache gut.“

Es war ein ruhiger Tag bei uns im Stall. Wir hatten nur wenige Einsteller, die oft nur am Wochenende vorbeischauten. Das meiste Geld verdienten wir mit der Zucht und dem Verkauf von Pferden. Während ich Thor putzte, tobten die Jährlinge auf der Weide nebenan. Unruhig trampelte der Hengst mit den Hufen.

„Wo hast du Marc eigentlich aufgelesen?“, fragte ich ihn.

„Es ist ein wenig kompliziert.“ Er verheimlichte mir doch etwas.

„Dad?“

„Er ist Bills Neffe.“

Ich stoppte in der Bewegung.

„Dein Ernst?“

„Er hat seinen Onkel auch nicht verstanden und war auf der Suche nach einem Job. Ich konnte doch nicht nein sagen.“

Schweigend dachte ich darüber nach.

„Ich muss es Marie erzählen, das ist dir klar, oder? Wenn wir das ganze Wochenende zusammen verbringen, soll sie wissen, wer er ist.“

Wie gerufen, kam Marc um die Ecke und tätschelte Thor.

„Der Transporter ist vorbereitet. Soll ich schon was einräumen?“

„Thors Sattelzeug kann schon rein. Für das Turnier hat er ja Besonderes.“

Marc nickte, kraulte noch einmal Thors Nase und schlenderte zurück in den Stall.

„Macht es einen großen Unterschied? Er leistet tolle Arbeit, die Pferde finden ihn gut und niemand sucht sich seine Familie aus.“

Irgendwie hatte er schon recht.

„Ich frage Taylor, was er davon hält, aber ich würde es ihr ungern verschweigen. Da habe ich kein gutes Gefühl bei.“

„Wie du meinst. Aber denk dran, der Junge kann nichts dafür.“

Ich konnte mich nicht wirklich auf das Training konzentrieren und ließ Thor einfach laufen. Er genoss die Freiheit, zu machen was er wollte, und lief locker über den Sandplatz.

„Dein Vater hat es dir erzählt, oder?“ Marcs Stimme riss mich aus meinen Gedanken.

„Ja.“ So wirklich wusste ich nicht, was ich antworten sollte, und wartete ab, was er noch sagen würde.

„Ich könnte verstehen, wenn du nicht möchtest, dass ich am Wochenende mitkomme.“

Sofort stoppte ich am Zaun. „Natürlich will ich, dass du mitkommst. Es ist nur …-“

„Vielleicht hätte ich es dir erzählen sollen. Aber ich weiß, dass Bill nicht sehr beliebt war bei euch. Und was er den Tieren angetan hat, war schrecklich.“

Zustimmend nickte ich nur. „Willst du, dass ich es für mich behalte?“

Unsicher schaute er zu Boden. Mein Hengst stupste ihn an. Beide Hände umfassten die Nüstern.

„Mir wäre es lieber, wenn ich es erzählen könnte.“

„Gut, dann liegt es in deiner Hand. Und keine Angst, die beißen nicht. Ich weiß, dass Marie sogar auf Bills Beerdigung gehen wollte.“

„Ich hab´ sie im Auto gesehen. Meine Tante ist ausgeflippt.“

„Davon habe ich gehört. Hast du fürs Wochenende alles eingepackt für dich?“

„Ich brauch´ nicht viel. Wann soll ich eigentlich hier sein?“ Marc wirkte erleichtert.

„Wir wollen früh los. Abfahrt von hier gegen sechs Uhr und dann holen wir die anderen Pferde von der Shamrock ab.“

„Dann bin ich früh genug da. Danke, Ryan.“

„Nicht dafür. Du hast dir mein Vertrauen verdient mit deiner tollen Arbeit. Was Bill getan hat, warst ja nicht du.“

Dankbar lächelte er mir zu.

Marc konnte meine Gedanken lesen und hatte Riddle bereits gesattelt, als ich mit Thor vom Platz kam. Thor genoss die Apfelstücke, die Marc immer für den Hengst nach dem Training in seiner Tasche hatte. Nun freute ich mich auf den Ausritt mit Taylor und Sadie, und auch, dass ich mal wieder mit meinem treuen Wallach unterwegs war. Durch das wochenlange Training war er viel zu kurz gekommen, was ihn anscheinend nicht gestört hat. Auf dem Hinterhof der Shamrock Ranch wartete Taylor bereits mit einem neuen Berittpferd, das neben Lumos, der kleinen weißen Ponystute stand.

„Wen hast du denn da?“, fragte ich neugierig und schaute mir das Pferd genauer an.

„Sie ist schon fast bereit zur Abholung. Jungfernritt im Gelände. Das ist Pebbles.“ Er tätschelte die gepunktete Stute.

„Ryan!“ Sadie rannte auf mich zu. Schnell sprang ich von Riddle ab, dem die schnelle Bewegung nicht geheuer war. Das Mädchen schlang beide Arme um mich. Taylor lächelte verschmitzt.

„Du machst das ja schon ganz allein mit dem Pony.“

„Emma hat es mir alles beigebracht. Kommst du mit uns?“

„Natürlich. Deswegen bin ich hier. Können wir los?“

„Klar, ich sag nur Bescheid, dass wir weg sind. Sadie, setzt du den Helm an?“ Kaylas Tochter nickte und setzte den schwarzen Reithelm an. Kurz verschwand Taylor im Stall und kam mit Mike im Schlepptau zurück. Ich unterdrückte ein Augenrollen.

„Ich bräuchte vielleicht nächste Woche deine Hilfe“, begann Mike kleinlaut. Ich war überrascht.

„Klar, sag einfach Bescheid, dann komme ich vorbei.“

Stutzig schaute ich zu Taylor, der nur aufmunternd lächelte. Da hatte er bestimmt seine Finger mit im Spiel.

„Alles klar. Dann wäre das ja geklärt. Wir reiten dann los. Bis nachher“, sagte Taylor, stieg auf Pebbles. Sadie und ich folgten seinem Beispiel. Kurz nickte ich Mike zum Abschied. Kaum waren wir um die Kurve geritten, schloss ich zu Taylor auf.

„Was war das denn?“, wollte ich wissen.

„Mike braucht Hilfe, nächste Woche wird die Küche eingebaut und Keith hat sich an der Hand verletzt. Außerdem haben wir eine große Gruppe Feriengäste, da kann ich Marie nicht die ganze Zeit allein lassen.“

„Ich bin mit Mike allein? Findest du, das ist eine gute Idee?“

Taylor zuckte nur mit den Schultern. Toller Freund.

„Ich hoffe, Mama kauft mir auch ein Pony“, sagte Sadie und streichelte die kleine Schimmelstute.

„Bestimmt, wenn ihr richtig eingezogen seid. Bist du schon aufgeregt?“

„Ne, wieso?“, fragte das kleine Mädchen.

„Na, vor der ersten Nacht im neuen Haus.“

„Ach so, ne.“ Damit war für sie das Gespräch beendet.

Als wir zurück auf dem Hof waren, hörten wir die Frauen zuerst, bevor wir die Autos entdeckten. Taylor lachte laut, sobald er die tratschende Meute auf der Veranda sah. Sadie trabte stolz auf ihre Mutter zu. „Guck mal, Mama.“

Die Frauen, bis auf Emma, hatten alle ein leichten Schwips. Kayla applaudierte ihrer Tochter.

„Du machst das so toll. Ein richtiges Naturtalent“, sagte Kayla. Ich stieg von Riddle ab und nahm ein Bier, das Jake mir entgegenhielt.

„Es ist mit Bier einfacher zu ertragen. Sie sind seit einer halben Stunde hier und reden ohne Punkt und Komma. Als ob sie den ganzen Tag nicht miteinander verbracht hätten“, scherzte er.

„Aber nur eins. Papa wartet auf mich.“

„Wie läuft es mit euch? Beim Kartenspielen hat er mir voller Stolz erzählt, was er vorhat.“

„Dass er sich zur Ruhe setzen will, hat er dir erzählt? Ich dachte, das wäre eine kurzfristige Entscheidung gewesen.“

Verdutzt schaute Jake mich an.

„Das meinte ich nicht. Eigentlich hatte er mir nur gesagt, dass er dich mehr in die Geschäfte einbinden will. Er will sich zur Ruhe setzen, sagst du?“

Ich nahm einen großen Schluck Bier.

„Ja, kürzer treten nach und nach. Ich war selber überrascht.“

„Du machst das schon. Da bin ich mir sicher. Nimmst du Riddle auch am Wochenende mit?“

Liebevoll streichelte ich dem Braunen über die Nase.

„Nein, ich nehme nur Thor. Eine Startnummer reicht. Möchte ja auch die anderen sehen. Riddle ist für die normale Arbeit gemacht und darin geht er auf.“

Auch Jake tätschelte mein Pferd.

„Ich wünsche euch viel Erfolg. Meine Zeiten auf Rodeos sind vorbei.“ Um uns herum verstummten alle und schauten den alten Mann an.

„Du bist auch auf Rodeos gewesen?“, fragte Marie interessiert.

„O ja. Barrel Race habe ich geliebt. Aber ich war bei Weitem nicht so erfolgreich wie ihr. Ich bin gespannt, wie Mike sich schlägt. Beim Letzten hatte er ja kaum Konkurrenz.“

Siegessicher schnaubte der blonde Mann, drückte seine Frau an sich und lächelte. „Das werden wir sehen. Domino ist blitzschnell und wendig. Und nächstes Jahr muss ich gegen meine eigene Frau antreten.“ Marie lachte laut.

„Wir haben es einmal probiert. Ich glaube, mir ist es doch ein bisschen zu schnell.“

„Du und Loki?“, fragte ich.

„Ne, Thunder. Der geht ab wie eine Rakete.“

Die blonde Marie auf dem goldenen Wallach konnte ich mir gut auf dem Platz vorstellen.

„Das würde ich ja gerne sehen. Gut, ich muss los. Wir sehen uns Freitag früh, okay?“

Ich leerte mein Bier, stieg wieder auf Riddle und wollte gerade den Heimweg antreten, als Kayla mich zurückrief.

„Ryan, warte.“

„Was gibt es?“, fragte ich. Dabei schaute ich auf meine Uhr. Ich hatte noch viel zu erledigen.

„Ich habe mich gefragt, ob dein Angebot noch steht, mit mir nach einem neuen Auto zu gucken.

Auf dem Weg aus der Stadt hierher habe ich einen tollen Wagen gesehen, aber ich bin mir unsicher."

„Natürlich. Wir fahren uns den nächste Woche angucken, wenn du möchtest."

„Das wäre lieb, danke. Ich halte dich auch nicht mehr länger auf. Sehen wir uns Samstag?"

„Auf jeden Fall. Bis dann, Kayla. Und eine schöne erste Nacht im Haus." Sie lächelte mir noch hinterher.

Gut gelaunt ritt ich wieder auf den Hof. Marc kam mir sofort entgegen und nahm Riddles Zügel, während ich abstieg. „Danke, ich mache das selber."

„O … Okay. Ich dachte …-"

„Ich mache das immer gerne selber, wenn ich Zeit habe. Ist schon alles im Transporter verstaut?", fragte ich. Nebeneinander gingen wir die Stallgasse entlang.

„Es ist alles drin. Muss ich noch irgendetwas einpacken?"

„Meinst du, für mich oder für dich? Warst du schon einmal auf einem Rodeo?"

Marc schüttelte den Kopf und reichte mir Riddles Halfter.

„Samstagabend ist eine Party. Ein schickes Hemd und eine saubere Jeans für den Abend, und die Herzen aller Frauen fliegen dir zu."

Er lief rot an. Ich warf ihm Seitenblicke zu, doch er sagte nichts mehr.

Noch am gleichen Abend packte ich meinen Koffer für das Rodeo und überprüfte, ob ich alles eingepackt hatte, bevor ich mich ins Bett legte. Die ganze Zeit kreisten meine Gedanken um Kayla und ihre Tochter, die nun allein auf der Ranch waren. Schlaflos nahm ich mein Handy in die Hand und schickte ihr eine Nachricht, ob alles in Ordnung war. Schon klingelte mein Telefon.

„Hey“, raunte ich ins Telefon.

„Hey. Hier ist alles in Ordnung, nur …-“

„Nur was?“

„Sehr leise. Auf der Shamrock Ranch war es schon ruhig, aber hier höre ich nicht einmal Pferde schnauben oder die Hunde bellen. Und falls doch ein Hund bellt, muss ich Angst haben, dass es der wilde Hund ist.“

„Der macht nichts, das weißt du. Vielleicht solltest du einem der Welpen ein zu Hause geben. Sadie würde sich freuen.“

Kayla lachte. „Und wie. Dann direkt noch ein paar Ponys und die Kühe fand sie auch super.“

„Wieso denn nicht? Platz ist genug da.“

„Ehe ich mich versehe, steck ich auch mit dem Arm in dem Arsch einer Kuh.“

Nun lachte ich laut. „Dafür haben wir Steve. Dass man selber ran muss, kommt selten vor.“

Ein paar Sekunden schwiegen wir. „Ich glaube nicht, dass ich schlafen kann“, murmelte sie.

„Soll ich dir eine Gute-Nacht-Geschichte erzählen?“

Leise kicherte sie. „Vom kleinen Ryan?“

„Welcher?“ Mein Scherz brachte den gewünschten Effekt. Nachdem sich ihr Lachanfall gelegt hatte, wartete sie ab, bis ich anfing zu erzählen.

„Als Kind hatte ich ein Pony namens Baxxter und mein Dad ist beinahe verzweifelt, weil wir den ganzen Tag verschwunden waren. Irgendwann folgte er uns auf seinem Pferd, nur um festzustellen, dass wir gar nicht den ganzen Tag im Wald unterwegs waren, sondern zu Jake und Maggy geritten waren, um Kuchen zu essen.“ Je länger ich erzählte, umso ruhiger wurde ihre Atmung. Müde gähnte ich und auch mir fielen die Augen zu.

Kapitel 10

Ich wachte mit meinem Telefon in der Hand auf, das die letzten Reste Akku dafür nutzte, den Klingelton meines Weckers abzuspielen. Der Anruf war immer noch aktiv und ich hörte ein leises Schnarchen. Sofort beendete ich den Anruf und wischte mir müde über mein Gesicht. Im Haus war es noch ruhig, was mich verwunderte. Normalerweise schlief mein Vater nicht so lange. Ich stoppte vor seiner Schlafzimmertür, klopfte aber nicht. Sein Schnarchen war durch die geschlossene Tür zu hören. Soll er sich mal ausruhen. Die Kaffeemaschine war zum Glück schon fertig. Unsere Hausangestellte Gloria war ein Schatz. Ohne sie wären wir schon lange verloren. Mit meiner Kaffeetasse setzte ich mich auf die Bank vor dem Haus, damit ich direkt auf die Stallungen gucken konnte. Erst die letzten Tage war mir bewusst geworden, wie groß der Betrieb gewachsen war und ich meinen Dad mit allen Verpflichtungen allein gelassen hatte. Die ersten Angestellten betraten den Hof, nickten zur Begrüßung und gingen ihren Aufgaben nach. Ich fragte mich, was meine Aufgabe war. Delegieren, ohne selber anzupacken? Taylor, Marie und Mike arbeiteten ununterbrochen. Auch wenn keine Feriengäste da waren, hatten sie immer zu tun. Den Gedanken an die Shamrock Ranch hatte ich kaum zu Ende gedacht, da klingelte das Telefon im Haus. Gloria öffnete das Fenster. „Mr. Parker, es ist für Sie."

„Danke, Gloria. Ich komme."

Den letzten Schluck Kaffee trank ich noch, bevor ich zurück ins Haus trat. Gloria reichte mir den Telefonhörer vom Küchentelefon. Das Erste, was ich anschaffen würde, wären kabellose Telefone.

„Guten Morgen", sagte ich. Dann hörte ich Maries Stimme.

„Guten Morgen. Ich habe hier ein Mädchen, das sich gerne ein Pferd angucken würde. Hast du heute Zeit dafür?"

„Seid ihr denn wieder fit?", fragte ich. Marie gluckste belustigt.

„Natürlich. Wir waren einfach gut drauf. Kayla ist wirklich nett und passt gut in unsere Runde. Also, können wir gleich kommen?"

„Gerne. Ich mach sie fertig. Gebt mir eine halbe Stunde."

„Perfekt. Bis nachher."

„Wieso hast du mich nicht geweckt?", fragte mich Dad, der, noch im Schlafanzug, mich vom Türrahmen aus musterte.

„Du wolltest doch kürzertreten. Oder hattest du irgendwelche Termine?"

„Nein, du hast recht. Das war mal eine angenehme Abwechslung. Wie sieht dein Plan für heute aus? Thor hat Pause bis Samstag und du könntest das Training der Jungpferde begutachten."

„Das ist eine gute Idee. Aber zuerst kommt Julia die Stute gucken, die ich im Sinn für sie habe."

Dad nickte zustimmend, nahm dann den Terminkalender von der Anrichte und blätterte durch die Seiten.

„Wann musst du nach Amsterdam? Du hast letztens etwas erwähnt."

„Ende des Jahres. Die arbeiten gerade an einem großen Fall, da ist zu viel zu tun. So dringend ist es nicht. Nur ein paar Unterschriften und schon bin ich raus."

Unsicher schaute mein Vater mich an. „Willst du das wirklich, oder …-"

„Natürlich will ich das. Den Schritt hatte ich bereits gemacht, bevor du mich gefragt hast. Ich bin im Stall. Marie und Julia kommen in einer halben Stunde."

„Das mit dir und Marie ist vorbei, oder?" Er konnte sich ein Grinsen nicht verkneifen.

„Seit dem blauen Auge definitiv", antwortete ich mit einem Lachen.

„Du solltest Kayla einladen. Ihr zwei versteht euch doch gut oder habe ich da etwas falsch verstanden?"

Wortlos drehte ich mich um, winkte ihm und verließ das Haus. Sein Lachen hörte ich dennoch.

Zielstrebig ging ich zur Box der Stute. Sie war etwas kleiner, aber hatte die perfekte Größe und außerdem war ihre Farbe ein echter Hingucker. Schwarzfalben kamen nicht so oft vor und ihre kleine Schnippe an den Nüstern sah aus wie ein kleines Herz. Ich putzte und sattelte sie, damit Julia sie gleich auf dem Platz ausprobieren konnte. Nervös tänzelte sie am Zaun herum.

„Ryan, Marie und das Mädchen sind da", sagte Marc, der Thor zum Waschplatz brachte. Heute stand für den Hengst Wellness-Programm an.

„Marc, wäre die Kleine nichts für dich? Die ist doch süß", rief einer der anderen Angestellten und stupste seinen Kollegen an.

„Habt ihr nichts zu tun?", fuhr ich sie an.

„Ja, Chef", sagten sie, warfen dann aber Marc noch einen Blick zu. Verschiedene Gedanken schossen mir durch den Kopf, doch Marie und die aufgeregte Julia lenkten mich ab.

„Ist sie das?", hauchte Julia, wobei sie die Stute bewunderte.

„Ja, das ist Dusty. Ihr voller Name ist: This Bar is Dusty, aber das ist ja viel zu lang."

„Tolle Farbe. Wie alt ist sie?", fragte Marie und schaute sich das Pferd genauer an. Ich erzählte ihr mehr von Dusty, über ihre Ausbildung und ihren Stammbaum. Julia interessierte das nicht, hatte es mich in ihrem Alter auch nicht. Sie streichelte die weiche Nase. Ich war mir schon sicher, dass die beiden sich gut verstehen würden.

„Dann setz dich doch mal drauf. Sie stand zwar ein paar Tage, aber du kommst ja schließlich auch mit Loki zurecht, da sollte Dusty kein Problem sein", schlug ich vor. Zusammen gingen wir auf den Reitplatz und während ich die Stute festhielt, stieg Julia auf. Langsam drehte sie ihre Runde auf dem Platz. Marie wartete am Zaun und lächelte mir zu, als ich mich zu ihr gesellte.

„Wenn ich an letztes Jahr denke, als sie das erste Mal auf einem Pferd gesessen hat“, murmelte sie mir zu.

„Sie hat schnell Fortschritte gemacht. Die beiden passen gut zusammen“, meinte ich. Marie nickte nur.

„Trab sie mal an, Julchen“, rief sie ihrem Schützling zu. „Danke, dass du Mike hilfst. Es hat ihn einiges an Überwindung gekostet, dich zu fragen.“

Mein Lachen glich eher einem Knurren. „Wenn Taylor nicht dabei gewesen wäre, hätte ich wahrscheinlich nein gesagt. Ich habe erst hinterher erfahren, dass ich das mit ihm allein machen muss. Ich übernehme keine Verantwortung.“

„Ich denke, ihr könntet gute Freunde werden“, sagte sie. Zur Antwort schnaubte ich nur. Mike und ich würden uns nie verstehen.

„Wieso ist dir das wichtig?“, wollte ich nun wissen.

„Ryan, wir sind Freunde, oder nicht? Außerdem Nachbarn. Sollte der Streit zwischen euch nicht langsam beigelegt sein?“ Sie hatte eine Hand auf meinen Unterarm gelegt. Ganz kalt ließ mich die Berührung nicht und ich versuchte etwas Abstand zwischen uns zu bringen. Das war nicht gut.

„Marie, das zwischen uns …-“

„Schau mal, wie toll sie galoppiert, Marie!“, rief Julia dazwischen und peste an uns vorbei.

„Mach das nicht, Ryan. Wir haben das doch schon hinter uns. Was ist mit dir und Kayla?"

„Ich weiß es doch auch nicht, Marie. Vielleicht ergibt sich was auf dem Rodeo. Was soll ich denn machen? Sie braucht Zeit und ich habe - hoffentlich - aus meinen Fehlern gelernt."

„Mit Sicherheit hast du das. Aber das heißt ja nicht, dass du die ganze Zeit mit dem Fuß auf dem Bremspedal stehen sollst."

Schweigend beobachteten wir Julia, die wie ein Blitz über den Platz fegte.

„Wir haben gestern Abend miteinander telefoniert und sind dabei eingeschlafen", gab ich kleinlaut zu. Marie stieß ein triumphierendes: „Ja!", aus. Julia stoppte vor uns am Zaun.

„Marie, ist sie nicht toll?" Julia strahlte über beide Wangen.

„Das musst du mir sagen. Wenn ihr euch versteht, kläre ich alles weitere mit Ryan."

„Von mir aus, könnt ihr sie direkt mitnehmen, oder soll Marc sie euch bringen?"

„Kann ich sie nicht nach Hause reiten?", flehte Julia, doch Marie schüttelte den Kopf.

„Ich habe das Auto mit Anhänger dabei. Das ist zu gefährlich. Gewöhnt euch zuerst aneinander. Sattele du sie ab und ich mache mit Ryan den Vertrag fertig."

Julia schwang sich aus dem Sattel und brachte die Stute zurück an den Anbindeplatz.

„Julia scheint glücklich zu sein.“ Marie und ich gingen Richtung Haus. Kurz vor der Tür stoppte sie.

„Wow, nun sehe ich das Anwesen der Parkers mal von innen“, scherzte sie.

„Du bist immer herzlich eingeladen.“ Die Stimmung zwischen uns änderte sich. Die letzte Einladung, die ich ihr gegenüber ausgesprochen hatte, beinhaltete ein Date im Whirlpool. „Also, ihr alle natürlich. Wenn es mal wieder zu heiß wird.“

„Danke … Der Junge mit Thor, den kenn ich noch gar nicht.“ Sie folgte mir in die Küche und setzte sich an den Küchentresen.

„Das ist Marc. Er ist noch nicht so lange hier. Hat es nicht leicht zwischen den alteingesessenen mit seiner Vergangenheit.“ Manchmal musste man Sachen, ohne lange nachzudenken, erzählen. Wie das Abziehen eines Pflasters, auch wenn ich Marc versprochen hatte, dass er es berichten durfte.

„Seine Vergangenheit?“ Neugierig beugte sie sich vor.

„Eigentlich steht es mir nicht zu, das zu sagen. Ich war vielleicht etwas übergriffig. Marc möchte es euch selber mitteilen.“

„Nun sag schon. Ist es etwas Schlimmes?“ Ich goss ihr Kaffee in eine Tasse.

„Mann, Marie. Das ist echt eine Scheißsituation.“

„Ryan, dein Vater sucht dich." Der junge Pfleger steckte den Kopf in die Küche. Marie zuckte zusammen.

„Ich komme gleich. Marc, das ist Marie", stellte ich die beiden nun vor. Betreten schaute Marc zu Boden, atmete tief durch und reichte dann Marie die Hand.

„Es tut mir leid", murmelte er. Marie schaute ihn fragend an.

„Was tut dir leid?"

„Was … was mein Onkel euch angetan hat."

Es dauerte ein paar Sekunden, in denen Marie eins und eins zusammenzählte. Dann musterte sie ihn von oben nach unten.

„Dein Onkel war Bill?", schlussfolgerte sie.

„Ja", sagte er leise, bevor er sich abwand, um zu gehen.

„Du bist nicht dein Onkel, das ist dir schon klar. Außerdem mag Thor dich, also kannst du nicht viel mit deinem Onkel gemeinsam haben", sagte sie mit einem Lächeln, dass auch Marc die Angst nahm. Er lächelte schüchtern zurück. Ich atmete erleichtert aus. Kaum war er wieder verschwunden, durchbohrte sie mich mit ihren Blicken.

„Ich hole den Vertrag", sagte ich zu ihr, damit sie in Ruhe die Nachricht verdauen konnte.

Im Büro meines Vaters holte ich aus dem Schrank die Unterlagen von Dusty, sowie den bereits vorbereiteten Vertrag vom Schreibtisch. Dabei fiel mir ein Schreiben auf. Langsam nahm ich das Stück Papier in die Hand, auf dem ein

Kaufangebot für Thor stand. Unterschrieben von Dad. Mit zitternden Händen ging ich zurück zu Marie. Ihr legte ich den Vertrag vor.

„Ryan?"

Eine Hand auf meiner Schulter ließ mich zusammenfahren.

„Was?"

„Was ist denn los? Du reagierst gar nicht. Ich habe alles unterschrieben."

„Mein Vater hat Thor verkauft", antwortete ich tonlos.

„Wieso?"

„Das ist eine gute Frage. Warte hier."

Wütend rannte ich aus dem Haus. „Dad!", rief ich laut. Schritte hinter mir verrieten, dass Marie mir trotzdem folgte.

„Ich bin im Stall, Ryan." Er stand neben Julia und Dusty. Das Mädchen schaute schüchtern zu Boden. „Wieso schreist du so rum?"

„Du hast Thor verkauft?" Meine Wut konnte ich kaum unterdrücken.

„Noch nicht. Du musst lernen, Verträge richtig zu lesen." Mit zittrigen Händen hob ich das Papier an und schaute auf den Text.

„Was ist das denn für eine bescheuerte Klausel? Wann wolltest du mir sagen, dass ich das Turnier am Wochenende gewinnen muss?" Marie linste auf den Vertrag.

„Das ist ja schon Wochen her, wo das unterschrieben wurde", merkte sie an.

„Ich habe versucht vom Vertrag zurückzutreten, aber da war schon alles unterschrieben. Da wusste ich noch nicht, dass du bleibst."

Ich schloss die Augen und atmete tief ein.

„Ich muss also nur am Wochenende gewinnen?", fragte ich. Dad nickte.

„Scheiße", murmelte Marie.

„Thor ist ein tolles Pferd und du ein sehr guter Reiter. Ihr könnt es schaffen."

„Taylor reitet mit."

„Na und? Gib du dein Bestes und dann sehen wir danach weiter."

„Wer ist der Käufer?", fragte Marie interessiert.

„Johnny King. Du kennst ihn, oder?" Marie schnaubte belustigt.

„Was will der denn mit Thor? Er reitet doch in einer ganz anderen Disziplin."

„Thor ist vielseitig begabt. Cutting liegt ihm genauso im Blut wie Loki auch. Wir lieben beide das Reining. Johnny King hätte mit Thor große Chancen endlich mal in den oberen Plätzen mitzureiten."

„Ryan, du musst mir glauben. Ich hätte ihn nicht zum Verkauf freigegeben, wenn ich gewusst hätte, dass du bleibst."

Flehend sah mein Vater mich an. So kannte ich ihn gar nicht.

„Also gut. Dann muss ich nur Taylor am Wochenende besiegen." Hysterisch lachte ich auf. „Machen wir den Vertrag für Dusty fertig. Ich muss noch einiges vorbereiten."

Marie sagte nichts mehr, unterschrieb in der Küche schnell die Papiere und wir verluden Dusty. Nachdenklich zog ich mich in den Stall zurück. Thor stand frisch gewaschen in seiner Box. Es sah mir nicht ähnlich, mich so sehr an ein Turnierpferd zu binden. Doch der Fuchs hatte es mir angetan. Freundlich prustete er mir zu. Ich kraulte ihn hinter seinen Ohren und er ließ dabei entspannt seinen Kopf hängen. „Wir müssen das schaffen, mein Junge. Ich weiß, dass du das kannst."

Wie lange ich da stand, konnte ich nicht mehr sagen.

„Ryan, ist alles in Ordnung?" Marcs Stimme erklang hinter mir.

„Ja", murmelte ich, drehte mich jedoch nicht um. Schweigend schloss ich die Boxen-Tür hinter mir, bevor ich den Stall verließ.

Kapitel 11

Der Freitagmorgen startete früh. Ich wollte vor allen anderen im Stall sein, wurde aber von Marc überrascht, der Thor bereits eine Decke überlegte. „Guten Morgen, Chefchen“, wünschte mir Marc mit einem aufgeregten Lächeln im Gesicht.

„Du bist aber früh. Hast du all deine Sachen dabei?“

Schnell nickte er.

„Ja und auch schon im Transporter. Wann fahren wir los?“ Nun lachte ich auf.

„Ich hab´ dem Team von der Shamrock Ranch gesagt, dass wir um sechs Uhr da sind. Also haben wir noch über eine Stunde Zeit. Hast du schon gefrühstückt? Gloria ist gerade in der Küche.“

„Ich bin viel zu aufgeregt, um zu essen. Gibt es noch etwas vorzubereiten?“

„Du musst doch was essen. Komm mit.“

Auch andere Mitarbeiter fanden sich schon früh im Stall ein. „Guten Morgen, Chef“, sagten sie. Wieder sahen sie Marc merkwürdig an und hinter meinem Rücken hörte ich gemurmelte Worte, die ich nicht genau verstand. Marc schaute betreten zu Boden. Gloria freute sich über das neue Gesicht am Küchentresen. „Wie möchtest du deinen Kaffee?“, fragte sie ihn. Ihre fröhliche Art entlockte ihm wieder ein Lächeln.

„Schwarz, danke."

„Und ein paar Sandwiches. Damit du genug Kraft hast. Rodeos sind anstrengend und man sollte immer gut frühstücken, bevor man es nachher vergisst."

Gloria war ein Engel. Während sie Marc bemutterte, schickte ich eine Nachricht an Taylor. Immer wieder fragte ich mich, ob Marie ihm von dem Verkauf erzählt hatte. Aber dann hätte er es mir bestimmt gesagt. Beim letzten Schluck Kaffee kam auch mein Vater.

„Guten Morgen, wann fahrt ihr?"

„Jetzt gleich. Nur noch Thor muss in den Transporter, alles andere ist bereits drin."

„Sehr gut. Ich komme dann morgen früh nach. Mach dir nicht so viel Druck. Ich bekomme das mit Sicherheit mit Johnny geregelt. Geld ist ihm noch wichtiger als Erfolg."

„Das sagst du. Verliert er diesmal wieder haushoch gegen Marie, dann wird Thor ihm wichtiger werden denn je."

„Mal doch nicht den Teufel an die Wand. Ich bin mir sicher, ihr werdet euer Bestes geben."

Beim Hinausgehen reichte er mir meinen Koffer, den ich im Flur geparkt hatte. Kurzerhand zog er mich in eine Umarmung.

„Dad, ist alles in Ordnung?", fragte ich lachend.

„Ich darf doch wohl meinen einzigen Sohn umarmen. Bis morgen. Meld dich, wenn ihr angekommen seid."

Marc nahm mir den Koffer ab und ging schon mal voraus.

„Mach ich. Du, Papa. Hast du mitbekommen, dass die anderen über Marc reden?"

Dad schaute durch den Flur nach draußen.

„Ja, es ist für Marc nicht einfach. Er ist nun mal … Ich weiß nicht, wie ich es sagen soll."

„Nun sag schon", drängte ich ihn.

„Er ist schwul, hat er es dir nicht gesagt? Ich bin dazwischen gegangen, als sie ihn als Schwuchtel und noch schlimmer bezeichnet haben …-"

Wut baute sich in mir auf. „Und das sagst du mir nicht? Was haben sie dann gesagt?"

„Ich habe allen Beteiligten eine schriftliche Abmahnung erteilt. Sollte da nochmal etwas vorfallen, schmeiße ich alle raus. So etwas dulde ich hier nicht."

„Gut. Weiß Marc das auch?"

„Ja, aber er will nichts sagen."

Ich nickte. „Okay. Dann halte ich meine Ohren offen."

Von draußen klang das Geräusch von Hufen auf Asphalt wieder und ich schloss mich Marc an, Thor in den Transporter zu verladen. Das geräumige Fahrzeug bot Platz für sechs Pferde. So konnten wir zum Glück Platz zwischen Thor und Loki lassen. Ich überprüfte, ob Thor richtig angebunden und gesichert war, dann stieg ich auf der Beifahrerseite des Führerhauses ein.

„Wir können los", sagte ich. Gleichzeitig schickte ich eine Nachricht an Taylor. Ich wusste nicht recht, ob ich etwas zu Marc sagen sollte, deswegen schwieg ich lieber. Auf der Shamrock Ranch herrschte schon Trubel und entlockte mir ein Lächeln. Die Aufregung wich Vorfreude und leichtfüßig sprang ich vom Sitz.

„Einen wunderschönen guten Morgen. Habt ihr alles parat?“, rief ich den durcheinanderlaufenden Leuten zu. Mike stoppte in seiner Bewegung.

„Eigentlich schon, aber Nox ist mal wieder verschwunden und Marie will nicht weg, bevor sie das sture Pony gefunden hat.“

Zwischen Lachen und Seufzen schwankend ging ich in den Stall. Erschrocken presste ich mich gegen die Boxen-Tür von Fawkes, als eine Meute Hunde auf mich zugeschossen kam.

„Die tun nichts“, rief Mike mir entschuldigend zu. Dabei führte er Silver, einen imposanten Schimmel, aus der Box. Ihm folgte Marie mit Sky. Sie sah besorgt aus.

„Haben wir noch ein bisschen Zeit? Ich kann Nox nicht allein draußen lassen“, sagte sie, während sie dem Schimmel Sky die Trense anlegte.

„Nur wenig. Wir sind zwar früh dran, aber wir könnten in einen Stau geraten, wenn wir später losfahren.“

„Eine halbe Stunde?“

Ich seufzte. „Aber nicht länger. Ich begleite euch.“ Mike reichte mir die Zügel von Silver.

„Ich folge euch mit Fawkes, reitet schon mal vor.“ Marie hauchte ihrem Mann noch einen Kuss auf die Wange, schwang sich auf den blanken

Rücken des Pferdes und ritt aus dem Stall hinaus. Ihrem Beispiel folgend, trieb ich den Schimmel raus und wir schlugen den Weg Richtung Wald ein.

„Danke, dass du uns die Zeit gibst. Der arme kleine Kerl verirrt sich nachher noch oder trifft auf einen Berglöwen."

„Kein Problem, ich …-" Mein Telefon klingelte. Es war Kayla.

„Ich habe Besuch auf meiner Ranch", sagte sie. Selbst durchs Telefon hörte ich, dass sie lächelte.

„Der Hund?"

„Größer, schwarz und meine Tochter ist total ausgeflippt."

„Wir können umdrehen. Euer Ausreißer ist bei Kayla auf der Black Ranch."

Marie atmete erleichtert aus. „Wir kommen ihn abholen."

Sofort kehrten wir um und begegneten Mike, der sich auf die Suche nach uns gemacht hatte.

„Nox ist bei Kayla", erklärte Marie ihm. Mike grinste.

„Hat wohl Sadie vermisst", schlussfolgerte er. Kurze Zeit später waren wir zurück auf der Ranch.

„Ich lasse Nox abholen, damit wir endlich losfahren können, wenn das in Ordnung ist", schlug ich vor und brachte Silver in seine Box. Marie nahm mir seine Trense ab.

„Das wäre lieb. Danke nochmal. Verladen wir die Pferde."

Loki schnaubte in seiner Box, als hätte er verstanden, was wir besprochen hatten.

„Wieso trägt er eine Decke?“, fragte ich. Der schwarze Hengst trug eine türkisfarbene Decke, passend zu seinem Halfter.

„Sieht er nicht toll aus? Loki saut sich so schnell ein. Deswegen die Decke.“ Hinter ihr verdrehte Mike lächelnd die Augen. Sein Rappscheckwallach Domino trabte aufgeregt aus dem Stall zum Transporter. Loki war die Ruhe selbst, während sich Ridge, der Dunkelfuchs von Taylor, schlecht gelaunt und mit angelegten Ohren verladen ließ.

„Wie sich das Blatt wendet“, murmelte ich. Marc überprüfte noch einmal, ob die Pferde alle richtig gesichert waren, dann setzte er sich zurück ans Lenkrad. Endlich konnten wir los.

Taylor, Marie und Mike fuhren mit ihrem eigenen Wagen und warteten bereits am Rodeo-Platz auf uns. Wir hatten eine gute Uhrzeit erwischt. Noch war nicht viel los.

„Wir dürfen in Stall drei“, sagte Taylor zu mir, sobald wir ausgestiegen waren.

„Sehr gut. Meine Glückszahl!“

„Seit wann hast du eine Glückszahl?“, fragte mein Kumpel belustigt.

„Seit heute“, antworte ich und lachte dabei.

Immer noch fragte ich mich, ob Taylor etwas von dem Kaufvertrag von Thor wusste. Immer noch war ich ein wenig wütend auf meinen Vater. Es war nicht das erste Mal, dass er mein Turnierpferd verkauft hatte. Nur hat es mich damals bei Zeus, einem kräftigen Schimmel, nicht so sehr beschäftigt. Wir hatten nie eine Verbindung. Aber Thor und ich, das hatten wir uns aufgebaut. Und wenn es nicht schon schwer genug war, ausgerechnet noch Johnny King. Wir betraten das provisorische Stallgebäude, zeigten die Pässe der Pferde vor und suchten unsere Boxen. Thor stand neben einem braunen Wallach mit einer großen Blesse. Marie stöhnte. „Johnny ist schon da."

Ein Blick auf das Schild bestätigte ihre Aussage.

„Naja, das Pferd kann nichts für seinen Reiter. Nur dass wir auch noch nebeneinander stehen müssen", murmelte ich. Ich überprüfte dreimal das Schloss der Box. Wir vier standen alle nebeneinander, und Maries Quieken nach zu urteilen, hatte sie ihre Freundin Stacey Leeds auf einem der Schilder entdeckt. Die Box jedoch war noch unbewohnt.

„Stacey kommt bestimmt gleich. Sie ist auch immer früh da. Ich sterbe vor Hunger. Wer noch?", wollte Mike wissen, legte seinen Arm um Marie und schlenderte durch den Stall zurück auf das Rodeo-Gelände. Viele Besucher waren noch nicht da, aber die Food-Trucks waren geöffnet. Jeder suchte sich etwas und wir trafen uns alle an den aufgestellten Picknick-Tischen. Marc brachte ein paar Flaschen Bier mit und stellte sie mitten auf den Tisch. „Die erste Runde geht auf mich", sagte er. Ich warf Marie einen unauffälligen Blick zu, aber sie schüttelte den Kopf. Stumm kommunizierte ich mit Marc, der die stille Unterhaltung mitbekommen hatte.

„Ich muss euch etwas erzählen. Ihr kennt mich vielleicht noch nicht lange, aber ihr kanntet meinen Onkel Bill."

Mike und Taylor richteten sich auf. „Außer dass wir verwandt waren, haben wir keine Gemeinsamkeiten. Was er euch und den Tieren angetan hat, heiße ich überhaupt nicht gut. Dennoch wollte ich, dass ihr es von mir erfahrt." Taylor und Mike grummelten etwas, bis Marie die beiden anstupste.

„Solange du nicht vorhast, unseren Stall niederzubrennen, soll es mir egal sein", entgegnete dann Taylor achselzuckend. Damit war das Thema beendet. Marc rutschte erleichtert zu uns auf die Bank.

Den Tag hatten wir bei einem entspannten Abendessen in einem Lokal ausklingen lassen, bevor wir uns alle in unser Hotel zurückzogen. Der Samstag startete früh. Gemeinsam mit Taylor saß ich bereits am Frühstückstisch, als die anderen sich zu uns gesellten. „Na, ausgeschlafen?", frotzelte Taylor.

„Wir schlafen nicht so viel", meinte Mike mit einem Augenzwinkern. Marie verdrehte die Augen.

„Ich gehe erst nach Loki gucken“, sagte sie, wurde jedoch von Mike zurückgehalten.

„Er wird noch eine Stunde ohne dich auskommen.“

Seufzend setzte sie sich hin.

„Die Pferde sind bereits versorgt“, sagte Marc, der von draußen hereinkam.

„O das ist aber nett von dir, Marc“, bedankte sich Marie. Erst dann konnte sie beruhigt frühstücken. Taylor studierte die Teilnehmer unserer Wettkämpfe. Er runzelte die Stirn.

„Was ist, mein Freund?“, fragte ich.

„Starke Konkurrenz. Und viele neue, junge Leute. Wir gehören jetzt zu den alten Hasen.“

„So alt seid ihr zwei aber nun auch wieder nicht“, hörte ich eine bekannte Stimme. Ich wirbelte herum. Kayla, Emma, Sadie, Sophie und Keith standen hinter mir. Liebevoll legte Emma die Arme um Taylor und gab ihm einen Kuss. „Möchtest du einen Tee, Em?“, fragte er sie leise.

„Ich hatte schon genug. Wieso sitzt ihr noch hier? Wir dachten, ihr seid schon lange im Stall,“ fragte Sophie mit einem Gähnen. Der kleine Oliver schlief in seiner Trage.

„Hat er dich wieder nicht schlafen lassen? Gib mir doch den kleinen Engel. Dann kannst du dich etwas erholen“, meinte Marie und streckte die Arme nach dem Baby aus. Sophie legte ihr den friedlich schlummernden Wonneproppen in die Arme und Marie wiegte ihn sanft hin und her.

Nebenbei frühstückte sie. Wir grinsten sie an, aber Mike schüttelte den Kopf.

„Sagt es nicht! Ich warne euch“, brummte er leise. Ich runzelte die Stirn. War etwas vorgefallen? Aber wir hatten keine Zeit, darüber nachzudenken. Kaum waren die Teller und Tassen leer, machten wir uns auf, um die Pferde vorzubereiten. Nur widerwillig gab Marie das Kind wieder ab. Mike nahm sie an die Hand und entfernte sich von der Gruppe. Leise redeten sie miteinander und ich sah, wie er sie in den Arm nahm und einen Kuss auf ihr blondes Haar drückte.

„Meinst du, es ist alles in Ordnung bei ihnen?“ Kayla hatte sich zu mir gesellt und hakte sich bei mir ein.

„Ich weiß es nicht. Es sieht nicht danach aus.“

„Mhm. Das habe ich mir auch gedacht.“

„Wie war die Fahrt hierher?“

„Weniger aufregend als ein Pony, was plötzlich auf meiner Veranda steht. Mir ist fast das Herz in die Hose gerutscht. Zuerst dachte ich, es wäre der Hund. Sadie wollte ihn mit ins Zimmer nehmen, das konnte ich gerade so verhindern.“

Ich lachte. „Das ist ein kleiner Schlawiner. Er war auch schon bei uns auf der Ranch. Ihn einzusperren, ist nicht einfach.“ Wir erreichten Stallgebäude drei, in dem schon reges Treiben herrschte. Sofort entdeckte ich Johnny, der, selbstbewusst wie immer, in der Stallgasse stand und alle mit seiner Großspurigkeit nervte.

Johnny lächelte abwertend, als er uns entdeckte.

„O sieh an, wer da kommt", höhnte er. „Der Vorbesitzer meines neuen Pferdes." Spätestens jetzt würde Taylor über den Vertrag Bescheid wissen.

„Das werden wir noch sehen, Johnny."

„Dein Vater hat mir eine hübsche Summe Geld geboten, wenn ich vom Vertrag zurücktrete. Er scheint auch nicht zu glauben, dass du heute gewinnst."

Taylor warf mir einen merkwürdigen Blick zu.

„Ich habe ihm nichts erzählt, Ryan", murmelte Marie mir zu. Beruhigend fasste sie meinen Unterarm. „Lass dich nicht provozieren."

„Hör auf dein Frauchen, Ryan. Wir sehen uns heute Abend, wenn ich mir die Papiere für mein Pferd abhole."

Gerade wollte ich mich umdrehen, als ich mich etwas fragte.

„Was verlierst du eigentlich, wenn ich gewinne?" Sein Blick huschte zu seinem Pferd.

„Du meinst, falls du gewinnst. Noch nie hast du gegen deinen Kumpel gewonnen, wieso sollte das heute passieren?" Lachend ließ er uns allein. Wut kochte in mir hoch. Die Hand, die nun auf meinem Arm lag, gehörte definitiv nicht zu Marie.

„Wer hatte denn die blöde Idee?", fragte Kayla.

„Bob", antwortete Taylor für mich. Er versuchte mich anzusehen, aber ich wollte nicht, dass er sah, wie sehr es mich beschäftigte. „Kann ich", bot er an, aber ich winkte sofort ab.

„Nein, ich möchte das nicht. Ich will gewinnen, weil wir die besseren sind und nicht, weil du mich gewinnen lässt“, fuhr ich ihn etwas unwirsch an.

Schweigend bereitete ich Thor für den Wettkampf vor. Niemand wagte es, mich anzusprechen. Taylors und meine Disziplin war als erste dran und wie es das Schicksal wollte, ritt Taylor auch noch direkt vor mir.

„Ich habe gehört, Ekel Johnny hat es sich mit dem großen Ryan Parker verscherzt.“ Stacey Leeds schaute mit ihrem Wuschelkopf in die Box hinein. Thor ließ sich von der zierlichen Frau kraulen.

„Er hat sich mit dem Falschen angelegt“, brummte ich.

„Das habe ich mir gedacht. Wie ist dein Plan?“

„Ich werde wohl gewinnen müssen, wenn ich ihn behalten will.“

Sie lächelte.

„Sehr ausgereift. Ich werde leider nicht gucken kommen können. Wir sind dann schon auf dem Abreiteplatz. Ich drücke dir die Daumen. Taylor ist eine harte Nuss.“

Ich nickte. Stacey ließ mich allein.

Marc sattelte Thor, während ich mich umzog. Danach führte er ihn zum Abreiteplatz und begann ihn warmzureiten, während ich noch meinen Gedanken nachhing. Dann ertönte die Glocke für den ersten Reiter. Nun zählte es.

Kapitel 12

So nervös war ich schon lange nicht mehr gewesen. Ich tigerte mit Thor vor dem Einreitbereich der Halle herum, nachdem Taylor gerade im vollen Galopp eingeritten war. Mike beobachtete seine Performance von der Seite aus. Er würde sofort danach zu Marie eilen, die beinahe zeitgleich mit uns dran war. Seine Disziplin, das Barrel Racing, fand erst am Nachmittag statt. Anerkennend nickte er bei jeder Figur, die Taylor ritt. Meine Hände waren verschwitzt und ich wischte sie an meiner Jeans ab. Dann entdeckte ich meinen Vater, der am Zaun stand und mir zuwinkte.

„Ich hab´ es versucht, Ryan, aber Johnny gibt nicht nach."

„Er hat es mir schon erzählt. Dann muss ich halt gewinnen. Was willst du eigentlich mit Johnnys Gaul?", fragte ich.

„Es geht ums Prinzip. Thor hätte er ja auch nicht kostenlos bekommen und ich brauchte einen Einsatz von ihm, als Sicherheit sozusagen. Von mir aus kann er das alte Pferd behalten. Es ist sowieso seine letzte Saison."

„Taylor ist fertig und ich bin dran. Wünsch mir Glück", sagte ich kurz angebunden.

„Du brauchst kein Glück. Ich weiß, dass ihr das schafft."

Gerührt bekam ich kein weiteres Wort heraus. Taylor trabte an mir vorbei, klopfte den Hals seines Pferdes und nickte mir zu. Ich erwiderte die Geste und trabte in den Ring. Nach dem obligatorischen Gruß galoppierten wir zunächst auf der rechten Hand in den Zirkel, nach der zweiten Runde stoppten wir in der Mitte, drehten uns rechtsherum, bevor wir das gleiche auf der linken Hand wiederholten. Danach zeigten wir mit einer Acht im vollen Galopp, dass auch die Galoppwechsel bei uns saßen. Endlich kam meine Lieblingsdisziplin: In vollem Tempo rasten wir die lange Seite der Arena entlang und auf Kommando schob Thor die Hinterbeine unter die Vorderbeine und bremste. Ein perfekter Sliding-Stop. Wir drehten um und wiederholten es. Am langen Zügel galoppierten wir wieder durch die Mitte der Bahn, stoppten erneut und gingen rasant rückwärts. Genau am X-Punkt des Platzes blieben wir stehen, ich hob meinen Hut und die Menge brach in Jubel aus. Ich wagte es nicht, auf die Anzeigetafel zu schauen. Mein Dad strahlte, als ich rauskam.

„Das war dein bester Ritt, mein Junge! Großartig."

„Haben wir es geschafft?", fragte ich.

Dad schaute an mir vorbei auf die große Anzeigetafel.

„Es war knapp", sagte er. Seine Mundwinkel zuckten.

„Scheiße", sagte ich, sprang ab und nahm Thors Zügel.

Ein Kreischen riss mich aus meiner Trauer und von meiner Cousine, die mir um den Hals fiel.

„Ich bin ja eigentlich befangen, aber auch du hast es verdient, zu gewinnen. Der letzte Spin war einfach perfekt."

„Gewinnen? Was?"

„Ja, du hast Taylor um wenige Punkte geschlagen. Der letzte Reiter hat bereits die erste Drehung versaut, das gibt keinen mehr. Was ist los, Ry?", fragte mich meine Cousine.

„Wir haben gewonnen?", wiederholte ich nochmal.

„Glückwunsch, Kumpel. Thor hat echt abgeliefert", sagte Taylor und klopfte mir auf die Schulter.

Thor stupste mich an. Freudestrahlend umarmte ich den Hals meines Pferdes, dann auch Marc, der direkt neben mir stand.

„Wenn wir uns beeilen, schaffen wir es noch, Marie zuzusehen", sagte Emma.

„Ich bringe Thor in seine Box", bot Marc an, nahm dabei schon die Zügel aus meiner Hand. Betäubt folgte ich der Gruppe in die benachbarte Arena. Kayla hakte sich bei mir ein.

„Glückwunsch, Ryan", sagte sie so leise, dass nur ich das hörte.

„Danke, Kayla. Dieser Sieg bedeutet mir wirklich viel."

Verständnisvoll nickte sie. Wir huschten schnell auf die Bank und fanden Sophie, Mike und Keith, die aufgeregt auf die Punktetafel starrten. Stacey hatte einen fabelhaften Ritt hingelegt. Mit ihrer Turniererfahrung könnte man meinen, dass sie den Sieg bereits in der Tasche hatte. Aber auch sie stand angespannt mit ihrer Stute Blaize an der Seite und beobachtete ihre Konkurrenten. Johnny versuchte gerade ein Rind von der Herde abzutrennen, doch es entwischte ihm immer wieder. Schadenfroh lachte ich leise. Anders als beim Reining herrschte hier absolute Stille, um die Konzentration von Pferd und Reiter nicht zu stören. Ziel war es, innerhalb von 150 Sekunden ein Rind aus einer Herde zu separieren und daran zu hindern, zurückzukommen. Optimal ist es, wenn man mit mehreren Rindern arbeitet, um seine Fähigkeiten unter Beweis zu stellen. Vier weitere Reiter halten die Herde zusammen. Sobald ein Rind ausgewählt wurde, übernimmt das Pferd die Arbeit.

„Das ist echt spannend. Ganz anders als bei dir und Taylor eben. Da sah es mehr nach Spaß und weniger nach Arbeit aus“, bemerkte Kayla. Sie saß ganz nah bei mir und ihre Hand lag angespannt auf meinem Oberschenkel.

„Mir ist das auch zu ernst. Reining macht mir mehr Spaß. Wann sehen wir dich denn mal im Ring?“, flüsterte ich zurück, da Mike uns schon einen mahnenden Blick zugeworfen hatte. Marie stand im Wartebereich und war demnach als Nächste dran.

„Niemals. Das ist mir viel zu gefährlich“, murmelte sie.

„Dann warte mal ab, wenn du Mike im Höchsttempo um die Fässer galoppieren siehst. Das ist selbst für mich zu schnell", meinte Taylor, der unser Gespräch mitgehört hatte.

„Ich bin von euch allen fasziniert. Das sieht alles andere als leicht aus."

„Viel Training", antworteten Taylor und ich gleichzeitig. Wir mussten uns ein Lachen verkneifen. Marie ritt nun hinein. Das Startsignal ertönte. Es ging los.

„Grandioser Tag. Drei Siege und ein zweiter Platz. Das hat sich doch mal gelohnt", sagte Taylor gut gelaunt.

„Du bist nicht sauer, dass ich gegen dich gewonnen habe?", fragte ich.

„Ach was. Es war knapp. Und wenn es einer verdient hat, dann du. So viel, wie ihr trainiert habt. Ich würde ja sagen, nächstes Mal gewinne ich, aber da muss ich erstmal schauen, was Ridge sagt. Steve ist ein wenig besorgt, da er so oft lahm ging in letzter Zeit. Vielleicht ist sein Karriereende gekommen."

Wir waren gerade auf dem Weg zurück ins Hotel, um uns für die Abendveranstaltung fertigzumachen. Einfach nur Bier, Tanzen und all den Kram vergessen.

„Und du hast mich nicht gewinnen lassen, wegen des Vertrags?“ Ich musste es einfach wissen. Ehrlich entrüstet schaute Taylor mich an.

„Ryan, wir sind zwar Freunde, aber das glaubst du doch wohl selber nicht. Dann hätte ich meine Teilnahme zurückgezogen. Was ich auch gemacht hätte, wenn du mir früher davon erzählt hättest. Nein, Ridge ist seit seinem Sturz den Hang hinunter nicht mehr in Form.“

Ich erinnerte mich. Vor wenigen Monaten war Ridge zusammen mit Taylor einen steilen Hang hinuntergerutscht und hatte von der Feuerwehr geborgen werden müssen.

Dankbar klopfte ich ihm auf den Rücken. Kayla ging mit Marie, die angeboten hatte, dass sie, Sadie und Sophie sich auf ihrem Zimmer frischmachen konnten.

„Bleibst du nicht über Nacht?“, fragte ich sie.

„So kurzfristig bekomme ich doch kein Zimmer mehr, außerdem fährt Sophie ja sowieso nach Hause. Und Sadie muss ja auch heim.“

„Schade, ich dachte, wir könnten die Nacht zusammen durchmachen“, raunte ich ihr zu. Langsam hob sich meine Hand an ihr Gesicht, aber sie trat einen Schritt zurück.

„Nicht, Ryan. Sadie ist hier und ich bin nicht bereit dafür“, murmelte sie.

Entmutigt ließ ich meinen Arm fallen.

„Gut, dann sehen wir uns später“, sagte ich in einem schärferen Ton, als ich beabsichtigt hatte. Kurz blitzte Schmerz in ihren Augen auf, dann drehte sie sich um und folgte Marie, die am Ende des Flurs schon wartete. Etwas zu fest schloss ich meine Zimmertür. Den ganzen Tag machte Kayla Andeutungen und kaum wollte ich sie küssen, ging sie wieder einen Schritt zurück. Langsam hatte ich es satt. Bevor ich weiter grübeln konnte, ging ich unter die Dusche und ruhte mich dann auf meinem Bett aus. Bis ich die anderen traf, würde noch einige Zeit ins Land gehen. Gelangweilt schaltete ich durch die Kanäle im Fernsehen, doch nichts schaffte es, mich abzulenken. Ich musste eingeschlafen sein, denn ein Klopfen weckte mich. Nur im Handtuch öffnete ich die Tür, in der Hoffnung, Kayla würde dort stehen. Jedoch fand ich mich Marc gegenüber, der überrascht war, seinen Chef leicht bekleidet anzutreffen.

„Ryan … Chef … Ich … Du hast deinen zweiten Koffer noch im Transporter gehabt."

„O danke Marc. Das war mir noch gar nicht aufgefallen. Wie spät ist es?", fragte ich noch leicht verschlafen.

„Gleich fünf. Ich muss mich noch umziehen, aber ich bin pünktlich um halb sechs im Foyer", antwortete er. Dabei vermied er es, mich anzusehen. Ich musste an die Unterhaltung mit meinem Vater vor meiner Abreise denken.

„Sehr gut. Dann bis gleich." Ich erlöste ihn aus der unangenehmen Situation. Schnell schloss ich meine Tür und legte den Koffer, den ich nur für den Samstagabend dabei hatte, auf das Bett. Daraus nahm ich eine dunkle Jeans und ein dunkelrot kariertes Slim-Fit-Hemd. Mein beinahe schwarzer Hut passte perfekt zu den Boots. Bevor ich das Zimmer verließ, schaute ich nochmal in den Spiegel. So musste ich Kayla heute Abend doch von mir überzeugen können. Ich traf Sophie im Foyer.

„Du bist als Erste fertig?“, meinte ich mit einem Zwinkern.

„Soll vorkommen. Man lernt, sich schneller zurechtzumachen, wenn nebenbei der Kleine aus vollem Hals schreit.“

„Wo ist er?“

„Keith geht eine Runde mit ihm spazieren“, sagte sie. Dabei schaute sie aus dem Fenster.

„Er ist ein toller Vater und ein netter Kerl. Du hast dir den richtigen Mann ausgesucht.“

„Das ist er. Wieso so ein langes Gesicht, Ryan?“, fragte Sophie.

„Ach, nichts. Es ist nur …-“

„Kayla?“

Ich nickte, denn der Rest kam nun auch ins Foyer. Kayla sah hinreißend aus in der Jeansbluse und dem weißen Spitzenrock. Sogar Boots hatte sie gekauft. Nur der Hut fehlte ihr. Sadie passte in ihrem hellen Spitzenkleid und der Jeansjacke perfekt zu ihrer Mutter. Immer wieder drehte sie sich im Kreis. Ich nahm die Hand der kleinen Tänzerin und wirbelte sie herum.

„Ihr seht toll aus. Gehen wir? Ich sterbe vor Hunger“, sagte ich. Sadie hielt meine Hand und zog mich die Straße entlang.

Die Musik dröhnte uns bereits aus dem Zelt entgegen, das brechend voll war.

„Wann lernen sie denn, dass man durchaus auch aktuelle Country-Musik spielen kann? Achy Breaky Heart wird bestimmt wieder 10-mal heute Abend laufen“, stöhnte ich.

„Ach komm, das ist doch ein schöner Song“, scherzte Kayla.

„Ist das überhaupt deine Musik? Du so aus der Großstadt?“

„Weniger, aber ich mag das Feeling, das Country-Musik hinterlässt.“

Sie hatte recht. Wer Country-Musik hörte, war selten schlecht gelaunt. Im Zweifelsfall trank man eben ein Bier. Das war auch der erste Weg, den ich im Zelt machte. Bier, Wasser, Cola und eine Limo brachte ich an unseren Tisch, der sich nahe der Tanzfläche befand.

„Die Runde geht auf mich!“, sagte ich über die laute Musik und wir stießen an.

Kurze Zeit später gab es auch schon etwas zu essen. Noch ein Bier auf leeren Magen und ich hätte Dummheiten angestellt. Gemeinsam mit Sadie ging ich uns etwas zu essen holen. Die Kleine hatte heute einen Narren an mir gefressen und wich mir kaum von der Seite. Kayla belächelte uns beide und rutschte ein Stück, damit ich mich neben sie setzen konnte.

„Und was sagst du bis jetzt?“, fragte ich Kayla.

„Auf jeden Fall interessant. Viele verschiedene Menschen und ich bin immer noch geflasht, was ihr alles so auf den Pferden könnt. Es ist der Wahnsinn."

„Wenn wir wieder zu Hause sind, kann ich dir gerne ein paar Manöver beibringen", bot ich ihr an.

Kayla lächelte mich an.

„Oder du lässt es dir von jemandem beibringen, der es auch wirklich kann", dröhnte Johnny Kings Stimme durch das Zelt. Genervt seufzte ich, drehte mich aber nicht zu ihm um. Er war es nicht wert, dass ich mich mit ihm beschäftigte.

„Johnny, heute wieder den letzten Platz belegt? Einer muss es ja tun", stippelte Marie. Auch sie geriet regelmäßig mit ihm aneinander.

„Ich habe bereits Einspruch eingelegt. Es geht ja nicht mit rechten Dingen zu."

„Training und Talent sind die Zauberwörter. Solltest du mal versuchen. Du darfst gerne mal bei uns vorbeikommen. Taylor ist ein hervorragender Trainer."

„Wenn Taylor so toll wäre, hätte er mit Sicherheit nicht den Spin versaut. Den hat er noch nie versaut. Aber wenn ich euch so in der trauten Runde sehe, kann ich mir ja denken, dass das ein abgekartetes Spiel war."

„Ich habe Ryan mit Sicherheit nicht gewinnen lassen, wenn es das ist, wo du drauf hinauswillst", mischte sich nun Taylor ein.

„Natürlich. Ich hab´ den Ritt auf Video, willst du es dir ansehen, Ryan?"

Ich zögerte und schaute Taylor an. Hatte er die Wahrheit gesagt? Doch ich vertraute ihm.

„Danke, nein“, winkte ich ab.

„Wir sehen uns beim nächsten Mal wieder. Und mein neues Pferd ist dann auch bereit.“ Niemand sagte noch etwas zu ihm und dann rauschte er ab.

Den Rest des Abends sahen wir ihn nicht mehr. Ausgelassen tanzten wir auf der riesigen Tanzfläche. Sogar Mike verzog nicht mal die Miene, als Marie durch einen Zufall in meinen Armen landete. Das Lied endete und ich suchte nach Kayla. Mit ihr hatte ich noch nicht tanzen können und eigentlich war das mein größter Wunsch am heutigen Abend gewesen. Endlich erfasste mein Blick sie. In ein paar Schritten hätte ich bei ihr sein können, doch sie stand eng umschlungen mit einem fremden Mann etwas abseits. Es gab einen Stich in meinem Herzen. Mir hatte sie gesagt, dass sie nicht bereit für etwas Neues war. Sie hätte einfach nur ehrlich sein sollen. Ich ging direkt zur Theke, bestellte mir ein paar Shots und kippte sie hintereinander runter. Erst als ich schwankte, ging ich zurück zur Tanzfläche. Diesmal wies ich die Frauen nicht ab, die schon den ganzen Abend um mich herumschlichen. Eine hübsche Blondine in meinen Armen legte sofort die Hände in meinen Nacken. Ohne lange nachzudenken, küsste ich die Fremde. Dann spürte ich Kaylas Blick auf mir. Scheiße.

Kapitel 13

„Du bist so ein Idiot, Ryan. Echt“, schimpfte Emma, als sie mich in mein Hotelzimmer brachte. Kayla war zusammen mit Sophie, Sadie und Keith abgerauscht. Danach hatte ich auch die Blondine von mir gestoßen und ein Bier heruntergestürzt. Taylor hatte mir das Glas aus der Hand genommen.

„Kayla hat doch den anderen Kerl. Dann kann ich auch machen, was ich will.“

„Das war ein Arbeitskollege von ihrem Mann, du Vollpfosten“, sagte nun Taylor. Die Stimmung war im Arsch. Mein schlechtes Gewissen rührte sich. Morgen würde ich das Ganze sehr bereuen.

„Klar und ich hab´ auch niemanden geküsst. Wenn sie einen anderen hat, ist das okay. Aber dann soll sie nicht so ein Theater machen.“

„Der Einzige, der hier Theater macht, bist du. Schlaf deinen Rausch aus und morgen kannst du dich entschuldigen. Ich hatte gedacht, du meinst es diesmal ernst.“

„Hab´ ich auch. Kayla spielt mit mir.“

„Tut sie nicht. Schlaf jetzt“, befahl mir meine Cousine, stellte mir noch ein Glas Wasser hin und ließ mich dann im Dunkeln allein. Kurz leuchtete mein Telefon auf. Kayla. Ich wollte die Nachricht nicht lesen und drehte das Display um. Schöne Scheiße.

Am nächsten Morgen dröhnte mein Kopf. Bis auf Taylor schauten mich alle am Frühstückstisch wütend an. „Wie geht es dir?“, fragte Emma. Leise schob sie mir eine Tasse hin.

„Scheiße gehts mir“, brummte ich.

Von irgendwo hörte ich ein gemurmeltes: „Hoffentlich.“ Ich konnte es niemandem verübeln.

„Abfahrt ist in einer Stunde“, sagte Marc, der nicht richtig wusste, wie er sich verhalten sollte.

„Du hast ihr aber nicht noch im Vollrausch geschrieben, oder?“, fragte Marie. Mike schubste sie unterm Tisch an.

„Nein, sie mir“, grummelte ich. Ich wollte nicht reden, sondern einfach nur nach Hause. „Ich geh zu Thor.“

Laut schob ich den Stuhl nach hinten und stürmte hinaus. Außer mir war noch Stacey im Stall, die ihre Stute Blaize transportfertig machte.

„Na, ihr wart aber gestern schnell weg. Ich hatte gehofft, länger mit euch feiern zu können.“

Zur Antwort grunzte ich nur. Mir war nicht nach Reden. Das interessierte Stacey aber nicht. Munter plapperte sie weiter über gestern und Johnny King, der bereits früh abgereist war. Sein Pferd hatte er stehenlassen.

„Wieso?“, fragte ich.

„Naja, laut dem Kaufvertrag gehört er nun euch und Johnny wollte ihn sowieso abgeben. Mit dem richtigen Reiter ein tolles Pferd. Und nun steht er hier und weiß nicht, was passiert.“

Ich ging eine Box weiter und musterte den braunen Wallach. Eigentlich sah er ganz hübsch aus, gut trainiert und aufgeschlossen. Aber in unserem Stall war kein Platz für ihn. Irgendetwas musste ich mir überlegen.

„Ich kümmere mich drum“, sagte ich kurz.

Marie kam wie gerufen ins Stallgebäude, zum Glück allein. Schweigend beobachtete sie mich.

„Ich soll sie nie wieder anrufen und das Auto schaut sie sich mit jemand anderem an“, sagte ich leise.

„Das war echt eine dumme Aktion. Gib ihr ein paar Tage Zeit und dann redest du nochmal mit ihr. Sag ihr, was du fühlst.“

„Ich fühle gar nichts. Deswegen bin ich doch der Frauenheld, der jedes Wochenende eine andere Frau im Bett hat.“

„Hast du aber nicht. Vor wenigen Wochen hätte ich deiner Aussage noch zugestimmt, aber seitdem Kayla da ist, ist das nicht mehr so.“

„Schon seitdem ich dich getroffen habe, habe ich mich verändert. Ich wollte auch so etwas wie du und Mike. Oder wie Taylor und Emma. Wieso kann ich das nicht haben?“ Die Verzweiflung brach aus mir heraus und ich sackte an der Boxenwand zusammen. Marie kniete sich neben mich.

„Kannst du, Ryan. Entschuldige dich, erkläre, was vorgefallen ist, und sag ihr, dass du sie liebst!“

„Und wenn sie nicht mit mir reden will?“

Leise lachte sie.

„Hat dich das je abgehalten? Bleib dran. Und nun komm. Bringen wir die Pferde nach Hause." Sie reichte mir die Hand und half mir auf.

„Danke, Marie. Kann ich dich noch um etwas bitten?"

Ich schielte zu Johnnys Wallach rüber.

„Irgendwie gehört er jetzt uns, aber wir haben keine Verwendung für ihn."

Auch Marie musterte den Wallach. „Murphy … hat er ihn einfach hiergelassen?"

„Ja, Johnny ist halt ein Arsch. Also, darf er bei euch bleiben? Er tut mir schon ein bisschen leid."

„Nehmen wir ihn erstmal mit. Zu Hause können wir weiterschauen", sagte Marie. Dankbar umarmte ich sie. Immerhin konnte so einer einen schönen Tag haben. Auf der Shamrock Ranch wird er es besser haben.

Während dem Verladen der Pferde herrschte Schweigen. Murphy stellten wir als Puffer zwischen Loki und Thunder. Ich steckte die Hände in die Hosentaschen.

„Tut mir leid, dass ich euch den Abend versaut habe", nuschelte ich eine Entschuldigung vor mich hin.

„Wir waren sowieso müde und wollten ins Bett. Klär das lieber mit Kayla", meinte Mike.

Mürrisch brummte ich vor mich hin. Marie schubste mich, damit ich sie ansah.

„Ich bin mir sicher, dass sie dir zuhört. Vielleicht nicht heute, aber die Tage."

„Wenn du meinst. Gerade bezweifle ich das."

„Denk doch ein bisschen positiv, Ryan. Fahren wir nach Hause. Ich freue mich auf mein Bett“, gähnte Taylor.

„Okay, dann auf in die Autos. Fahren wir nach Hause.“

Ich rutschte neben Marc in das Führerhaus.

„Ist alles in Ordnung?“, fragte er. Erschöpft seufzte ich.

„Gerade nicht. Aber ich regle das alles schon noch. Irgendwann wird sie mit mir reden müssen.“

„Schenk ihr doch Blumen“, schlug er vor.

„Ne, sie ist kein Blumentyp. Ich muss mir etwas anderes einfallen lassen.“

Den ganzen Weg nach Hause grübelte ich darüber nach, wie ich Kayla eine Freude bereiten könnte. Kurz bevor wir die Abfahrt von der Autobahn nahmen, fiel mir wieder ein, was ich machen könnte.

„Halt hier mal an“, rief ich, als wir bei dem Autohändler vorbeifuhren. Ich sah sofort den Pick-Up, von dem Kayla mir erzählt hatte.

„Ah, wenn das nicht Ryan Parker ist. Was kann ich für dich tun?“ Der Autohändler war ein alter Freund von meinem Dad.

„Was ist mit dem blauen Pick-Up? Kann der was?“, fragte ich und ging um den Range Rover.

„Für dich? Da habe ich noch etwas Besseres.“ Er zeigte mir einen Land Rover, aber ich winkte ab.

„Nein, der Wagen soll es sein. Ich komme den morgen mit einem Mitarbeiter abholen, der sich das Auto nochmal anschaut. Aber du kannst den Kaufvertrag schon fertig machen."

„Sehr gerne. Vielen Dank für das gute Geschäft."

„Ich hab´ zu danken. Frisch geputzt wäre schön."

Marc schaute mich ungläubig an, als ich wieder einstieg.

„Du willst ihr ein Auto schenken?"

„Wozu soll es denn sonst gut sein, wenn wir mehr Geld haben, als wir brauchen? Sie braucht ein Auto, ich schenke es ihr. Vielleicht nimmt sie es auch gar nicht an."

Marc grunzte. Er schien nicht überzeugt von meiner Idee. Himmel, nicht mal ich fand, dass es eine gute Idee war.

Marc gähnte müde. Es war nicht mehr weit bis nach Hause. Auch ich hing meinen Gedanken nach. Plötzlich kam der Transporter leicht von der Straße ab. Sofort trat Marc auf die Bremse. Wir schlingerten und blieben im Graben hängen. Unser Atem ging stoßweise und ich traute mich nicht, mich zu bewegen. „Ist alles in Ordnung?", flüsterte Marc, der immer noch das Lenkrad fest umklammerte.

„Ich hab´ Angst, wir kippen, wenn ich nur zu tief einatme." Wir standen schief in der Grasnarbe. Auf der Kamera konnten wir sehen, dass den Pferden nichts passiert war. Unruhig stampften sie mit den Hufen auf. Taylors und Mikes Autos hatten abrupt abgebremst und unsere Freunde liefen nun auf uns zu. Marie telefonierte bereits. Vorsichtig ließ Marc das Fenster herunter.

„Wir haben die Feuerwehr gerufen. Seid ihr verletzt?"

„Nein, bei uns ist alles gut. Auch bei den Pferden sieht alles gut aus", sagte ich.

„Gut. Bleibt ruhig. Ihr wackelt ganz schön." Ich schnaubte, was dazu führte, dass sich der Wagen bewegte. Marc war kreidebleich und wagte es nicht, mich anzusehen.

„Alles wird gut, Marc. Das kann jedem passieren. Mach jetzt nicht schlapp."

Kaum merklich nickte er. Nun hieß es: warten.

Das Wail-Signal der Feuerwehr ertönte und langsam entspannte ich mich. Nun war es nur noch eine Frage der Zeit, bis wir nach Hause kamen. Hoffentlich war der Transporter nicht kaputt.

„Hey, wir sichern jetzt das Fahrzeug und holen euch raus, bevor wir versuchen, es wieder auf die Straße zu ziehen."

Wir beobachteten, wie die Feuerwehrmänner um uns herum arbeiteten. Als wieder jemand am Fahrerfenster erschien, zuckten wir zusammen.

„Ihr könnt über die Fahrerseite aussteigen. Da passiert jetzt nichts mehr."

Zunächst wurde Marc hinausgeholfen, dann kletterte ich ihm hinterher. Marie stand am Rand und knabberte an ihren Fingernägeln. Der Transporter stand gar nicht so schief, wie es sich von innen angefühlt hatte.

„Wir können bestimmt gleich weiterfahren, Marie. Mach dir keine Sorgen."

„Es tut mir leid, Marie. Das habe ich nicht extra gemacht, dass musst du mir glauben."

Beruhigend legte sie eine Hand auf Marcs Schulter.

„Das weiß ich doch. Willst du dich mal ins Auto setzen? Du bist ganz weiß", bemerkte Marie. Schon knickten Marcs Beine weg. Taylor fing ihn gerade noch rechtzeitig auf. Marie rannte zum Auto und kam mit einer Flasche kalter Cola zurück. Marcs Lider flatterten.

„Hier trink mal einen Schluck." Marie hockte sich neben ihn und half ihm, sich aufzusetzen.

„Wenn den Pferden was passiert", murmelte er. Liebevoll tätschelte Marie seine Hand.

„Es ist bestimmt nichts passiert. Und schau, da kommt der Kran."

Tatsächlich kam gerade ein großer Kranwagen die Landstraße entlang und positionierte sich neben dem Transporter. Interessiert beobachteten wir die Rettungsaktion. Mithilfe des Krans wurde der Transporter aufgerichtet und dann zurück auf die Straße gezogen.

„Wollt ihr nach den Pferden gucken?", fragte der Einsatzleiter. Sofort drängte sich Marie an ihm vorbei und ich lief ihr hinterher. Die Tür ließ sich ohne Probleme öffnen und augenscheinlich ging es allen Pferden gut. Marie untersuchte Loki, der nur nervös den Kopf hin und her warf. Thor fraß schon wieder Heu.

„Es sah schlimmer aus, als es war. Und weil die Tiere so ruhig waren, haben wir auf eine Sedierung verzichtet. Wir beenden dann den Einsatz."

Ich nickte, notierte mir noch den Namen des Feuerwehrmannes und ging dann zurück zu den anderen.

„Wir können wieder los. Das ist nochmal gut gegangen", sagte ich. Dabei klopfte ich Marc auf den Rücken.

„Chef, es tut mir leid. Hier der Schlüssel."

Ich nahm den Autoschlüssel entgegen. „Aber nur, weil ich dich so nicht hinters Steuer lasse. Fahren wir nach Hause. Es war aufregend genug."

Sophie wartete auf der Shamrock Ranch auf unsere Rückkehr. Sie stemmte die Hände in die Seite. „Ich habe gedacht, du hättest dich geändert, Ryan!", startete sie sofort ihre Wutrede.

„Es war scheiße, ich weiß."

„Kayla war am Boden zerstört. Sie musste sich die ganze Heimfahrt zusammenreißen, wegen Sadie. Als ich sie zu Hause abgeladen hatte und Sadie schlief, da hat sie nicht mehr aufgehört zu weinen."

„Sophie, ich weiß!“, rief ich so laut, dass Ridge sich erschreckte, den Taylor gerade auslud.

„Und wieso hast du Vollidiot das dann gemacht? Musst du immer alles kaputtmachen?“

„Ich dachte, sie hätte einen anderen! Deswegen! Außerdem bin ich nun mal ein Arschloch. Wisst ihr doch!“ Ich stapfte die Laderampe zurück in den Transporter und holte Murphy raus. Vor Wut bekam ich den blöden Strick nicht gelöst. Eine Hand legte sich auf meine Schulter.

„Du bist kein Arschloch, Ryan. Wie kamst du denn darauf, dass sie einen anderen hat?“ Ich erzählte Sophie, was ich beobachtet hatte.

„O Mann. Trotzdem war deine Aktion echt mies.“

„Keine Sorge, ich arbeite dran, dass ich es wieder gutmache.“

„Du überhäufst sie aber nicht mit Geschenken jetzt, oder? Für wen ist das Pferd?“

„Nicht für Kayla. Damit würde ich ihr keine Freude machen. Nur Sadie. Wie kommst du drauf, dass ich ihr Sachen kaufe?“

Sophie zuckte mit den Schultern. Sie streichelte Murphy den Hals.

„Hübscher Kerl. Irgendwie kommt er mir bekannt vor.“

„Er gehörte Johnny King. Also, sag. Wie kommst du drauf? Und was wäre daran so schlimm?“

„Ryan, du denkst, mit Geld kannst du alles kaufen. Und Kayla ist das totale Gegenteil. Sie hält nicht viel von materiellen Werten. Zeig ihr lieber, dass sie dir wichtig ist, und kauf ihr nicht irgendeinen Kram."

„Du meinst, wie ein Auto?"

Sophie starrte mich fassungslos an. „Du hast ihr doch nicht etwa ein Auto gekauft?"

Ich führte Murphy aus dem Transporter. Aufgeregt blähte der Wallach seine Nüstern auf und riss den Kopf nach oben.

„Marie hat es mir schon erzählt. Er kann gerne bleiben. Fawkes möchte bald in Rente gehen. Da brauchen wir verlässlichen Ersatz", sagte Jake.

„Ich hab´ noch nicht auf ihm gesessen. Also kann ich das noch nicht sagen."

„Geben wir ihm ein paar Tage und dann probieren wir es mal. Herzlichen Glückwunsch übrigens zum Sieg."

„Danke, Jake. Und danke auch, dass der Kerl hierbleiben darf. Johnny hat ihn einfach so stehen gelassen."

Jake schüttelte entsetzt den Kopf. „Er hatte ihn so viele Jahre. Schon traurig."

„Sehr. Gut, ich muss nach Hause. Thor wird verrückt, wenn er noch länger da drin stehen muss." Ich nickte Richtung Transporter und winkte zum Abschied.

„Hey! Warte!", rief Sophie.

„Ich muss, Soph. Was gibt es?"

„Hast du ihr jetzt ein Auto gekauft?"

„Und wenn schon. Sie braucht es sowieso", rechtfertigte ich mich.

„Ganz miese Idee, Ryan. Das geht bestimmt nach hinten los."

„Bis dann, Sophie!", rief ich ihr zu. Ihr Einwand stieß bei mir auf taube Ohren.

Zu Hause erwartete mein Vater uns bereits und winkte, als Marc den Transporter sicher auf den Hof lenkte. Wir hatten beschlossen, ihm erst später von dem Unfall zu erzählen.

„Ihr seid ja gut durchgekommen. Was macht unser Siegerhengst?"

„Klopft unruhig gegen die Wand, nachdem die anderen Pferde ausgeladen wurden. Er muss sich jetzt erstmal die Beine vertreten."

Ich brachte Thor auf die Weide hinter dem Stall und erntete dafür einen empörten Blick.

„Und wenn er sich jetzt verletzt?", fragte Dad.

„Schau ihn dir doch an. Er liebt es. Ein glückliches Pferd ist ein erfolgreiches. Thor hat es sich verdient."

„Wo hast du das andere Pferd gelassen? Oder hat er ihn doch mitgenommen?"

„Murphy steht auf der Shamrock Ranch. Johnny ist einfach ohne irgendetwas abgereist."

„Hab´ ich mir gedacht. Und wieso hast du ihn nicht hierher gebracht?"

Ich zog verwundert die Augenbrauen nach oben.

„Du wolltest ihn hier haben? Wofür?"

„Wollen nicht, aber ich hatte damit gerechnet."

„Siehst du. Lassen wir ihn da. Dort geht es ihm gut, da bin ich mir sicher."

Schweigend beobachtete ich den herumtobenden Fuchs.

„Ist alles in Ordnung?" Mein Vater legte mir die Hand auf die Schulter.

Tief holte ich Luft.

„Nein, ich muss etwas klären. Warte nicht mit dem Abendessen auf mich", sagte ich. Schon lief ich zu meinem Wagen. Mit Vollgas fuhr ich vom Hof. Ich trommelte auf meinem Lenkrad herum. Der Weg bis zu Kayla zog sich endlos in die Länge. Die Ranch kam in Sicht. Sadie sah mein Auto und lief auf mich zu, aber Kayla rief sie zurück. Den Motor schaltete ich aus, sprang aus dem Wagen und rannte auf Kayla zu, bevor sie die Haustür zuschlagen konnte.

„Bitte! Hör mir zu", rief ich. Ihre Hand lag unsicher auf der Tür.

„Was willst du?", fragte sie kalt.

„Mit dir reden. Über gestern Abend."

„Ich wüsste nicht, über was." Sie öffnete die Tür ein wenig mehr.

„Ich bin ein Idiot. Ich dachte, du und er …-"

„Matt ist ein alter Arbeitskollege von meinem Mann. Er und seine Frau haben mir durch die schwere Zeit geholfen."

„Das wusste ich nicht. Ich war verletzt."

„Und dann schnappst du dir einfach die nächstbeste Blondine, die dir in die Finger kommt? Wenn wir Streit haben, vögelst du dann alles, was du kriegen kannst? Ich hätte nicht gedacht, dass du so ein Typ bist. Und dabei haben mich einige vor dir gewarnt."

„Kayla, bitte."

„Marie hat gesagt, du hast dich geändert, und mir Mut gemacht. Ich bereue es, auf sie gehört zu haben. Lass uns bitte in Ruhe. Ich will dich nicht sehen."

„Aber", begann ich, doch sie hatte bereits die Tür hinter sich geschlossen. In einem letzten Versuch klopfte ich dagegen und ließ dann meine Stirn gegen das Holz sinken. „Es tut mir wirklich leid, Kayla. Ruf mich an, bitte." Noch einige Sekunden verharrte ich an meinem Platz, dann schlurfte ich zurück zum SUV. Ich fuhr rückwärts die Zufahrt entlang und langsam zurück nach Hause. Das hatte ich mal gehörig verkackt.

Kapitel 14

Kayla hatte den Pick-Up wortlos abgelehnt. Mein Dad sagte nichts zu dem Wagen, der nun auf dem Hof stand. Schlecht gelaunt verbrachte ich die meiste Zeit mit Thor oder Riddle im Gelände, sodass ich mich mit niemandem unterhalten musste. Jeden Tag schickte ich ihr eine Nachricht, aber sie ignorierte jede oder sie hatte mich blockiert. Ein langer Ritt führte mich auf die Shamrock Ranch. Schon von Weitem erkannte ich, dass Sadie mit der kleinen Schimmelstute Lumos auf dem Platz war. Marie gab ihr Reitunterricht, während sich Mike nebenan mit Julchen und Dusty beschäftigte. Die beiden waren bereits ein Herz und eine Seele. „Hey, Ryan!", rief Mike mir zu. Mist. Ich hatte ja ganz vergessen, dass er meine Hilfe brauchte.

„Hallo, das sieht sehr gut aus, was ihr da macht. Wie läuft es mit Dusty?", fragte ich Julia, die am Zaun anhielt.

„Richtig toll. Sie ist so ein tolles Pferd. Vielen Dank nochmal." Glücklich lächelte sie.

„Das freut mich. Wann ist eure Premiere?"

„Ich hab´ sie in zwei Wochen angemeldet. Kleines Junioren-Rodeo."

Nun schmollte das blonde Mädchen. „Das ist viel zu früh."

„Genau das hat Marie damals auch gesagt. Ihr sollt ja nur teilnehmen und schauen, wie es da mit euch klappt“, meinte Mike. Er tätschelte Dustys Hals.

„Das klappt bestimmt. Wenn ich Zeit habe, komme ich gerne vorbei, gucken.“

„Apropos Zeit.“ Mike kratzte sich am Kopf. „Hast du morgen Zeit?“

„Klar. Wann soll ich da sein?“ Ich erinnerte mich an Taylors Rat. Vielleicht war das eine neue Chance für uns.

„Wann immer du kannst, am besten vormittags. Ich weiß nicht, wie lange das Aufbauen dauert.“

„Ich bin früh genug da. Wir sehen uns morgen“, sagte ich, wollte gerade Thor wenden, da hörte ich Schritte in der Stallgasse. Kayla stoppte im Stalltor. Sie funkelte mich wütend an.

„Sadie! Wir müssen nach Hause.“

„Noch fünf Minuten, Mama. Ich muss Lumos auch noch …-“

„Nein, wir müssen los. Ich warte im Auto auf dich.“ Sie rauschte davon. Marie warf mir einen mitleidigen Blick zu.

„Sorry, bis morgen. Ich will nicht weiter stören.“ Ich trieb Thor vom Hof. Ob sie mir jemals verzeihen würde?

Nach dem Frühstück fuhr ich am nächsten Morgen auf die Ranch. Ich stutzte, als ich Kaylas Wagen sah, dachte mir aber nichts dabei. Zielstrebig ging ich in die Küche, nur um dort alle versammelt zu sehen. Kayla bemerkte mich und verließ das Haus, bevor ich etwas sagen konnte.

„Sie hilft bei der Verpflegung der Gäste“, beantwortete Marie meine unausgesprochene Frage. Dann füllte sie mir eine Tasse mit Kaffee und schob sie mir zu.

„Wie ich eben schon sagte: Marie nimmt die eine Hälfte der Gruppe und reitet zum See, ich nehme mit den Anfängern den kürzeren und einfacheren Weg. Da wir langsamer unterwegs sind, sollten wir uns zur gleichen Zeit dort treffen und einen entspannten Tag am See verbringen. Kayla bringt Mittagessen hinunter.“

„Aber nicht mit ihrem Auto, sie soll dann meines nehmen. Sonst bleibt sie in der ersten Bodenwelle liegen“, sagte Marie.

„Sie könnte auch einfach ihr neues Auto nehmen“, murmelte ich in meine Tasse.

„Ich baue mit Ryan die Küche auf. Keith kommt nachher und beaufsichtigt den Aufbau. Nicht, dass wir etwas falsch machen.“

„Auf gehts.“ Enthusiastisch klopfte sich Marie auf die Oberschenkel. Ich hatte nicht mit einem so schnellen Aufbruch gerechnet. Jake lachte leise auf.

„Du musst hier auf Zack sein, Ryan.“

Lächelnd folgte ich ihnen in den Stall. Ich war neugierig, wie Murphy sich machte.

„Er hat sich gut eingelebt. Ich werde ihn heute zum See mitnehmen. Mal sehen, wie er sich reiten lässt."

„Hast du mit Kayla geredet?" Endlich stellte ich die Frage, die mich am meisten interessierte. Was der blöde Gaul von Johnny machte, war mir egal.

„Ryan … Sie will nicht mit dir reden und sobald ich von dir anfange, blockt sie ab. Ich würde sie in Ruhe lassen. Vielleicht kommt sie dann von allein."

„Ich hab´ es ganz schön versaut. Kommt Sadie heute?", meinte ich und Marie schüttelte den Kopf.

„Nein, erst morgen wieder. Danke, dass du Mike hilfst. Das ist nicht selbstverständlich bei eurer Vorgeschichte", sagte sie.

„Kein Ding. Bei dir ist alles in Ordnung? Ich hatte am Wochenende das Gefühl, dass etwas nicht stimmt." Marie wich meinem Blick aus.

„Wenn wir endlich umziehen können, ja", versuchte sie es mit einer lockeren Antwort, aber selbst ich spürte, dass sie mich anlog.

„Du kannst immer mit mir reden, das weißt du."

„Danke, Ryan. Für alles." Sie legte mir die Hand auf den Unterarm. Für mehr war nicht genug Zeit. Ihre Reitgruppe betrat den Stall und sie holte den Wallach Murphy raus.

„Von mir aus können wir anfangen, Ryan", hörte ich Mike.

Zur Antwort nickte ich. Dann folgte ich ihm durch den Stall in das kleine Büro, von wo aus eine

Tür direkt in den neuen Wohnbereich von Mike und Marie führte. Immer noch war das große Wohnzimmer leer. Bis auf die Küche, die bereit zum Aufbau vor dem offenen Areal stand, in dem der Kochbereich entstehen sollte.

„Das sieht nach viel Arbeit aus“, meinte ich und beäugte die Möbel.

„Es ist nach Maß angefertigt worden, jeder Schrank ist hier im Plan eingetragen. Theoretisch müssen die Möbel nur aufgestellt werden.“ Wir schauten auf den Plan, dann wieder auf die Schränke. „Ich hole uns erstmal ein Bier“, schlug Mike vor. Ich konnte mir ein Lachen gerade noch verkneifen. Das würde nicht so leicht werden, wie er sich das vorstellte.

„Hey“, hörte ich eine Stimme, die Mikes zwar ähnelte, aber eindeutig seinem Bruder gehörte. Als Zimmermann wäre er die erste Wahl gewesen, beim Aufbau zu helfen, doch sein rechter Arm lag in einer Schlinge um seinen Hals.

„Hey. Wie ist denn das passiert?“, fragte ich. Er reichte mir die linke Hand und ich schlug ein.

„Ich könnte jetzt sagen, bei der Arbeit, aber ich bin über die Babyschale von Oliver geflogen und hab mir beim Abfangen des Sturzes die Schulter ausgekugelt.“

„O Scheiße. Und wie lange darfst du so rumlaufen?“

Keith zuckte mit der unverletzten Schulter. „Es sind auch ein paar Sehnen und Muskeln gerissen.

Sophie passt das gut. So bin ich die meiste Zeit zu Hause und kann auf den Kleinen aufpassen."

„Gibt Schlimmeres. Also, meinst du, dein Bruder und ich bekommen das hin?", fragte ich und nickte zu den Möbelstücken.

„Dich kann ich nicht einschätzen, aber ich denke, die Chancen stehen mit dir höher, als wenn er es allein macht. Handwerklich ist er eher so der Mann fürs Grobe."

„Ha ha, danke Bruder. Hier", sagte Mike und reichte mir eine Flasche Bier.

„Morgens, bevor ihr überhaupt angefangen habt?" Keith zog die Augenbrauen hoch.

„Irgendwo auf der Welt ist immer Zeit für ein Bier. In Amsterdam ist jetzt 5 Uhr nachmittags. Also", sagte ich, hielt Mike meine Flasche zum Anstoßen hin und er stieß seine dagegen. Seufzend nahm Keith sich auch eine Flasche aus der Kühlbox. Zu dritt standen wir nun da.

„Ihr sollt nicht rumstehen, sondern die Küche aufbauen. Ich will endlich umziehen. Die anderen Möbel werden auch bald angeliefert. Bitte", sagte Marie, die mit Murphy kurz hineinschaute.

„Aber doch nicht das Pferd hier rein, Marie", sagte Mike. Aber das interessierte sie nicht. Murphy schaute sich interessiert in der Wohnung um.

„Wir haben doch alles besprochen. Die Schränke sind auch beschriftet und alles ist aufgezeichnet. Wir reiten jetzt los und wenn ich wiederkomme, möchte ich zumindest etwas Fortschritt sehen, okay?" Sie gab ihrem Mann einen Kuss auf die Wange und führte dann den Wallach wieder raus.

„Dass sie immer alle Tiere mit reinnehmen muss", murmelte er vor sich hin. Das Grinsen konnte er sich aber nicht verkneifen. „Okay, dann fangen wir an."

Zunächst stellten wir alles nach Plan auf, bevor Mike die Löcher anzeichnete und mit dem Schlagbohrer diese dann auch bohrte.

„Das sieht gut aus, Brüderchen. Ihr könnt die oberen Schränke dann schon aufhängen. Das ist der leichteste Teil", meinte Keith und ich hoffte, dass er es als Scherz meinte. Doch er grinste nicht. Gemeinsam hievten wir die Schränke hoch und während ich festhielt, fixierte Mike diese an der Wand. Nach nur zwei war ich nassgeschwitzt und zog mir mein Hemd aus. Auch Mike arbeitete nun oberkörperfrei. Keith pfiff zwischendurch Y.M.C.A., erntete aber einen bösen Blick von seinem älteren Bruder. Gegen Mittag rief Jake nach Mike und Keith. Ich nutzte die Zeit für eine Pause und wusch mir im Badezimmer das Gesicht. Als ich wieder raustrat, traf ich auf Kayla, die uns Mittagessen vorbeibrachte, bevor sie zum See aufbrechen wollte. Sobald sie mich sah, wollte sie gehen, aber ich stellte mich ihr in den Weg.

„Ich will dich nicht sehen, Ryan."

„Kayla … Es tut mir wirklich leid. Kann ich es wieder gutmachen? Bitte?"

„Hast du mir schon wieder etwas gekauft? Lass es einfach."

Sie stand mir so nah, dass ich nicht widerstehen konnte, ihr über die Wange zu streicheln. Durch ihre Wimpern hindurch schaute sie mich an. Ich nutzte die Chance und beugte mich zu ihr. Ihr Atem streifte über meine Lippen und ich spürte ihre Hände auf meiner Brust. Mein Herzschlag beschleunigte sich. Langsam wanderte meine Hand an ihre Taille. Vorsichtig hielt ich den Saum ihres Shirts fest und meine Knöchel berührten die weiche Haut ihres Bauches. Bevor mich der Mut verließ, legte ich meine Lippen auf ihre. Ihre Finger krallten sich in mein Unterhemd. Forsch drückte ich sie an mich, da versteifte sie sich plötzlich.

„Ich will das nicht, Ryan. Bitte, lass mich in Ruhe. Das darf nicht noch einmal passieren."

Ohne ein weiteres Wort rauschte sie davon und ließ mich stehen. Zum Glück hatte ich noch ein paar Minuten für mich, bis Mike und Keith zurückkamen. Ich versuchte mir nichts anmerken zu lassen, doch ich scheiterte kläglich.

„O, Kayla war hier", bemerkte Mike und warf mir einen vorsichtigen Blick zu.

„Habt ihr geredet?", fragte mich Keith.

Verzweifelt hob ich die Hände in die Höhe. „Weiß denn hier jeder Bescheid?"

„Sophie war so außer sich, dass sie mich nicht hat schlafen lassen. War auch echt mies. Kayla ist seitdem völlig am Boden zerstört."

„Ja, macht mich ruhig fertig. Ich hab´ mich schon entschuldigt, ihr ein Auto gekauft und …-"

„O Mann, Ryan. Das war kein cooler Move“, seufzte Mike, während er die Wasserwaage auf einen Unterschrank legte, um diesen auszurichten.

„Und was hätte ich deiner Meinung nach machen sollen?“, fragte ich und reichte ihm den Schraubendreher.

„Andere Richtung, Mikey“, sagte Keith, dann schaute er mich an. „Also wenn ich Streit mit Sophie habe, krieche ich zu Kreuze, koche ihr Lieblingsessen, bringe Blumen mit, lasse ihr ein heißes Bad ein und …-“

„Mehr wollen wir gar nicht wissen, danke, Brüderchen“, sagte Mike. „Lass erstmal Gras über die Sache wachsen und dann kannst du nochmal mit ihr reden, aber schenk ihr bloß kein Auto. Kayla ist eine unabhängige Frau, du kannst ihr damit wirklich keine Freude machen.“

„Jetzt hab´ ich das Auto dastehen. Wie viel Zeit ist denn genug?“ Mike und Keith schauten sich an, zuckten mit den Achseln und deprimiert lachte ich auf.

„Das wird wieder. Vielleicht fangt ihr erst langsam wieder an. Gelegenheiten gibt es hier ja genug.“ Aufmunternd nickte Mike mir zu. Keith’s Telefon klingelte und er ließ uns beide allein. Schweigen breitete sich aus und mir fiel mein Gespräch mit Marie vom Morgen wieder ein.

„Ich habe beim Rodeo mitbekommen, wie du und Marie…-“

Misstrauisch schaute er mich an. „Ist alles in Ordnung? Ihr saht beide traurig aus. Klar, wir sind nicht besonders gut befreundet, aber wenn du jemanden zum Reden brauchst, …-“

Mike nahm einen großen Schluck aus der Flasche.

„Es ist nicht so einfach. Marie war beim Arzt und hat nicht so gute Neuigkeiten mitgebracht.“ Sofort musste ich an meine Mum und Maggy denken.

„So schlimm?“

„Nein, also ja, aber nicht so. Es ist nur … Marie kann wahrscheinlich keine Kinder bekommen und sie ist seitdem sehr niedergeschlagen, auch wenn man es ihr so nicht ansieht.“

„Wie hoch ist die Wahrscheinlichkeit?“ Ich konnte mir kaum vorstellen, wie sehr es die beiden belastete.

„Dass es klappt? Weniger als 10%. Daran klammert sie sich gerade.“ Ich bemerkte, dass Mike sich nicht mehr rührte. Freundschaftlich legte ich ihm eine Hand auf die Schulter. Für Marie wollte er stark sein, aber seine Fassade begann auch zu bröckeln.

„Und eine zweite Meinung? Ich habe einen ehemaligen Klassenkameraden, der in Vancouver seine eigene Praxis hat. Ich könnte meine Kontakte spielen lassen.“

„Das ist nett. Ich frage aber Marie vorher. Es wissen nicht viele darüber Bescheid und es wäre nett, wenn du das für dich behalten könntest.“

Ich nickte. „Klar. Dann komm. Bauen wir die Küche fertig auf, so schwer kann das ja nicht mehr sein. Da freut Marie sich mit Sicherheit." Mike brachte ein dankbares Lächeln zustande.

Wir hörten die Reitgruppen zurückkommen, da waren zwar alle Schränke aufgebaut, aber es fehlten noch die Arbeitsplatte, die Elektrogeräte und die Spüle. Dennoch waren wir zufrieden mit unserem Tagewerk.

„Wow", sagte Marie nur, als sie, wieder mal mit Murphy im Schlepptau, hereinkam.

„Marie! Ehrlich. Wenn die Möbel hier drin sind, geht das nicht mehr. Es reicht schon, dass Rocky bei uns in der Hütte schläft."

„Jajajaja. So toll sieht das aus", schwärmte sie und fuhr mit den Fingern über die Oberflächen.

„Wir sind noch nicht ganz fertig, aber …-" Marie sprang Mike um den Hals.

„Egal. Morgen kann Taylor dir auch wieder helfen.

Vielen Dank, Ryan. Das hätte Mike ohne dich nicht geschafft."

„Naja, ich glaube, so eine große Hilfe war ich gar nicht." Auch ich wurde herzlich von ihr umarmt.

„Das ist nicht wahr. Hier wäre gar nichts heute zustande gekommen, wenn ich das allein hätte machen müssen. Also, wenn du morgen noch bei dem Rest helfen könntest?"

„Gerne", willigte ich ein.

Kapitel 15

Ich suchte immer öfter einen Grund, auf der Shamrock Ranch vorbeizufahren. Keith war immer noch verletzt, also freute sich Mike über meine Hilfe. Er war kein übler Kerl und ich war froh, dass wir nach dem katastrophalen Start, den wir hingelegt hatten, nun so locker miteinander umgehen konnten. Auch Taylor freute sich darüber. Der eigentliche Grund war aber Kayla, die in der Hochsaison täglich auf der Farm aushalf. Sie ignorierte mich und wenn sie eine Möglichkeit bekam zu verschwinden, tat sie das auch. Zumindest Sadie freute sich, mich zu sehen. Gerade trug ich mit Mike das angelieferte Sofa ins Wohnzimmer, als wir Taylor fluchen hörten. Wir stellten das schwere Teil ab und schauten nach, was passiert war.

„Damit kannst du nicht fahren, Marie."

„Aber ich hab´ doch einen Termin", schmollte sie.

„Was ist passiert?", fragte Mike. Taylor und Marie standen um den alten Pferdeanhänger und ich erkannte von Weitem, wo das Problem lag.

„Der ist durch", sagte ich. Der Unterboden hing durch.

„Was du nicht sagst", fauchte sie mich an, atmete aber dann tief durch.

„Wofür brauchst du den denn?", hakte ich nach.

„Marie möchte zwei Ponys abholen“, sagte Mike. Verwundert zog ich die Augenbrauen hoch.
„Noch zwei?“
„Du glaubst nicht, was hier mittlerweile los ist. Kindergeburtstage, Pony-Unterricht. Die sind alle verrückt danach“, mischte sich nun Jake ein.
„Ja, aber ich muss dafür jetzt los. Es ist alles abgeklärt und Sadie freut sich doch schon auf den Ausflug.“
„Soll ich euch mit dem Transporter fahren?“, bot ich an.
„Mit dem schweren Ding?“ Taylor, Mike und ich guckten uns an.
„Wir haben auch noch einen kleineren.“
Marie trat von einem Bein auf das andere.
„Fahrt ruhig. Ich kann den Rest auch mit Taylor reintragen.“
„Gut, dann bin ich gleich wieder da mit dem Transporter. Soll ich Kayla fragen, ob es in Ordnung ist, das ich mitkomme?“
„Das mache ich schon“, sagte Marie, zwinkerte mir zu und eilte davon. Ich setzte mich in mein Auto und tauschte es auf unserem Hof gegen den kleinen Pferdetransporter. Dad warf mir zwar einen fragenden Blick zu, aber ich winkte ihm nur zum Abschied.
Auf der Shamrock Ranch wartete Marie bereits mit Sadie und einer Kühlbox.
„Hallo, die Damen, kann ich euch mitnehmen?“, fragte ich mit einem Augenzwinkern.

„Gerne. Wir haben aber viel Gepäck auf dem Rückweg“, antwortete Marie lächelnd. Sie schob Sadie auf den mittleren Sitz und rutschte dann daneben ans Fenster. Kurz nannte sie mir die Adresse und ich gab sie in das eingebaute Navigationssystem ein. Zwei Stunden Autofahrt bis zur Pony-Farm vergingen im Flug und Sadie plapperte in einem durch. Marie wirkte ein wenig abgelenkt und klinkte sich meist aus den Gesprächen aus.

„Und dann haben wir den Hund gesehen. Mama weiß nicht, dass ich ihm immer etwas zu fressen rausstelle, weil sie sagt, dass der in den Käfig in der Scheune gehen soll. Aber ich mag Käfige nicht.“

Fast hätte ich das Lenkrad verrissen. Auch Marie schaute sie entgeistert an.

„Du fütterst den Hund?“, sagten Marie und ich gleichzeitig.

Sadie nickte. „Ja, manchmal, wenn Mama noch arbeiten ist, dann sitze ich auf der Veranda und ich kann ihn streicheln.“

„Das ist ganz schön gefährlich, Sadie. Was ist, wenn er dich beißt?“, fragte ich sie, wobei ich versuchte mich auf die Straße zu konzentrieren.

„Wieso sollte er mich beißen? Ich tu ihm doch nichts.“

Marie nahm ihre Hand. „Du, wir reden mal mit Steve. Vielleicht können wir den Hund so einfangen und dann, wenn er untersucht und an Menschen gewöhnt ist, dann kann er vielleicht bei euch auf dem Hof wohnen. Aber so ist das viel zu gefährlich."

Das Mädchen verstand nicht, warum wir so besorgt waren.

„Steve soll nur gucken, dass er nicht krank ist, okay? Niemand wird ihm etwas tun, das verspreche ich dir."

Sadie wirkte erleichtert und wechselte das Thema. In den wenigen Wochen hatte sie viel über Ponys und Pferde gelernt und ich war überrascht, dass auch ich noch ein bisschen lernen konnte. Schon kam die Pony-Farm in Sicht und Sadie schwieg aufgeregt. Auf den Weiden standen die Quarter-Ponys in allen verschiedenen Farben. Ein großgewachsener Mann, den ich schon von Maries Hochzeit kannte, wartete bereits an den Stallungen auf uns. Ich parkte den Transporter und Marie sprang sofort raus, umarmte den Inhaber, Spencer, bevor sie Sadie und mich vorstellte.

„Wir kennen uns von der Hochzeit", sagte ich, als ich den starken Händedruck erwiderte.

„Ah, stimmt. Ich habe ein schlechtes Gedächtnis, was Namen angeht, aber ein Gesicht vergesse ich nie. Schicker Transporter", sagte Spencer.

„Unser Anhänger hat seinen Dienst quittiert. Wo sind die Mädchen?", fragte Marie.

„Im Haus. Wollt ihr ein Stück Kuchen?" Ich wollte schon ja sagen, als Marie den Kopf schüttelte.

„Das ist sehr lieb, aber wir haben nicht so viel Zeit. Ich komme demnächst mit Mike ein Wochenende vorbei, wenn ihr nichts dagegen habt."

„Das solltet ihr auch, denn ich feiere bald meinen Vierzigsten und ich möchte, dass ihr kommt. Und bringt mir bitte meinen Freund Steve mit."

„Das machen wir. Also, wo ist deine Vorauswahl?", fragte Marie. Wir folgten ihr in den Stall mit den kleinen Boxen. Ich musste schmunzeln.

„Sie stehen hier hinten. Wie viele wolltest du mitnehmen?"

„Wir haben nur zwei freie Boxen momentan. Zwei lassen wir immer für Notfälle frei."

Mir war gar nicht bewusst gewesen, dass der Stall der Shamrock Ranch so gut gefüllt war. Meist waren die Pferde auf den Weiden, wenn ich da war. Auf dem Hof vor dem großzügigen Wohnhaus standen ein paar gesattelte Ponys, doch bevor wir diese begutachten konnten, rannten zwei Mädchen auf Marie zu.

„Ah, nach euch habe ich schon gesucht. Wann macht ihr denn mal Reiterferien bei uns?" Herzlich drückte sie die beiden Mädchen. Es tat mir ein bisschen weh, sie so liebevoll mit den Kindern zu sehen, wo ich doch wusste, dass sie sich so sehr ein eigenes Kind wünschte. Sie fing meinen Blick auf und versuchte es wegzulächeln. Die beiden Mädchen plapperten gleichzeitig drauf los, schnappten sich Sadie und schleiften sie davon. Etwas unsicher warf mir Kaylas Tochter einen Blick über die Schulter zu und ich lächelte. Das beruhigte sie ein bisschen und schon verschwanden die drei. Spencer stellte Marie die Ponys vor. Abwartend lehnte ich mich gegen den Zaun und schaute mich aufmerksam um. Hier war es so friedlich. Ich sah nicht viele Angestellte, was mich verwunderte. Während Marie sich mit den Ponys beschäftigte, gesellte sich Spencer zu mir.

„Ich hab´ euren Hof gesehen, als wir das erste Mal zu Marie gefahren sind. Ich hab´ die Ausfahrt verpasst. Riesiges Anwesen habt ihr. Was sagst du zur Pony-Farm?“

„Anders, aber hier ist es auch sehr schön. Irgendwie heimelig.“

„Danke. Ich fasse das mal als Kompliment auf“, meinte Spencer und musterte mich von der Seite.

„Definitiv. Und die Ponys? Ich kenne mich ja mit den größeren Verwandten besser aus.“

„Heute wird schon früh mit der Förderung gestartet. Die Quarter-Ponys sind dafür bestens geeignet. Meine zwei haben keinerlei Ambitionen für den Turniersport, aber ich habe wöchentlich kleine Mädchen hier, die schon mehr Schleifen im Schrank haben als ich Ponys im Stall.“

„Das stimmt. Mein erstes Pony war zwar kein Quarter-Pony, aber ohne es hätte ich nicht angefangen mit dem Reiten. Die Pferde von meinem Vater haben mir immer Angst gemacht. Viel zu groß. Und ihr reitet gar nicht?“

„Nicht mehr. Das meiste mache ich selber und habe nur einen Mitarbeiter, der hier aushilft.“

„Ryan!“, rief mich Marie.

„Meine unqualifizierte Meinung ist gefragt“, scherzte ich. Schlendernd ging ich zu ihr herüber.

„Was meinst du?“, fragte sie. Sie stand zwischen einem Braunen und einem Falb-Pony.

„Du willst doch zwei mitnehmen“, sagte ich, klopfte dann dem Falben auf den Hals.

„Ja, der Dunkelfuchs kommt auf jeden Fall mit. Der sieht aus wie Ridge, nur in klein.“

„Wonach suchst du denn aus? Farbe? Charakter?“

„Sympathie?“, antwortete sie lachend.

„Lass Sadie wählen, die ist schließlich eure Zielgruppe.“

Wie gerufen, kamen die Mädchen auf den Stall zugelaufen. Mit dabei Spencers Frau Alyssa. Eine atemberaubend schöne Frau, die Marie herzlich umarmte.

„Hallo, schöner Mann“, begrüßte sie mich, als würden wir uns schon viele Jahre kennen.

„Das Kompliment gebe ich gerne zurück“, sagte ich. Ich erinnerte mich dunkel daran, auch mit ihr auf Maries Hochzeit getanzt zu haben.

„Ist das süße Mädchen deine Tochter? Ich wusste gar nicht, dass du Vater bist.“

„Nein, nein. Sadie ist die Tochter meiner … einer Freundin.“

Wissend zwinkerte sie mir zu. „Natürlich. Steht dir gut.“

Marie winkte Sadie zu sich, die sich professionell die Ponys anschaute. Sie ritt sogar eine kleine Runde, bis sie sich für den Falben entschied.

„Dann können wir ja wieder nach Hause. Ich hab´ noch ein bisschen was zu erledigen“, sagte Marie. Mich wunderte ihre Eile, aber im Hinblick auf die zweistündige Heimfahrt pflichtete ich ihr bei.

„Das ging ja mal wieder schnell. Viel Spaß mit den beiden und schick mir gerne, wie du die beiden nennst. Ich weiß ja, dass du dir da immer viele Gedanken machst.“ Brav folgten uns die beiden Ponys in den Transporter. Nach einem herzlichen Abschied fuhren wir wieder in die Heimat.

Ein kleines Empfangskomitee erwartete uns auf der Shamrock Ranch. Kayla verschränkte die Arme, als sie mich sah. Sogar Steve war mit seiner Freundin da. Mikes Schwester Darlene hatte auch einige Zeit gebraucht, bis sie sich an das Landleben gewöhnt hatte. Soweit ich wusste, waren Kayla und sie sehr gut befreundet. Gekonnt setzte ich den Transporter rückwärts direkt an den Stall. Marie sprang raus, streckte sich und öffnete dann die Tür zu den Ponys.

„Mann, sind die putzig“, sagte Emma, die Mini-Ridge unterm Kinn kraulte.

„Hoffentlich benehmen die beiden sich besser als Nox. Den haben wir eben schon wieder einfangen müssen.“ Marie verdrehte belustigt die Augen.

„Spencer sagt, Nox wäre eine Ausnahme.“

Mike und Taylor brachten die beiden Winzlinge in den Stall. Sadie erzählte ihrer Mutter alles von unserem Ausflug. Für sie war das Ganze ein Abenteuer gewesen.

„Mama, das hättest du sehen müssen. Und da war ein braunes Pony, das fand ich so toll. Können wir das nicht kaufen?"

Ich schmunzelte. Mir war aufgefallen, dass sie eigentlich um den braunen Wallach herumgelaufen war. Nun war mir klar, wieso sie Marie zu der Falbstute geraten hatte. Sadie wollte den Braunen für sich haben.

„Schatz, wir haben doch kein Geld dafür."

Traurig schaute Sadie zu Boden.

„Du kannst doch immer hierher kommen, Sadie. Ohne dich kann ich mich doch gar nicht um die ganzen Ponys kümmern", munterte Marie das Mädchen auf. Doch sie wirkte immer noch niedergeschlagen. Gemeinsam mit Marie ging Sadie in den Stall. Schweigend stand Kayla neben mir. Sie seufzte.

„Sie ist ein tolles Mädchen", sagte ich.

„Ich weiß", antwortete sie nur knapp, bevor sie sich umdrehte und wie üblich verschwinden wollte.

„Sadie füttert den Hund auf der Veranda, deswegen ist er noch nicht in die Falle gegangen. Steve soll euch ein Beruhigungsmittel geben und in ein Stück Fleisch stecken, damit Sadie es ihm geben kann."

„Sie macht was?" Aufgebracht fuhr sie mich an. Nur wenige Zentimeter trennten uns voneinander.

„Auf dem Weg zur Pony-Farm hat sie es uns erzählt. Ich habe ihr versprochen, dass wir dem Hund nichts tun werden. Wenn sie ihm das Mittel gibt, dann …-“

„Ich werde meine Tochter den Köter mit Sicherheit nicht mehr füttern lassen. Was, wenn er sie beißt?“ Beruhigend legte ich ihr eine Hand auf die Schulter.

„Er scheint ihr zu vertrauen. Wir können durch Sadie an ihn rankommen und ihn vom Hof wegbringen.“ Ihr Blick wanderte zu meiner Hand auf ihrer Schulter. Schnell zog ich sie weg.

„Ich muss darüber nachdenken.“

„Schimpf nicht mit ihr. Sie meint es nur gut. Außerdem liebt sie Tiere.“ Wie aufs Stichwort kam sie aus dem Stall, die Meute Welpen ihr hinterher. Dann traute ich meinen Augen kaum. Die Hündin, die mich angriffslustig angeknurrt hatte, sprang um Marie herum, die einen Ball in der Hand hielt.

„Du hattest übrigens recht. Wenn es jemand schafft, die Hündin zu bändigen, dann Marie. Denkst du noch oft an sie?“ Nachdem sie mir diese Spitze zugeworfen hatte, ließ sie mich stehen. Bevor sie aber im Haus verschwinden konnte, drehte ich mich zu ihr um.

„Tue ich nicht!“, rief ich ihr zu. Kurz stoppte sie, bevor sie energisch die Tür hinter sich schloss.

„Das waren schon mal mehr Worte, als ihr in den letzten Wochen miteinander gesprochen habt“, versuchte Marie mich aufzumuntern.

„Das stimmt“, murrte ich zur Antwort, dann schaute ich wieder zu der Hündin. „Wie hast du das geschafft?“

Marie lächelte. „Mit viel Geduld und Ruhe.“

Die Hündin setzte sich neben mich und wedelte abwartend mit dem Schwanz.

„Was?“, fragte ich.

„Sie will gestreichelt werden. Ihr Name ist übrigens Buttercup.“

Zögerlich streichelte ich ihr über den Kopf. Vielleicht sollte ich öfter auf Maries Rat hören.

Kapitel 16

Es dauerte ein paar Tage, bis Kayla mich aus heiterem Himmel anrief. „Kayla, was kann ich für dich tun?“

„Der Hund ist wieder da. Sadie will zu ihm raus, aber Steve hat mir das Beruhigungsmittel nicht gegeben.“

„Sadie soll ihm was rausstellen, ich versuche Steve zu erreichen. Aber nur ein bisschen, dass er morgen vielleicht wiederkommt.“

„Ich hab´ es schon versucht, er geht nicht dran.“ In ihrer Stimme hörte ich den Trotz. Eigentlich wollte sie nicht mit mir sprechen.

„Dann ist er bestimmt bei einem Notfall. Mach es erstmal so, ich mache mich auf den Weg zu euch.“

„Du brauchst nicht kommen. Wir kommen hier allein klar.“ Sie legte auf. Verwirrt starrte ich auf mein Telefon. Auch wenn sie mich nicht sehen wollte, musste ich einfach schauen, ob alles in Ordnung war. Auf dem Weg dorthin würde ich gucken, ob Steve sich vielleicht auf der Shamrock Ranch rumtrieb. Von den Paddocks, auf denen ich gerade das Training der Jungpferde begutachtete, ging ich durch den Stall. Aus einer Box kamen merkwürdige Geräusche und ich ging ein paar Schritte zurück. Auf dem leeren Boxenboden saß Marc, zusammengebunden, geknebelt und ohne

Klamotten. Sofort öffnete ich die Tür und versuchte die Knoten zu lösen. „Marc, was ist passiert? Warte, ich muss irgendwie die Knoten lösen." Ungeduldig zerrte ich an Nylonseilen, die normalerweise die kleinen Heuballen zusammenhielten. Aus meiner Hosentasche zog ich mein Taschenmesser. Schnell war Marc befreit und ich nahm ihm das Tuch aus dem Mund. „Alles in Ordnung?" Sofort knöpfte ich mein Hemd auf und warf es ihm über.

„Ja. Nur ein doofer Streich unter Kollegen", versuchte er das kleinzureden, aber die Verletzungen sprachen eine andere Sprache.

„Komm erstmal mit rein, damit du etwas anziehen kannst." Schnell führte ich ihn ins Haus, setzte ihn ins Wohnzimmer und eilte in mein Schlafzimmer. Mit einer Hose und einem T-Shirt von mir ging ich zurück. Marc schreckte zusammen, als ich eintrat. „Zieh das an. Und dann erzählst du mir alles." Ich ließ ihm ein paar Minuten Ruhe, öffnete den Whiskey aus dem Küchenschrank und kehrte mit zwei Gläsern zurück. Schweigend goss ich das Getränk ein, schob ihm ein Glas zu und wartete, bis er einen Schluck genommen hatte.

„Es ist nichts passiert. Nur ein Streich." Warnend hob ich eine Augenbraue. Schon sackte der junge Mann in sich zusammen und erzählte mir alles. „Ich weiß nicht, wer es war. Sie haben mir die Augen verbunden, aber …-"

„Aber was?"

„Ich will nicht, dass …-"

„Marc, du hast Angst. Das kann ich verstehen, aber das muss Konsequenzen haben. Weißt du, wer das war?"

Wieder druckste er herum. Freundschaftlich legte ich eine Hand auf sein Knie. „Du musst es mir sagen." Seine Augen wanderten hin und her. Tränen begannen sich zu bilden. Er musste höllische Angst haben. Dennoch schwieg er immer noch.

„Was ist los?", fragte mein Vater, der auch ins Haus kam. Marc schüttelte leicht den Kopf, aber das ignorierte ich.

„Es gab einen Vorfall." Ich erzählte ihm alles. Vor lauter Wut färbte sich sein Gesicht rot.

„Marc, ich will sofort die Namen wissen", tobte Dad.

Aber auch ihm sagte er nichts. Rastlos wanderte er durch das Wohnzimmer, blieb plötzlich stehen und sah mich an. „Ryan, ruf alle zusammen."

Marc wurde kreidebleich. Ich nickte nur, dann ging ich in den Stall und rief die Angestellten in den Hof. Erst, als wirklich alle sich versammelt hatten, ging ich zurück ins Wohnzimmer. „Sie sind alle draußen." Dad nickte.

„Du bleibst hier. Wir klären das. Komm mit, Ryan."

Mein Vater trat vor die versammelte Arbeiterschaft.

„Heute kam es zu einem bedauerlichen Zwischenfall, den wir so nicht hinnehmen können.

Wir dulden kein Mobbing und besonders sind tätliche Angriffe unter den Mitarbeitern tabu. Ich gebe euch hiermit die Chance, mir zu sagen, wer Marc nackt in einer Box gefesselt und geknebelt hat. Sollten sich die Täter freiwillig melden, sehen wir von einer Kündigung ab und erteilen nur eine schriftliche Abmahnung."

Die Männer sahen sich ungläubig an. Zumindest bis auf eine kleinere Gruppe von drei Mitarbeitern, die etwas abseits standen. Der jüngere der drei diskutierte leise und ich sah, dass die andern beiden ihm böse Blicke zuwarfen. Kyle versuchte sich von der Gruppe zu lösen, aber wurde zurückgehalten.

„Gibt es ein Problem?", fragte ich laut. Sie zuckten zusammen und Kyle nutzte die Chance, sich loszureißen.

„Wir waren das", rief er.

„Waren wir nicht. Kyle erzählt Scheiße", sagte Tim, der seinen Kollegen gegen den Oberarm boxte.

„Nein, es ist genug. Das ist nicht mehr lustig."

Es entbrannte ein Streit zwischen den drei Kollegen. Ich ging dazwischen und fing mir einen Schlag ins Gesicht ein. Doch ich konnte auch austeilen. Meine Faust landete auf der Nase von Nathan, dem Kopf der Truppe. Wie ein Brett fiel er um. Cody, ein jahrelanger Mitarbeiter und der ehemals beste Freund von Sophie, sprang mir zur Seite und hielt Tim die Arme hinterm Rücken fest.

„Ich kann gerne die Polizei rufen, wenn ihr nicht sofort damit aufhört.“ Die Worte meines Vaters zeigten endlich Wirkung.

Zähneknirschend schauten die drei uns an.

„Was ist euer Problem?“, fragte ich sie geradeheraus.

„Er ist eine Schwuchtel. Wir wollen so jemanden nicht auf dem Hof haben“. Tim spuckte vor meine Füße.

„Homophobie ist kein Kavaliersdelikt. Und was ihr da gemacht habt, war Körperverletzung und Nötigung.“

Kyle schaute betreten zu Boden.

„Ich habe nicht nachgedacht und bin einfach mitgelaufen. Dabei habe ich gar nichts gegen Schwule. Kann ich mich bei ihm entschuldigen?“ Ich schaute meinen Vater an.

„Gerade nicht. Er steht noch total unter Schock“, sagte dieser. Blut lief mir die Nase herunter. Anscheinend hatte Tim meine Nase erwischt.

„Ihr zwei packt eure Sachen. Ich will euch hier nie wieder sehen!“, presste ich wütend hervor.

„Und was ist mit ihm?“, schnaubte Tim.

„Kyle bekommt eine Abmahnung, aber darf vorerst bleiben“, bestimmte ich. Von meinem Vater kamen keine Einwände. „Der Rest geht wieder an die Arbeit. Kyle, du kommst später ins Büro. Du musst die Abmahnung unterschreiben. Und ich möchte Marcs Sachen zurückhaben.“ Kyle nickte und ging zu den Arbeiterräumen, die an den Jungpferdestall angrenzten.

„Da wird die Schwuchtel sich freuen, dass sein Schwarm sich für ihn eingesetzt hat. Zieh dir lieber etwas an, sonst …-“

„Sonst was? Springt er mich an? Kein Wort mehr. Verschwindet!“

Wütend ging ich in die Küche und tupfte mit einem Küchentuch das Blut aus dem Gesicht.

„Ich wollte keine Probleme hier machen. Tut mir leid.“ Marc stand eingeschüchtert im Türrahmen.

„Die sind das Problem, nicht du. Und sie werden dich nicht weiter belästigen.“

„Du hast sie alle entlassen?“

„Das haben wir, ja. Alle bis auf Kyle. Er möchte sich bei dir entschuldigen.“

„Kyle?“, fragte er erstaunt.

„Ja, er hat sogar gesagt, dass sie es waren. Dafür hat er eine kassiert von Tim. Und ich auch.“ Behutsam betastete ich meine Nase. Schon oft hatte ich einen Schlag ins Gesicht bekommen und immer Glück gehabt, dass meine Nase nie gebrochen war. Auch diesmal schien es geklappt zu haben.

„Es tut mir wirklich leid. Wenn ich mich nur ein bisschen mehr gewehrt hätte.“

„Das rechtfertigt aber nicht, was sie gemacht haben, und alles nur, weil …-“

„Ich schwul bin. Ja, das ist noch ein Problem hier auf dem Land. Vielleicht packe ich besser meine Sachen und ziehe in die Stadt.“

Ich fasste seine Schultern. „Nein, es sollte heutzutage kein Problem mehr sein. Veraltete Einstellungen und Homophobie haben hier keinen Platz.“ Als er mich so ansah, kamen mir Nathans Worte in den Sinn. War Marc tatsächlich in mich verliebt? Es klopfte an der Tür. Kyle stand mit einem Bündel Klamotten in der Hand vor dem Haus.

„Hier sind die Sachen. Ich hab´ sie extra an mich genommen. Eigentlich wollten sie die Sachen auf den Mist werfen.“

„Immerhin. Für heute kannst du gehen.“

Er schaute an mir vorbei. Marc stand abwartend im Flur.

„Es tut mir leid, Marc. Ich habe nicht nachgedacht und ich könnte verstehen, wenn du nichts mehr mit mir zu tun haben möchtest. Aber gerne würde ich neu anfangen.“

Kyle streckte die Hand aus. Marc zögerte kurz, nahm dann aber die versöhnende Geste an.

„Marc, du hast für heute auch frei. Wir sehen uns morgen.“

Ich zog mich um, schaute nach, ob alle aus dem Haus waren, und fuhr dann los. Langsam spürte ich, wie mein Gesicht begann anzuschwellen. Aber die Wut über den Zwischenfall war größer als der Schmerz. Fast hätte ich vergessen, auf die Shamrock Ranch abzubiegen, da entdeckte ich den weißen Kastenwagen von Steve vor dem Haus. Etwas zu schnell rauschte ich auf den Hof und wirbelte beim Bremsen eine Staubwolke auf.

„Ryan, was führt … O, was ist passiert?“, fragte Jake.

„Kleine Streitereien auf der Farm. Ist Steve im Stall?“

Jake nickte nur. Sofort eilte ich in das große Gebäude.

„Es sollte nichts dagegensprechen, dass du Stella mit Loki zusammenbringst. Beide sind topfit und kerngesund“, hörte ich die Stimme des Tierarztes.

„Steve!“, rief ich. Sein rotblonder Haarschopf schaute aus der Box von Emmas Stute heraus.

„Was gibt es?“ Steve wischte sie Hände an seiner Arbeitshose ab.

„Kayla braucht das Beruhigungsmittel. Der Hund ist wieder da und hat Hunger.“

„Und du ein Schmerzmittel?“ Sofort erschien auch Marie, die mich besorgt anschaute.

„Was ist passiert?“ Ihre warmen Finger berührten die Schwellung und ich zuckte zusammen.

„Es gab Streit auf der Ranch, wegen Marc. Hört mal, ich muss los. Das ist die Chance. Wenn der Hund Hunger hat, kommt er auch schnell wieder.“

Steve versuchte sich ein Grinsen zu verkneifen, öffnete seinen Koffer und gab mir einen Blister, der eine kleine Tablette enthielt.

„Das sollte ihn innerhalb von wenigen Minuten ausknocken. Sobald er es gefressen hat, ruf mich an, dann hole ich ihn ab für weitere Untersuchungen und wir überlegen, was wir mit ihm machen.“

„Alles klar. Ich melde mich.“

Marie folgte mir zwar, aber ich hatte keine Zeit, mich mit ihr zu beschäftigen. Durch das Theater hatte ich schon genug getrödelt. So schnell es ging, fuhr ich zur Black Ranch. Die Gardine am Fenster wurde zur Seite gezogen, als ich vor dem Haus parkte. Beim Aussteigen hörte ich Geräusche aus dem Gebüsch, aber sehen konnte ich nichts. Kayla öffnete die Tür.

„Was machst du hier? Du solltest doch nicht kommen. Was ist mit deinem Gesicht passiert?“ Sie zog mich an der Hand ins Haus und schloss eilig die Tür.

„Es gab ein Problem. Autsch“, sagte ich, als sie auf meine Nase drückte. Sie verschwand in der Küche und kam mit einem Kühlakku zurück. Vorsichtig legte sie mir das Kühlpad auf die Nase. Erleichtert stöhnte ich auch. „Danke.“

„Hast du Steve erreicht?“

Etwas unbeholfen fummelte ich in meiner Hemdtasche herum und reichte ihr den Blister mit der Tablette.

„Stopf das in ein Stück Wurst und dann schauen wir mal, ob Sadie ihn dazu bringen kann, das zu fressen. Steve wartet auf meinen Anruf.“ Besorgt schaute Kayla zu ihrer Tochter, die auf dem Sofa schmollte.

„Und ihr kann nichts passieren?“

„Mama, er macht doch gar nichts. Er ist ganz lieb.“

„Ich will, dass du ihm die Wurst gibst und dann reinkommst, okay?“, sagte ich zu ihr. Dabei schaute ich ihr tief in die Augen. Tapfer nickte sie. Ich versuchte es mit einem aufmunternden Lächeln. „Wir möchten nur wissen, ob er krank ist. Ich verspreche dir hoch und heilig, dass ihm nichts passiert.“ Zur Verdeutlichung hob ich zwei Finger in die Höhe. In der Zwischenzeit hatte Kayla ein Stück Wurst präpariert. Zittrig gab sie ihrer Tochter das Fleisch. Sadie hüpfte von der Couch und setzte sich auf die Veranda.

„Wenn ihr da stehenbleibt, dann kommt er nicht“, murmelte sie. Leise verzogen wir uns ins Haus und beobachteten alles vom Fenster aus. Kayla stand mir viel zu nah und ich musste mich zurückhalten, sie nicht berühren. Mit geschlossenen Augen atmete ich ihren Duft ein.

„Will ich wissen, was es für Streit gab?“, murmelte sie, ließ ihre Tochter aber nicht aus den Augen.

„Du kennst Marc, oder?“, sagte ich leise. Auch ich war angespannt.

„Der junge Mann, der auch mit auf dem Rodeo war?“

„Genau der. Er ist schwul und ein paar Mitarbeiter hatten ein Problem damit. Die Beleidigungen waren nicht strafbar aber heute haben sie dem Ganzen die Krone aufgesetzt. Ich war gerade auf dem Weg zu dir, als ich ihn in einer Box fand.“

„In einer Box ist doch nichts ungewöhnliches“, flüsterte sie, musterte mich jedoch von der Seite.

„Sie haben ihn gefesselt und ausgezogen.“ Ich schämte mich für meine Angestellten. Entgeistert schlug sie die Hand vor den Mund.

„Und was dann? Wie geht es dem armen Kerl?“

Das Gebüsch wackelte und vorsichtig traute sich der wilde Hund raus. Sadie lockte ihn mit sanfter Stimme.

„Ich habe ihn ins Haus gebracht und ihm etwas zum Anziehen gegeben. Zwei der drei Übeltäter haben wir fristlos entlassen.“

Kayla sagte nichts mehr. Man konnte ihr ansehen, dass sie das Verhalten schockiert hatte.

„Und das alles nur, weil er schwul ist?“

Der Hund streckte nun den Hals nach dem Futter aus. Er war ausgemergelt. Seine Welpen konnte er nicht leugnen. Alle trugen die gleiche braune Maske im Gesicht, die sich vom schwarzen Fell abhob. Ich hielt den Atem an, als er das Fleisch mit spitzen Zähnen schnappte und runterschluckte. Schon hatte ich mein Telefon am Ohr.

„Ja, einen anderen Grund haben sie nicht genannt. Außerdem soll Marc wohl in mich verliebt sein. Ah, hi Steve. Der Hund hat das Leckerchen gefressen.“

„Du glaubst auch, alle stehen auf dich, ob Männlein oder Weiblein.“ Kayla schnaubte.

„Nein, das glaube ich nicht. Allerdings weiß ich, dass ich dich nicht kalt lasse, auch wenn du versuchst mir das weiszumachen“, raunte ich mit tiefer Stimme. Ich sah, wie ihr ein Schauer über den Rücken lief. Sie biss sich auf die Unterlippe, unfähig etwas zu sagen. Zu gerne würde ich diese Lippen berühren.

„Ich bin schon auf dem Weg“, hörte ich Steve. Mit viel Glück hatte ich zwei Minuten, um meinem Verlangen nachzugeben. Zögernd nahm ich eine Strähne in meine Hand und wickelte sie um meinen Finger. Ihre Augen verfolgten meine Bewegung. Ihr lag ein spitzer Spruch auf der Zunge, aber bevor sie den aussprechen konnte, küsste ich sie. Zunächst versteifte sie sich, dann nahm ich ihre Arme und legte sie um meinen Hals. Langsam streichelte ich ihren Oberarm entlang, fuhr ihr mit meinen Fingerspitzen über den Rücken und sie drückte sich an mich heran.

„Mama!“, rief Sadie. Sofort löste sich Kayla von mir.

„Das … Nie mehr … Lass mich in Ruhe, Ryan.“

Sie eilte zu ihrer Tochter und ich stand in der Küche wie ein begossener Pudel.

Kapitel 17

Kayla hatte sich neben ihre Tochter auf die Veranda gesetzt und beide ließen den nun torkelnden Hund nicht aus den Augen. Ich brauchte noch ein paar Minuten für mich. Wieder hatte ich es zu früh gewagt. Steve rollte auf die Ranch und erst jetzt verließ ich das Haus. „Gut geschaltet, Ryan. Wo ist er?"

„Kayla und Sadie haben ihn beobachtet. Er ist dort hinten."

Sadie streichelte den nun schlafenden Hund.

„Dann nehme ich den Kerl mal mit", sagte Steve.

Plötzlich krallte sich das Mädchen am Tier fest.

„Wann kommt er wieder?"

Kayla sah mich an.

„Steve schaut jetzt, ob mit ihm alles in Ordnung ist und dann darf er erstmal zu Marie. Sie guckt, ob er wieder zu euch zurückkann, damit er auf das Haus aufpasst", erklärte ich.

„Und wenn nicht?" Tränen schimmerten in ihren Augen.

„Gucken wir, wenn es so weit ist. Mach dir keine Sorgen. Ihm passiert nichts. Das verspreche ich dir hoch und heilig", schwor ich.

„Ryan, kann ich mit dir reden?", sagte Kayla zuckersüß. Ich wusste, dass ich nun verkackt hatte.

Wir gingen ein paar Schritte zur Seite, sie schaute zu Steve und Sadie, dann packte sie mich am Arm.

„Versprich ihr nichts, was du nicht halten kannst. Ich will keinen Hund hier haben“, flüsterte sie mir energisch zu.

„Du bist allein mit deiner Tochter hier draußen. Ein Hund ist da noch das Mindeste.“

„Das Mindeste? Du meinst, ich sollte nicht ohne einen Mann hier draußen wohnen?“ Ihre Stimme wurde lauter.

„Das meinte ich nicht. Dreh mir doch nicht immer die Worte im Mund rum. Ich mache mir nur Sorgen um euch und Sadie liebt diesen Hund.“

„Und es ist meine Tochter und meine Ranch. Ob dieser Hund wieder hierherkommt oder nicht, ist immer noch meine Entscheidung.“ Antworten konnte ich nicht mehr, da war sie schon im Haus verschwunden.

„Ich nehm´ ihn dann mit und melde mich bei euch, okay?“, rief Steve.

„Alles klar, Steve. Danke“, rief ich zurück. Sadie saß immer noch traurig auf der Veranda. „Mach doch nicht so ein Gesicht. Es ist für ihn nur das Beste.“

„Mama will ihn nicht, oder?“, fragte sie.

„Wenn er erst mal bei Marie war, dann sieht das vielleicht wieder ganz anders aus“, beruhigte ich sie. Sadie legte ihre Hand in meine.

„Bleibst du noch etwas hier?“ Flehend sah sie mich an. Zum Glück rettete mich mein klingelndes Telefon vor einer Antwort.

„Parker?" Es war eine Nummer aus Amsterdam.
„Ryan, hier ist Lieke. Wie geht es dir?"
Lieke war meine Sekretärin aus der Kanzlei in Amsterdam.
„Schön, von dir zu hören. Mir geht es sehr gut. Was gibt es?"
„Seitdem du gekündigt hast, nur Probleme. Wir versinken hier im Chaos. Außerdem liegt hier ein ganzer Berg an Dokumenten, die unterschrieben werden müssen."
„Dringende? Eigentlich war abgesprochen, dass ich im Oktober komme."
„Ne, das hat Zeit. Wir vermissen dich. Ich vermisse dich", fügte sie etwas leiser hinzu. Ein einziges Mal hatte ich mich dazu hinreißen lassen, mit ihr eine Nacht zu verbringen. Seitdem versuchte sie immer wieder, dies zu wiederholen.
„Lieke … kann ich jetzt irgendetwas für dich tun?"
„Kündige nicht. Ohne dich geht die Kanzlei den Bach runter."
„Das ist durch. Ich habe hier Verpflichtungen, denen ich sehr gerne nachgehe. Kannst du mir für Oktober noch Flüge buchen?"
„Hotel auch, oder hast du deine Wohnung noch?"
„Noch, ja. Da muss ich auch alles zusammenpacken. Vielen Dank schon mal, Lieke." Ich legte auf. Die Rückkehr, wenn auch nur kurz, nach Amsterdam rückte immer näher.

„Wer ist Lieke?“, fragte Kayla scharf. Sie hatte dem Gespräch gelauscht.

„Meine Sekretärin in Amsterdam.“

Meine Hände vergrub ich in meinen Hosentaschen.

„Und mit ihr hast du auch geschlafen?“

„Kayla, ich war bis vor ein paar Monaten noch ein ganz anderer Mensch. Aber ich habe mich geändert.“

Wütend schnaubte sie.

„Klar. Und genau deswegen hast du die Blondine auch geküsst.“ Wieder wollte sie davonstürmen, doch ich hielt sie am Arm fest.

„Wie oft soll ich es dir noch sagen? Das war eine dumme Aktion. Ich war nur eifersüchtig.“

„Dumm trifft es gut. Und jetzt lass mich los.“ Mit einem Ruck hatte sie sich von mir gelöst und lief ins Haus. Ich starrte ihr noch einige Sekunden lang nach, in der Hoffnung, dass sie nochmal rauskommen würde. Doch das Klicken des Schlosses verriet mir, dass sie hinter sich zugesperrt hatte. Deprimiert wollte ich zuerst nach Hause fahren, machte aber einen Zwischenstopp bei Taylor. Aber der war nicht da.

„Sorry, der ist gerade mit einer Gruppe unterwegs. Brauchst du Eis für dein Gesicht?“, fragte Mike, der gerade Kisten in ihre neue Bleibe schleppte.

„Sieht es so schlimm aus?“ Ich zog scharf die Luft ein, als ich die Schwellung betastete. Mike ging voraus in Jakes Haus und gab mir einen

Eisbeutel. Im Flur schaute ich in den Spiegel. Innerhalb der letzten Stunde war ein dunkellilafarbener Fleck entstanden, der Richtung Augen wanderte.

„Das Veilchen von mir sah bei Weitem nicht so schlimm aus“, versuchte es Mike mit einem Scherz.

„Das hatte ich verdient, dieses hier nicht. Ich wollte nur dazwischengehen.“

Er musterte mich. „Wieso dazwischengehen? Seit wann wird sich denn bei euch geprügelt?“ Er gab mir eine Tasse mit frischem Kaffee.

„Homophobe Mistkerle. Deswegen. Also falls du jemanden kennst, der einen Job sucht, wir mussten gerade zwei Mitarbeiter entlassen.“

„Ist es wegen Marc?“ Ich war überrascht, dass er es bemerkt hatte.

„Ja, sie haben ihn gedemütigt und gemobbt. Das dulde ich nicht.“ Mike nickte zustimmend.

„Find ich gut. Marc ist ein netter Kerl, der Ahnung von Pferden hat.“ Das kalte Eis war eine Wohltat auf meinem Gesicht. Endlich hörte das Pochen auf.

„Wie läuft euer Einzug?“

„Die Möbel kommen nach und nach. Marie würde am liebsten jetzt schon dort schlafen, aber das Bett hat Lieferschwierigkeiten.“

Ich seufzte tief und versank im Stuhl.

„Geduld ist nicht ihre Stärke?“, bemerkte ich. Mike grinste.

„Mal mehr, mal weniger“, sagte er mit einem Augenzwinkern.

„Redet ihr über mich?“, fragte Marie, die mit einem breiten Lächeln im Gesicht die Küche betrat. Mehr oder weniger liebevoll hob sie das Eis an und ließ den Beutel wieder fallen.

„Autsch. Wofür war das denn?“

„Ich hab´ mit Kayla geschrieben. Was sollte das denn?“

„Naja, die Chance musste ich ergreifen.“

„Du hast sie überrumpelt. Und wer ist Lieke?“

Genervt stöhnte ich. „Ihr redet auch über alles, oder?“

Sie nahm sich ein Glas und füllte kaltes Wasser hinein.

„Natürlich. Hier passiert ja sonst nichts. Wie ist dein Plan?“

Ich war verwundert. „Wieso Plan?“

„Na, wie du das wieder kittest.“

„Was schlägst du vor?“

Sie legte eine Hand auf meinen Unterarm.

„Abstand und ein bisschen Zufall. Lass mich mal machen.“

Mike und ich sahen uns an, doch er zuckte nur mit den Schultern.

Wenige Tage später wusste ich, was Marie vorhatte. Ihr Geburtstag stand Ende September an und den wollte sie in diesem Jahr groß feiern. Gleichzeitig wäre es auch die Einweihungsfeier ihres neuen Zuhauses. Zwei Tage vor der Feier rief sie mich an.

„Ich brauche deine Hilfe", sagte sie.

„Hallo, Marie. Was kann ich für dich tun?", fragte ich gutgelaunt.

„Sorry, ich bin im Stress und es läuft gerade alles schief, was nur schieflaufen kann. Ich habe zwei Autos für meine Familie reserviert, die morgen anreist, aber die wurden gerade storniert und ich bekomme keine mehr."

„Klar, du kannst den Bus haben", sagte ich, doch sie unterbrach mich.

„Ich brauche jemanden, der sie abholen fahren kann. Es gibt so viel hier vorzubereiten, dass ich nicht wegkann. Ich weiß, ihr habt viel zu tun, aber ich bin echt verzweifelt."

Kurz dachte ich nach. Dann erblickte ich Marc, der immer noch allein über den Hof schlich. Kyle versuchte immer wieder mit ihm ein Gespräch zu beginnen, aber Marc hatte sich seit dem Übergriff zurückgezogen.

„Schick mir die Flugdaten, ich schicke Marc und Kyle deine Familie abholen, wenn das in Ordnung ist."

„Du bist der Beste, Ryan. Übrigens - wir grillen heute Abend mit Kayla, Sophie und den anderen. Ich würde mich freuen, wenn du auch kommen würdest. Spencer und Alyssa sollten auch nachher ankommen."

„Das wird ja eine riesige Party. Klar, ich komme. Soll ich noch etwas mitbringen?", fragte ich. Ich ging über den Hof und suchte nach Kyle und Marc. Die beiden säuberten gerade den Reitplatz und ich winkte sie herbei.

„Nein, wir haben alles da. Einfach nur gute Laune. Kayla hat nach dir gefragt“, eröffnete sie mir und ich blieb stehen.

„Hat sie gefragt, ob ich komme, damit sie nicht kommt, oder hat sie gefragt, nachdem sie zugesagt hat?“

„Danach.“ Ein Lächeln bildete sich auf meinem Gesicht.

„Ich komme, sobald ich hier fertig bin“, sagte ich freudig, legte auf und erschrak, als Kyle und Marc direkt hinter mir standen. „O, da seid ihr ja schon. Könnt ihr übermorgen mit unserem Bus nach Vancouver fahren und Maries Familie abholen?“

„Geht das denn mit der ganzen Arbeit?“, fragte Kyle.

„Deswegen fahrt ihr zu zweit. Ihr müsst nachts losfahren. Der Flieger geht früh am Morgen, dann könnt ihr euch mit dem Fahren abwechseln. Also müsstet ihr am späten Nachmittag wieder hier sein.“

„Alles klar, Chef“, sagte Kyle, wobei er Marc unsicher musterte. Dieser spielte an seinem Hemd herum. Marc wartete, bis Kyle sich entfernt hatte.

„Ist alles in Ordnung, Marc?“

„Meinst du, das ist eine gute Idee?“, murmelte er.

„Ist nochmal etwas vorgefallen? Fühlst du dich nicht wohl? Dann fahre ich mit dir."

„Nein also es ist nichts vorgefallen. Im Gegenteil, er ist sehr nett zu mir, aber …-"

„Ihm tut es wirklich leid, das hat er mehrfach betont. Gib ihm eine Chance. Sollte doch etwas vorfallen, dann werfe ich ihn danach raus."

Beschämt schaute er zu Boden. „Ich will keine Umstände machen."

„Marc, auch hier auf dem Land muss ein Umdenken stattfinden. Und seitdem die beiden weg sind, ist es doch viel angenehmer, oder irre ich mich?"

Marc schüttelte den Kopf. „Du hast recht. Gut, ich fahr mit ihm. Brauchst du heute noch Hilfe in der Wohnung?"

„Momentan nicht. Eigentlich muss ich nur noch Möbel bestellen."

„Okay, dann sag einfach Bescheid, falls du meine Hilfe brauchst. Thor hat heute Pause?"

Ich nickte. „Genau. Heute Abend fahr ich noch zu den Nachbarn. Und ich muss ein bisschen Papierkram erledigen. Nimm dir morgen den Tag frei, dann bist du ausgeruht für die lange Fahrt."

Er nickte und ging dann weiter seiner Arbeit nach. Ich bemerkte, dass er nun etwas lockerer mit Kyle umging.

„Ryan", sagte unser ältester Mitarbeiter Sean.

„Was gibt es?", fragte ich. Immer mehr sprachen die Angestellten mich an, wenn es Probleme gab.

„Die neuen Einsteller sind da. Ich dachte, du willst sie vielleicht empfangen.“

„Ah ja, das war ja heute. Die Box ist fertig?“

Sean nickte. Lange würde er nicht mehr hier arbeiten können, aber er war durch seine jahrelange Arbeit hier unersetzlich für neue Mitarbeiter. Ich folgte ihm auf den Hof. Ein schicker schwarzer Pferdetransporter parkte dort und eine schlanke Frau hüpfte aus dem Führerhaus. Ihre langen dunklen Haare umspielten ihre Hüften. Sie trug schwarze Reitschuhe, eine enganliegende Reithose und passend dazu eine kurzärmelige hellblaue Bluse. Irgendwie war sie, trotz ihrer Kleidung, fehl am Platz. Ich schaute mich nach meinem Vater um, denn eigentlich übernahm er neue Einsteller immer, aber anscheinend wollte er sich wirklich raushalten.

„Hallo“, rief ich. Abschätzend musterte sie mich. Beinahe wünschte ich mir, ein anderes Hemd angezogen zu haben.

„Sind Sie der Eigentümer oder nur ein Angestellter?“

„Meiner Familie gehört das Anwesen. Willkommen. Die Box ist bereits vorbereitet. Sean würde ihr Pferd ausladen, wenn es Ihnen recht ist?“

„Das mache ich lieber selber. Sie ist speziell.“ Dennoch half Sean beim Öffnen der Ladeklappe. Ich war neugierig und kaum überrascht, als eine dunkelbraune, fast schwarze Stute herausgeführt wurde. Optisch glichen die beiden sich wie ein Ei dem anderen. Für meinen Geschmack war die

Stute ein bisschen zu schmal, aber ich war mir sicher, dass sie keine Kühe mit ihr treiben würde. Ruhig folgte sie ihrer Besitzerin in den Stall. Vor der vorbereiteten Box rümpfte die Besitzerin die Nase.

„Was ist das für Einstreu?“, fragte sie.

„Bestes Stroh. Trocken gelagert. Gibt es ein Problem?“

Seufzend brachte sie die Stute hinein.

„Es wird schon gehen.“ Sie nahm ihrem Pferd das gepolsterte Halfter ab.

„Cleopatra hat einen speziellen Futterplan, den habe ich bereits per E-Mail geschickt. Mein Name ist übrigens Olivia.“ Endlich brachte sie ein Lächeln Zustande. Eigentlich war sie sehr attraktiv. Ich streckte ihr meine Hand entgegen.

„Ryan. Ich hoffe, ihr werdet euch hier wohlfühlen.“ Schon schaute ich auf meine Armbanduhr. „Ich muss leider jetzt los.“

„Bekomme ich keine Führung mehr über das Gelände?“ Etwas an ihrer Art machte mich nervös.

„Doch, natürlich. Tut mir leid. Ich hatte ihre Ankunft total vergessen. Kommen Sie mit.“ Galant hakte sie sich bei mir ein und ich führte sie durch die Stallungen.

„Ich halte Sie doch nicht von Ihrer Verabredung ab, oder etwa doch?“

Gerade gingen wir durch den Stall zu den Paddocks.

„Nein, nur ein Grillen unter Freunden bei den Nachbarn. Was bringt Sie hier in die Gegend?"

„Mein Mann ist Golfer und er gibt einige Kurse hier auf dem Golfplatz."

„Ah, dann kennen Sie meine Tante. Ihr und ihrem Mann gehört der Golfplatz. Dann übernachten Sie auch in dem Hotel dort?"

„Genau. Ich hatte es mir hier nur weniger ländlich vorgestellt." Ihr Blick fiel auf die Weiden, die sich vor uns ausbreiteten.

„Es hat alles seine Vor- und Nachteile."

„Genau. Ich habe hier genug Zeit, mich auf die nächsten Springturniere vorzubereiten, ohne dass ich andauernd Zaungäste habe."

Nun fiel es mir wie Schuppen von den Augen. „Sie sind Olivia Wilson."

„Ich dachte schon, man würde mich hier nicht kennen."

Sie schmunzelte.

„Tut mir leid, hier rechnet man wirklich nicht mit Ihnen. Ich werde meinem Angestellten Bescheid geben, dass er Ihnen einen Parcours aufbaut zum Trainieren."

„Das hat keine Eile. Cleopatra soll sich zunächst eingewöhnen und etwas ausruhen. Die letzte Saison war sehr anstrengend für uns beide."

Ich war beeindruckt. Olivia ritt im kanadischen Kader und war in der ganzen Welt unterwegs. Unser Weg führte uns zu Thor, der neugierig aus seiner Box schaute.

„Ich habe den letzten Ritt gesehen. Es war beeindruckend.“

„Ja, aber wir waren trotzdem zu langsam. Ich muss mit Cleo an ihren Wendungen arbeiten.“

Nachdenklich streichelte ich Thor.

„Mit Springreiten kenne ich mich nicht aus. Thor und ich sind recht erfolgreich im Western Reining. Erst vor ein paar Wochen haben wir das große Rodeo gewonnen.“

„Ja, von solchen Rodeos habe ich gehört. Das ist … nett.“ Ihren abfälligen Ton bemerkte ich, sagte dazu jedoch nichts. Plötzlich drehte sie sich zu mir hin, legte eine Hand auf meine Brust.

„Wissen Sie, Ryan …-“ Durch ihre langen Wimpern sah sie mich aufreizend an. „Mein Mann ist viel unterwegs und nach dem Training fühle ich mich oft einsam. Vielleicht können Sie mir etwas die Gegend zeigen?“

Ich schluckte. Ihre Hand wanderte an meinem Hemdkragen entlang. Noch vor wenigen Wochen wäre ich auf ihre Avancen eingegangen, aber nun suchte ich nach einem Ausweg. Ich nahm ihre Hand und entfernte sie von meinem Körper.

„Das kann ich gerne tun. Nur heute bin ich tatsächlich schon verplant und muss mich noch umziehen. Wenn Sie möchten, können wir morgen ausreiten.“

Lächelnd legte sie den Kopf schief.

„Das klingt hervorragend. Dann sehe ich Sie morgen.“ Sie gab mir einen Kuss nahe an meinem

Mundwinkel und ließ mich dann mit meinem Hengst allein.

„Thor, diese Frau ist verrückt. Wir müssen uns von ihr fernhalten."

Er schnaubte nur. Kopfschüttelnd ging ich zurück ins Haus und zog mich zum Grillen um.

Kapitel 18

Immer noch verwirrt von der Begegnung mit Olivia, fuhr ich auf die Shamrock Ranch. Dort herrschte schon reges Treiben.

„Hey!“, rief Marie, die mit Sadie auf einem der neuen Ponys aus dem Stall kam.

„Hallo. Hier ist ja schon was los. Kann ich helfen?“

„Nein, setz dich einfach. Sadie wollte nur eine Runde mit Rosie raus.“

Ich nahm ihr den Strick aus der Hand.

„Lass mich das machen und mach du mal eine Pause.“

Tatsächlich sah sie ziemlich erschöpft aus. Als sie mir den Strick in die Hand drückte, nahm sie mich ein Stück zur Seite.

„Spencer und Alyssa bringen gleich noch eine Überraschung mit. Wenn du mit ihr eine Runde um den Stall drehen würdest“, flüsterte sie mir zu.

„Ah, klar. Kein Problem.“

Kayla verfolgte uns mit ihrem Blick.

„Sadie, du machst das richtig toll mit dem Pony“, lobte ich das Mädchen, dass nun stolz den Rücken durchstreckte.

„Ich will auch mal so toll reiten können wie du. Aber Mama sagt, ich soll etwas Ordentliches lernen.“

Ich lachte laut, so dass sich Rosie erschreckte.

„Ich bin Anwalt, hat deine Mama dir das nicht gesagt?“

„Was macht ein Anwalt?“, fragte sie neugierig.

„Das kommt drauf an. Ich habe große Firmen vor Gericht vertreten.“

„Und ist das schwierig?“

„Man muss sehr viel dafür lernen, aber wenn du das gut kannst, kann man viel Geld verdienen.“

Wir bogen um die Ecke des Stalls uns sahen die anderen Ponys auf der Weide stehen. Nox rollte sich gerade unter dem Zaun durch, als wir neben ihm standen.

„Nox kommt mich immer besuchen. Er ist mein bester Freund.“

„Und hast du in der Schule schon Freunde gefunden?“, wollte ich nun wissen.

„Ein paar, aber ich vermisse meine beste Freundin. Sie wohnt in Vancouver.“

Ich nahm den schwarzen Wallach am Halfter und führte ihn in den Stall.

„Kommt sie dich mal besuchen?“

„Ihre Mama sagt, es ist zu weit weg. Vielleicht im Sommer.“ Traurig sah das Mädchen an mir vorbei.

„Du wirst hier bestimmt auch eine beste Freundin finden. Da bin ich mir sehr sicher.“

„Ist Taylor dein bester Freund?“

Ich nickte, half ihr aus dem Sattel und sie öffnete gekonnt die Gurte.

„Schon seitdem wir ganz klein waren. Marie wird bestimmt bald ganz viel Platz hier haben für die Mädchen. Vielleicht lädst du deine neuen Freundinnen mal hierher ein. Und wenn es im Sommer zu heiß wird, könnt ihr bei mir eine Pool-Party machen."

„Du hast einen echten Pool?" Sie riss die Augen weit auf.

„Ach, du hast ja geschlafen, als ihr bei mir auf dem Hof wart. Ja, einen sehr großen sogar. Ihr dürft gerne immer vorbeikommen, wenn euch der Sinn nach einer Abkühlung steht."

Wie ein Profi trug sie den schweren Sattel in die Sattelkammer und ich stellte die beiden Ponys in ihre Box. Nox´ Tür sicherte ich mit dem Zahlenschloss. Schon versuchte er den Riegel mit seiner Nase zu öffnen.

„Sadie?", rief Kayla in den Stall hinein.

„Sie ist in der Sattelkammer", sagte ich und sie schreckte ein bisschen zusammen.

„Ich habe dich gar nicht gesehen im Halbdunkeln", murmelte sie.

„Ich musste Nox in seiner Box einsperren. Der kleine Schlingel ist schon wieder ausgebüxt."

„Ja, er taucht einmal die Woche bei uns auf, holt sich seine Leckerchen und Streicheleinheiten ab und trabt dann wieder nach Hause."

„Er weiß halt, wo er hinmuss. Sind Spencer und Alyssa schon da?"

„Gerade angerollt, deswegen suche ich nach ihr. Sadie, Becky und Kim sind hier."

Sofort rannte Sadie aus der Sattelkammer auf uns zu.

„Endlich“, rief sie nur, blieb nicht bei uns stehen, sondern stürmte aus der Stalltür hinaus auf den Hof.

„Da wird sie große Augen machen“, bemerkte ich. Kayla sah mich an.

„Ich hoffe, dass so die Diskussionen mit dem Pony auf dem eigenen Hof aus der Welt sind.“ Langsam folgten wir ihrer Tochter nach draußen, wo Sadie gerade die Zwillinge umarmte.

„Kinder. Man spielt einmal zusammen und schon ist man befreundet“, murmelte ich mehr zu mir als zu Kayla. Ich spürte ihre Hand an meinem Arm.

„Es tut mir leid, dass ich in letzter Zeit so gemein zu dir war. Ich habe nicht das Recht, eifersüchtig zu sein. Du kannst küssen, wen du willst, Ryan.“

Aufmerksam musterte ich sie.

„Ich will aber nur noch dich küssen, Kayla“, raunte ich ihr zu. Ihre Wangen färbten sich rosa und ich zog sie zurück in den Schutz der Dunkelheit. Sanft drückte ich sie an die Wand in der Stallgasse, wo die große Tafel hing, auf der Marie die Pferdeeinteilung hinschrieb. Stimmen drangen zu uns herüber, doch ich blendete sie alle aus. Ihre kleinen Hände legten sich auf meine Brust, zogen mich näher an sie heran und Kayla stellte sich auf die Zehenspitzen.

„Nur noch mich?“, hauchte sie. Zur Antwort küsste ich sie. Am liebsten würde ich nie wieder aufhören, doch Marie rief nach Kayla.

Entschuldigend sah Kayla mich an, nahm meine Hand und zog mich auf den Hof. Wie ein verliebter Trottel folgte ich ihr. Ich konnte noch nicht glauben, dass sie tatsächlich wieder mit mir redete. Spencer öffnete gerade die Ladeklappe des Anhängers und Marie führte die braune Stute raus, die Sadie so gefallen hatte. Das Mädchen schlug die Hände vor den Mund, konnte die Tränen aber nicht unterdrücken, die ihr vor Freude übers Gesicht liefen.

„Da du sowieso jeden Tag hier bist, kannst du dich immer um sie kümmern. Und du darfst ihr einen Namen geben. Niemand anderes wird dein Pony reiten, bis du zu groß für sie geworden bist, okay?“, fragte Marie. Sadie nickte nur, fiel dann der Stute um den Hals, die ruhig stehenblieb.

„Ich bin mir immer noch nicht sicher, ob sie dafür nicht zu klein ist“, sagte Kayla leise zu mir.

„In ihrem Alter hatte ich schon mein drittes Pony. Sie macht das toll und hier ist sie gut aufgehoben.“ Bewundernd schaute ich Marie an, die so ein tolles Gespür für Tiere und Menschen hatte. Kayla schubste mich.

„Muss ich mir doch Sorgen machen, dass du noch Gefühle für sie hast?“, scherzte sie.

Energisch schüttelte ich den Kopf.

„Nein, das ist vorbei. Erinnerst du dich daran, worüber wir auf dem Rodeo gesprochen haben? Dass da etwas nicht in Ordnung ist?“ Verwirrt schaute sie mich an.

„Meinst du, sie wollen sich schon trennen?" Ungläubig sah sie zu Marie und Mike, der seine Frau wieder liebevoll im Arm hielt.

„Nein, das auf keinen Fall. Die Wahrscheinlichkeit, dass Marie Kinder bekommen kann, liegt bei unter 10 %. Und deswegen muss ich sie immer so anstarren, wenn ich sehe, wie liebevoll sie mit den Kindern umgeht und dabei so viel lächeln kann."

„Sie wäre eine tolle Mutter. Es gibt ja auch noch andere Möglichkeiten", meinte Kayla. Sie hielt weiterhin meine Hand. Auch Taylor und Emma hatten es bemerkt. Lächelnd tuschelten sie.

„Ja, ich habe angeboten, einen alten Freund aus Vancouver zu kontaktieren. Er ist Arzt und hat sich auf Reproduktionsmedizin spezialisiert. Aber ich will sie zu nichts drängen."

Kayla gab mir einen Kuss auf die Wange. „Du hast ein gutes Herz, Ryan." Ich drückte ihre Hand ein bisschen fester. Dann zog sie mich zu den Tischen und wir setzten uns zu meinem besten Freund.

„Dein Gesicht ist gut verheilt", sagte Taylor. Unwillkürlich tastete ich mit meinen Fingern mein Gesicht ab.

„Ryan hatte schon immer gutes Heilfleisch. Hast du schon gehört, dass der Profigolfer John Wilson bei Mama gastiert? Die flippen dort total aus", sagte Emma.

„Es kommt noch besser: seine Frau ist Olivia Wilson und sie hat eben ihr Pferd Cleopatra zu uns gebracht.“ Emma riss begeistert die Augen auf.

„So ein tolles Pferd“, schwärmte sie.

„Nicht mein Typ Pferd.“

„Wer ist Olivia Wilson?“, fragte Kayla.

Emma zog sofort ihr Handy aus der Tasche und öffnete einen Artikel über sie.

„Die erfolgreichste Springreiterin Kanadas. Sie scheint kein Kind von Traurigkeit zu sein.“ Zahlreiche Schlagzeilen über verschiedene Bekanntschaften tauchten auf.

„Und wie ist sie so, Ryan?“, hakte Taylor nach.

„Merkwürdig. Am Anfang ziemlich hochnäsig und hinterher wollte ich sie einfach nur loswerden.“

„Oha, wieso?“

Kayla musterte mich neugierig.

„Sie fand meinen Hemdkragen sehr interessant. Ich könnt´ mir in den Arsch beißen, dass ich angeboten habe, ihr morgen die Umgebung zu zeigen. Mag mich jemand begleiten?“ Ich schaute in die Runde. Taylor seufzte, drückte Emmas Hand und nickte.

„Ich komme mit. Emma würde bestimmt auch mitkommen, aber sie darf nicht.“ Taylor hatte diesen Satz nicht leise gesagt und an Emmas Lächeln erkannte ich, dass sie heute Abend die Bombe platzen lassen wollten. Marie hatte sich aufgerichtet und schaute in unsere Richtung. Emma stand auf, nahm Taylors Hand und ließ den Blick über die Gäste schweifen.

„Wir haben gute Neuigkeiten.“ Marie sprang bereits aufgeregt auf und ab.

„Emma und ich erwarten Nachwuchs. Wir wollten die kritischen Wochen abwarten, aber der Arzt hat uns grünes Licht gegeben.“

Marie drängte sich an mir vorbei und fiel erst Taylor, dann Emma um den Hals.

„Herzlichen Glückwunsch“, gratulierte sie weinend. Erst dann hatten die anderen die Chance, zu meiner Cousine zu kommen. Ich blieb sitzen, denn ich wusste es ja schon länger. Erst als alle wieder saßen, fiel mir auf, dass einer fehlte. Mike war nirgendwo zu sehen, doch niemanden fiel das auf.

„Ich geh kurz gucken, ob ich die Box von Nox richtig abgeschlossen habe.“

Ich erhob mich und ging zurück in den Stall. Dort kam mir Mike mit den Ponys entgegen. Als er mich sah, hielt er kurz inne, warf mir dann den Strick von dem Dunkelfuchs zu und brachte die Schimmelstute in ihre Box.

„Du wusstest es, oder?“, fragte er mich.

„Ja, Emma ist meine Cousine. Hätte ich gewusst, dass sie es heute erzählen möchten, hätte ich dich eingeweiht.“

Auch ihm sah ich die Trauer über den unerfüllten Kinderwunsch an.

„Sie freut sich, da bin ich mir sicher. Ich freue mich auch, ehrlich.“

„Da bist du ja!“, rief Marie, die unsere Unterhaltung skeptisch beobachtete.

„Die Ponys mussten noch rein. Ich komm jetzt wieder." Sie schmiegte sich an Mike, der liebevoll die Arme um sie schloss. Er murmelte ihr etwas ins Ohr und sie nickte.

„Ich lasse euch allein, wenn ich etwas für euch tun kann, …-" Mike sah mich unsicher an.

„Steht dein Angebot noch?" Marie schaute ihren Mann verwirrt an.

„Natürlich. Es ist nur ein Anruf. Eine zweite Meinung schadet nie."

Nun ließ ich die beiden allein. Kayla nickte nur, als ich zurückkam.

Wieder hatten wir lange zusammengesessen. Erst, als auch die Kinder müde ins Bett wollten, löste sich der Abend auf. Kayla hatte ich mit einem Kuss an ihrem Auto verabschiedet und für den morgigen Tag verabredet. Früh war ich im Stall, um nach unserem neuen Einstellpferd zu schauen und das passende Pferd für den Ausritt auszuwählen. Ich entschied mich für Riddle und eine schmale Scheckstute, die vom Körperbau Cleopatra ähnelte. Hände legten sich auf meinen Rücken, als ich meinen Wallach putzte. Hinter mir stand Olivia, diesmal ganz in Dunkelblau gekleidet, und lächelte mich kokett an.

„Das sind aber kräftige Bewegungen. Was können Sie denn noch so mit diesen Oberarmen anstellen?", murmelte sie mir zu. Es war eindeutig, auf was sie aus war, und ich war froh, dass Marc gerade die Stute herausbrachte.

„Die Arbeit auf einer Ranch erfordert viel Kraft. Sie dürfen mich auf Gwendolyn begleiten. Und da kommt auch mein Freund Taylor, der uns Gesellschaft leistet.“ Zwar war mein Kumpel noch weit weg, aber so hatte sie keine Gelegenheit mehr, weiter an mir herumzubaggern.

„Zu schade, ich dachte, ich hätte Sie für mich allein“, flüsterte sie in mein Ohr. Dabei knabberte sie an meinem Ohrläppchen. Das ließ auch mich nicht kalt. Dennoch ging ich um Riddle herum und putzte lieber die andere Seite, als ihr noch immer so nah zu sein.

„Marc macht Gwen für Sie fertig.“

Während des Ausritts hielt Olivia sich zurück und hatte einige Probleme mit dem Westernsattel. „Wie ist es so, mit dem Pferd in der ganzen Welt rumzureisen?“, fragte Taylor.

„Man trifft viele interessante Menschen“, antwortete sie und zwinkerte mir zu.

„Wie lange bleiben Sie hier?“

„Ein paar Wochen, bis mein Mann mit seinem Trainingslager fertig ist. In der Zeit kann ich mich auf die nächsten Turniere vorbereiten. Ryan, wie sind Ihre Künste als Reitlehrer?“

Taylor lachte. „Ryan als Lehrer?“

„Ich kann Stangen auflegen. Springen ist nicht mein Ding.“

„Zu schade. Ich würde gerne etwas mehr Zeit mit Ihnen verbringen“, säuselte sie. Ich nahm etwas Abstand von ihr.

Zum Glück war Taylor an meiner Seite. Ohne ihn hätte sie mich bestimmt schon längst vom Pferd gezogen.

An der Grenze verließ er uns. Marie wartete mit Mike an der angrenzenden Weide.

„Braucht ihr Hilfe beim Umsetzen?“, bot ich an, noch nicht bereit, allein mit Olivia zu sein.

„Ist nur ein kurzer Weg. Das schaffen wir zu dritt. Danke“, sagte Taylor.

„Ich hab´ zu danken. Wir sehen uns auf Maries Geburtstagsfeier“, rief ich zu. Olivia und ich wendeten die Pferde und ritten zurück auf den Hof. Marc nahm uns Riddle und Gwen ab und ich versuchte schnell zu verschwinden. Doch noch bevor ich das Stallgebäude verlassen konnte, hatte sie mich am Arm gefasst.

„Ich habe gesehen, dass Sie einen Pool haben. Mir ist ein wenig heiß geworden bei dem Ausritt.“

„Der Pool am Golfclub ist auch sehr schön“, sagte ich, aber sie ließ nicht locker.

„Da ist aber nicht so eine nette Gesellschaft.“ Schon legte sie ihre Arme um meinen Hals und wollte mich küssen. Schnell duckte ich mich weg und entdeckte Kayla, die gerade auf den Hof fuhr.

„Meine Freundin kommt gerade. Bis morgen“, verabschiedete ich mich. Olivia sah mir genervt hinterher.

„Ist sie das?“, fragte Kayla. Ich streckte meine Hand nach ihr aus.

„Ja. Ich wusste gar nicht, dass du vorbeikommen wolltest.“ Glücklich küsste ich sie und ging mit ihr auf die Sonnenterrasse.

„Ich bin auf dem Hof für heute fertig und ich dachte, ich schaue mir mal den Pool an, den du meiner Tochter so großzügig angeboten hast.“

„Sehr gerne. Möchtest du auch etwas zu trinken?“

Kayla grinste nur. Und ich lächelte dümmlich zurück. Endlich hatte auch ich mal etwas Glück.

Kapitel 19

Maries Geburtstagsfeier war gleichzeitig auch der Tag vor meiner Abreise nach Amsterdam. Mein Koffer lag bereits gepackt im Kofferraum meines Wagens. „Wann kommst du wieder?“, fragte Dad, der auf mich wartete, damit wir gemeinsam zur Shamrock Ranch fahren konnten.

„Ende Oktober. Ich muss den Verkauf der Wohnung abwarten. Aber das sollte schnell erledigt sein. Top Lage und tolle Ausstattung.“

„Es wird komisch sein, ohne dich.“ Es gab nicht oft solche Momente, aber ich nahm meinen Vater in den Arm.

„Ich komme doch wieder. Hier wartet ja jemand auf mich, außer dir.“

Er klopfte mir auf den Rücken und wir verließen zusammen das Haus. Dass sich das Verhältnis mit meinem Vater einmal so entwickeln würde, hätte ich mir nie träumen lassen. Marie hatte Glück mit dem Wetter. Die Sonne schien am blauen Himmel, es war kaum ein Lüftchen zu spüren und sicher würde man, bis es dunkel wurde, noch ohne Pullover draußen sitzen können. Dad lenkte den Wagen auf den Hof und wir staunten. Lange Tische standen vor dem Stall, darüber hingen Lichterketten und Lampions. Die Tische waren liebevoll mit verschiedenen Wildblumen aus der Gegend dekoriert und Maries Familie half noch bei den letzten Vorbereitungen. Auf der Feuerstelle war Holz aufgeschichtet und Taylor bereitete gerade alles vor, um es anzuzünden. Marie strahlte, als sie uns sah. Von der Rückbank nahm ich das Geschenk, was ich für sie besorgt hatte, und die Blumen.

„Alles Liebe zum Geburtstag, Marie. Können wir noch irgendwie helfen?“, fragte ich, nachdem ich sie umarmt hatte.

„Wir sind so weit. Nun warten wir nur auf die Gäste. Setzt euch.“

Sie stellte mein Geschenk zu den anderen auf den Tisch und Emma brachte eine Vase für den Blumenstrauß. Seitdem sie allen von der Schwangerschaft erzählt hatte, strahlte sie umso mehr. Taylor folgte ihr auf Schritt und Tritt, was Mike amüsiert beobachtete.

„Wie gehts ihr?“, fragte ich und nickte in Maries Richtung, die ihre Mutter liebevoll umarmte.

„Sehr gut. Ich habe mit ihr über dein Angebot gesprochen und wir warten das Jahr noch ab, würden dann aber darauf zurückkommen. Im Sommer heiratet ihr Bruder, also möchte sie nichts überstürzen. Vielleicht brauchen wir einfach nur noch etwas Zeit. Und bei dir und Kayla ist alles in Ordnung?“

„Ich denke. Wir gehen es langsam an.“

Schweigend beobachteten wir das Treiben auf dem Hof.

„Sie ist immer so glücklich, wenn ihre Familie da ist“, bemerkte Mike leise.

„Aber sie ist auch hier glücklich. Beides geht nicht, aber ich denke, dass sie schon längst nach Hause gefahren wäre, wenn sie hier nichts halten würde."

„Bestimmt hast du recht. Kannst du mir bei den Getränken helfen?" Gemeinsam holten wir mehrere Kisten aus der Küchenhütte und stellten die Flaschen in die vorbereiteten Behälter, die Marie mit Eis gefüllt hatte.

Ein Auto nach dem anderen fuhr auf den Hof. Jeder wurde von Marie herzlich begrüßt und der lange Tisch füllte sich. Ich wartete ungeduldig auf Kayla und Sadie. Zu meiner Verwunderung kam auch Olivia mit ihrem Ehemann auf den Hof gefahren.

„Was macht sie denn hier?", murmelte ich Taylor zu.

„Marie hat sie zufällig getroffen, sie haben geplaudert und dann wurde sie eingeladen. Du kennst doch Marie."

Genervt schnaubte ich. Dann hörte ich den Wagen, auf den ich bereits den ganzen Abend gewartet hatte. Kayla parkte direkt neben meinem SUV. In einem luftigen Sommerkleid stieg sie aus, neben ihr Sadie im Partner-Look. Sofort sprang ich auf und eilte ihr entgegen. Lachend fiel sie in meine Arme und ich küsste sie überschwänglich.

„Hübsch seht ihr aus", sagte ich. Sadie nahm meine Hand.

„Mama hat mir das gleiche Kleid genäht, damit wir aussehen wie Schwestern."

„Das hat wunderbar funktioniert." Schüchtern versteckte sie sich plötzlich hinter mir.

„Was ist denn los?", fragte Kayla.

„Marie hat gesagt, ihre Familie spricht nur deutsch, aber das kann ich ja gar nicht", murmelte das Mädchen.

„Mach dir da keine Sorgen, das ist doch gar kein Problem. Und falls doch, helfe ich dir. Becky und Kim sind doch auch da."

Das war ihr Stichwort. Schon flitzte sie in ihrem Blümchenkleid davon.

„Wow, das sind ja viele Menschen. Wusste gar nicht, dass Marie so eine große Familie hat", sagte Kayla.

„Auf ihrer Hochzeit war noch mehr los." Kaylas Augen wurden groß.

„Ich bin so viele Menschen gar nicht mehr gewohnt. Mein Mann und ich hatten keine große Familie. Seine Feuerwehrkameraden waren seine Familie." Betrübt schaute Kayla zu Boden. Ich wusste darauf nichts zu sagen und drückte nur ihre Hand.

Der Grill war heiß, das Bier war kalt und die Stimmung großartig. Die Countrymusik dröhnte aus den Boxen und hin und wieder rafften sich einige zum Tanzen auf. Auch ich forderte Marie hin und wieder auf die Tanzfläche, aber am liebsten drehte ich mich mit Kayla über die freie Fläche, die extra freigehalten wurde. Olivias Blicke spürte ich die ganze Zeit auf mir, auch wenn ihr Mann direkt neben ihr saß. Dieser war auch kein Kind von Traurigkeit und flirtete schamlos mit allen Frauen, die ihm über den Weg liefen. Mir war es egal. Ich hatte nur Augen für Kayla. Auch sie fühlte sich hier mittlerweile pudelwohl. Der Abend wurde spät und meine nahende Abreise lag schwer auf mir. Um dem ganzen Trubel kurz zu entfliehen, schlich ich durch den Stall und war auf der Suche nach Kayla, die ich aus den Augen verloren hatte. Eine Hand umschloss mein Handgelenk und zog mich in die Dunkelheit. Warme Lippen umschlossen meine und zerrten an meiner Jeans. Meine Hände glitten über den Körper. Erregt zupfte ich an ihrem Oberteil, bis mein Kopf etwas klarer wurde. Kayla trug ein Kleid, kein T-Shirt. Atemlos trat ich einen Schritt zurück. „Olivia!“, presste ich hervor. Immer noch hielt sie meine offene Jeans in der Hand.

„Endlich konnte ich dich allein erwischen. Kennst du ein ruhiges Örtchen? Nicht, dass uns noch jemand sieht.“ Ihre Augen funkelten gefährlich auf.

„Ich habe eine Freundin, ich dachte du wärst sie …-“

Olivia machte einen Schmollmund und versuchte mich wieder zu sich zu ziehen, aber ich entriss ihr meine Hose.

„Nun hab dich nicht so. Eine kleine Nummer hat noch niemandem geschadet.“

„Lass das! Ich gehe zurück. Kein Wort zu niemandem“, drohte ich, kehrte auf dem Absatz um und wischte mir ihre Lippenstiftreste aus meinem Gesicht. Bevor ich zurück zu den anderen ging, nahm ich den hinteren Ausgang und atmete am Paddock hinterm Stall durch. Schritte näherten sich mir und unwillkürlich spannte ich mich an. Dann stieg mir ein bekannter Geruch in die Nase und ich entspannte mich wieder.

„Hier bist du“, murmelte Kayla und ihre Finger verschränkten sich mit meinen. Sie legte ihren Kopf an meinen Oberarm und schaute in den Himmel.

„Ich hab´ nach dir gesucht“, sagte ich. Ich gab ihr einen Kuss auf die Haare.

„Hier bin ich“, murmelte sie. „Wieso?“

Meine Hände umfassten ihr Gesicht und ich küsste sie. Wie hatte ich sie nur eben mit Olivia verwechseln können? Das schlechte Gewissen regte sich in mir, aber ich wollte unsere frische Versöhnung nicht ruinieren.

„Ich wollte mit dir allein sein, bevor ich morgen früh abreisen muss“, brummte ich. Ihre warmen Hände fuhren unter mein Hemd.

„Bis zu dir ist es zu weit“, sagte sie verschwörerisch. Grinsend zog ich sie mit mir. Die Stallgasse war leer und ich führte sie in das Strohlager. Immer wieder unterbrachen wir den Weg, um uns zu küssen. Als ich die Tür hinter mir schloss, war meine Hose bereits geöffnet, genau wie die Knöpfe an ihrem Kleid. Kayla trug nur noch einen weißen, leicht durchsichtigen BH, wo sich ihre Brustwarzen abzeichneten. Nun konnte ich gar nicht mehr an mich halten und wir versanken im Stroh.

Es dauerte, bis wir alle Strohhalme von uns entfernt hatten, um zurück zur Feier zu gehen. Zum Glück war es bereits dunkel und niemand konnte unsere erhitzten Gesichter sehen. Die meisten Gäste hatten sich um das nun prasselnde Lagerfeuer versammelt. Taylor stimmte gerade seine Gitarre. „Da kommen wir ja genau richtig", murmelte ich. Sadie entdeckte uns und wir setzten uns zu ihr.

„Wieso?", fragte Kayla.

„Taylor ist ein sehr begabter Sänger. Du wirst es lieben, auch wenn es nicht deine Musik ist", antwortete ich ihr.

„Ach, mittlerweile habe ich mich an die Musik hier gewöhnt. Es passt einfach hierher."

Verliebt kuschelte sie sich an mich und ich schaute in die Runde. Marie lächelte mir glücklich zu und auch Emma freute sich für mich. Olivia konnte ich nirgends entdecken und das war auch gut so.

Auf meinem Weg zum Flughafen hielt ich kurz bei Kayla an. Der Abschied fiel uns schwer und doch blieb mir keine andere Wahl. Noch im Schlafanzug und Morgenmantel stand sie in der Küche und kochte mir Kaffee. „Ich werde dich vermissen", sagte sie, als sie mir die Tasse hinstellte.

„Und ich euch auch. In vier Wochen bin ich ja wieder da und dann muss ich nicht mehr nach Amsterdam. Es ist nötig, dort alle Zelte abzubrechen."

Ich hielt die ganze Zeit ihre Hand, bis ich aufbrechen musste.

„Fahr vorsichtig und meld´ dich, wenn du angekommen bist", murmelte sie.

„Mach ich. Tust du mir einen Gefallen? Marie sagt, der Hund braucht ein neues zu Hause und mir wäre es lieber, du hättest einen Hund hier auf dem Hof." Kayla lächelte.

„Na gut. Aber nur, weil Sadie sowieso nicht aufhört zu betteln."

„Sehr gut. Ich muss jetzt los. Pass auf dich auf." Noch ein Kuss und ich verabschiedete mich. Es lag noch eine sechsstündige Autofahrt zum Flughafen vor mir. Noch nie war ich so ungern von hier weggeflogen.

Meinen Wagen parkte ich auf einem etwas abgeschiedeneren Parkplatz und nutzte den Shuttle-Bus zum Flughafen. Die vielen Menschen um mich herum waren mir beinahe zu viel. Nach den ruhigen Monaten auf dem Land war es eine Reizüberflutung. Immerhin war mein Flug pünktlich und ohne Probleme landete ich in Amsterdam. Auf dem Weg zum Kofferband schickte ich Kayla eine Nachricht. Ich wartete auf mein Gepäck und ging durch den Zoll. Am Ankunftsbereich wartete Lieke auf mich. Auf sie war Verlass und tatsächlich war sie die einzige Person, die ich in Amsterdam vermissen würde.

„Ryan, da bist du ja. Gut siehst du aus. So braun. Wie war dein Flug?“

„Lang, wie immer. Ich will jetzt eigentlich nur noch ins Bett.“

„Das habe ich mir gedacht. Ich bring dich in deine Wohnung und bestelle uns etwas zu essen. Worauf hast du Lust?“

Lieke warf ihre langen rötlichen Haare nach hinten. Ihr wohlgeformter Körper steckte in einem enganliegenden Etuikleid und sie zog alle Blicke auf sich.

„Das ist mir egal. Entscheid´ du.“

Süß lächelte sie mich an. Vor dem Flughafen stand ihr BMW Cabrio. Mein Koffer passte gerade so auf die Rückbank.

„Du weißt, ich bekomme nie genug von Sushi und irgendetwas an deinem Outfit lässt mich erahnen, dass du nicht viel Sushi in den letzten Monaten gegessen hast.“

Ich sah an mir herunter. Im Gegensatz zu früher, als ich auch einen zwölf Stunden-Flug im Anzug ertragen hätte, trug ich Jeans und ein Hemd mit Turnschuhen.

„Da hast du recht. Also gut, dann Sushi, während du mich auf den neusten Stand bringst.“

Der Verkehr war erdrückend und ich vermisste die ruhigen Landstraßen in Kanada. Lieke plapperte wie aus dem Nähkästchen, doch meine

Gedanken waren auf Abwegen. Ich schickte Kayla eine Nachricht, dass ich auf dem Weg in meine Wohnung war, und freute mich, dass sie sofort antworte.

„Wer ist sie?“, fragte Lieke.

„Was hat mich verraten?“, versuchte ich der Frage auszuweichen.

„Dein verträumtes Lächeln. Also, raus mit der Sprache.“

Und dann erzählte ich. Von Kayla, der Farm, O-livia und meinen Freunden.

„Wow, Ryan. Ich kenne dich schon so viele Jahre und habe noch nie so viel von dir erfahren.“

Gedankenverloren zuckte ich mit den Schultern. „Du hast nie gefragt. Außerdem habe ich eigentlich immer gedacht, dass ich früher oder später ganz hierbleibe, aber …-“

Liekes Blick war bohrend.

„Nun sag schon.“

„Mein Vater hat sich verändert. Und irgendwie hat mir das hier nicht gefehlt.“ Schmollend schaute Lieke auf die Straße. „Du hast mir natürlich gefehlt.“

„Das wollte ich hören. Ein paar ruhige Tage auf dem Land würden mir auch mal guttun.“

„Über deinen Besuch würde ich mich freuen.“

Sie tätschelte meine Hand, dann hielten wir endlich vor meiner Wohnung an. Die Eingangshalle des großen Gebäudes war kühl und mich fröstelte es, als ich mit Lieke den Edelstahlaufzug betrat.

„Was ist?“

„Es ist so steril hier. Ich kann gar nicht glauben, dass ich das mal gemocht hatte“, murmelte ich vor mich hin. Lieke kicherte belustigt.

„Du bist echt ein anderer Mensch, seitdem du so lange in der Heimat warst.“

„Es ist das erste Mal, dass ich mich nicht auf meine Wohnung freue“, scherzte ich.

Ich schloss die Wohnungstür auf, stellte meinen Koffer im Flur ab und betrat mein Wohnzimmer mit der großen Fensterfront, die den herrlichen Blick auf Amsterdam zeigte. Erschöpft sank ich auf meiner schwarzen Ledercouch nieder. Lieke telefonierte mit dem Lieferdienst und ich kickte meine Schuhe in die Ecke.

„Halbe Stunde. Ich habe dir eine Zusammenfassung und den Terminplan für die kommenden Tage zusammengestellt. Die Chefs wollen einiges besprechen.“

„Wie ist die Stimmung generell?“

„Sie suchen händeringend einen Nachfolger und nach Möglichkeiten, dich umzustimmen. Habe da ein paar Geldsummen beim Flurfunk gehört“, vertraute mir Lieke an.

„So viel Geld können sie mir nicht bieten. Meine Entscheidung steht fest.“

Kapitel 20

Mein Terminplan war so voll, dass ich kaum Zeit fand, mit Kayla zu telefonieren. Immerhin konnten wir zwischendurch kurze Nachrichten schicken. Auch sie hatte viel zu tun und nach dem der September so mild geendet hatte, schlug der Oktober erbarmungslos zu. Während in Europa erst der goldene Herbst anfing, fegten eisige Stürme über die Ranch. Ich sorgte mich, doch Dad konnte mich bei einem unserer kurzen Telefonate beruhigen. „Wir haben alles im Griff. Regel du alles, was geklärt werden muss. Der Schnee kam noch nie vor Mitte November.“

Hoffentlich behielt er recht.

Die Meetings waren träge. Abschließende Fallgespräche und immer wieder neue Angebote wechselten sich ab. Noch vor Monaten hätte ich das viele Geld sofort angenommen, aber nun wollte ich nur noch nach Hause. Mein Flug war schon gebucht. Seit Tagen hatte ich nichts mehr aus Kanada gehört. Ein überraschender Blizzard hatte die Telefonleitungen lahmgelegt.

Mit meinen ehemaligen Chefs saß ich in einem Lokal in Amsterdam, als Kaylas Name auf meinem Smartphone aufleuchtete. Lächelnd stand ich auf, entschuldigte mich und ging mit meinem Mantel vor die Tür.

„Hey, Kayla. Ich habe dich vermisst.“

„Spar dir deine Lügen. Ich hatte eine Unterhaltung mit der Springreiterin.“ Kayla spieh diese Worte mit so viel Wut aus, dass mir schlecht wurde.

„Olivia? Ich hatte gehofft, sie wäre längst abgereist. Keinen Meter konnte ich gehen, ohne dass sie mich angebaggert hat.“

„Ist sie nun auch, aber nicht ohne mir zu erzählen, dass sie es beinahe mit dir getrieben hat.“

Eiskalt lief es mir den Rücken hinab. Die kurze Begegnung im Stall hatte ich schon vergessen.

„Sie hat mich überrumpelt und es war dunkel, ich angetrunken und …-“

„Ryan, sie hatte deinen Schwanz in der Hand. Wie lange warst du denn überrumpelt?“

„Kayla, ich will das gar nicht kleinreden, aber ich war auf der Suche nach dir und dachte erst, du wärst das. Als ich gemerkt habe, dass es Olivia war und nicht du, habe ich sie sofort weggeschoben. Außerdem war es so weit nicht gekommen.“

„Und das soll ich dir glauben?“

Fahrig griff ich mir in die Haare. So eine Scheiße.

„Ich weiß, dass du allen Grund hast, mir zu misstrauen, aber ich habe alles versucht, damit Olivia mich in Ruhe lässt. Nicht mal dass ich eine Freundin habe, hat sie davon abgehalten. Es war ein Übergriff von ihr. Sie hat das Nein nicht akzeptiert. Kayla?“

Die Leitung war tot. Ich versuchte sie anzurufen, aber ich kam nicht durch. Auch Anrufe bei meinem Dad oder auf der Shamrock Ranch verliefen im Sande. Verdammt.

Im Lokal versuchte ich mir nichts anmerken zu lassen. Sobald sich die Möglichkeit ergab, ging ich nach Hause und probierte erneut, jemanden zu erreichen. Endlich klingelte es bei Emma.

„Hoffe, du hast besseres Wetter als wir hier. Wir sind komplett eingeschneit. Nur mit der Kutsche können wir uns von der Ranch entfernen.“

„Hast du mit Kayla gesprochen? Wir hatten Streit und ich erreiche sie nicht mehr.“

„Was hast du nun wieder angestellt?“, hörte ich Taylor im Hintergrund seufzen.

„Olivia! Sie hat mich auf Maries Geburtstagsfeier versucht zu verführen. Ich habe nein gesagt und sie hat Kayla gesagt, wir hätten beinahe miteinander geschlafen.“

„Und?“, hakte Emma nach.

„Hab´ ich nicht! Als ich gemerkt habe, dass das im Dunkeln nicht Kayla war …-“

„Man, Ryan. Sowas merkt man doch sofort.“ Emma seufzte schwer.

„Zu meiner Verteidigung, es war dunkel, Alkohol war geflossen und ich dachte, es könnte nur Kayla sein, weil ich sie gesucht habe.“

„Jetzt will Kayla nicht mehr mit dir reden?“

„Ich denke. Wir wurden unterbrochen und du bist die erste, die ich erreiche.“ Es knisterte im Hintergrund und die Antwort von Emma klang abgehackt.

„Taylor schaut nach ihr, sobald der Schnee nachgelassen hat. Mach dir keine Gedanken, das bekommen wir wieder hin“, beruhigte sie mich.

„Sag ihr, dass ich mich in sie verliebt habe und mir ein Leben ohne sie und Sadie nicht mehr vorstellen kann, okay? Und guck nach, ob sie genug Essen auf der Ranch haben. Ich hab´ ihr zwar gesagt, sie soll sich einen Wintervorrat anschaffen, aber ich weiß nicht, ob sie auf mich gehört hat.“

„Schaut er nach. Zumindest hat sie den Hund aufgenommen. Und …-“ Wieder war das Gespräch beendet und den Rest des Tages bekam ich keine Verbindung mehr aufgebaut. Scheiß Schneesturm.

Eine innere Unruhe hatte mich gepackt, seitdem der Kontakt komplett abgebrochen war. Fast stündlich verschickte ich E-Mails in der Hoffnung, dass zumindest diese ankommen würden. Außerdem bombardierte ich Kayla mit SMS, aber die Wetterberichte im kanadischen Fernsehen versprachen nichts Gutes. Immer weiter Schnee, Eis und Wind. Ob mein Flug am Ende der Woche stattfinden würde, stand noch in den Sternen. Immer wieder wurden die Verbindungen nach Vancouver gestrichen.

Mittlerweile hatte ich meine restlichen privaten Sachen in Kartons verpackt, die Wohnung war verkauft und es befanden sich nur noch das Sofa und mein Bett in meinem ehemaligen Zuhause. Um die Sachen würde sich der Makler kümmern.

Lieke hatte mir zwar ihr Gästezimmer angeboten, aber ich hatte abgelehnt. Die wenigen Tage vor meinem Abflug tigerte ich also unruhig durch Amsterdam, schaute mir Ecken an, die ich in all den Jahren, die ich in den Niederlanden gewohnt hatte, nicht gesehen hatte. Zu gerne würde ich Kayla mal mit hierher nehmen. Sie war bestimmt noch nicht in Europa gewesen. Kayla. Eine Nachricht von Emma hatte mich erreicht. Allen ging es gut und sie waren versorgt. Mehr hörte ich nicht.

Am Abend vor meiner Abreise hatte Lieke meine Kollegen in eine Bar eingeladen. Von vielen wusste ich nicht einmal die Namen. Oft wurde mir gesagt, dass ich fehlen würde, aber das war mit Sicherheit eine Floskel. Sogar mein Büro war zwischenzeitlich schon besetzt worden. Aber es war mir egal. Ich wollte hier nicht sein.

„Zieh nicht so ein Gesicht“, sagte Lieke und schubste mich.

„Sorry. Danke für die Abschiedsfeier, aber der Blizzard zu Hause und der Streit mit Kayla. Ich bin wirklich nicht in der Stimmung.“

Fürsorglich drückte sie meinen Arm.

„Dann geh doch. Es merkt sowieso keiner. Ich hole dich morgen früh pünktlich ab.“

Ich nahm sie in meine Arme, gab ihr einen Kuss auf die Wange und verschwand in der Dunkelheit.

Punkt sechs Uhr klingelte meine Freundin an meiner Wohnungstür. Ohne einmal nach zurückzuschauen, schloss ich die Tür. Ich war bereit für mein altes Leben. Bereit dafür, mich mit Kayla zu versöhnen, wenn sie es denn wollte. Diesmal musste ich mir etwas einfallen lassen und ich würde die Hilfe von allen brauchen. Ich hatte Glück. Der Schneesturm über Vancouver hatte sich ein wenig beruhigt, doch im Landesinneren sah es weniger gut aus. Sobald ich erstmal im Auto saß, würde ich schon irgendwie zu Hause ankommen. „Meld´ dich, wenn du angekommen bist, okay?"

„Mach ich. Und du kommst mich besuchen." Wir drückten uns zum Abschied, dann ging ich zum Gate.

Als ich mich zum Boarding anstellte, musste ich unwillkürlich an meine erste Begegnung mit Marie denken. Ich hatte sogar am gleichen Gate gestanden, als ich ihre Blicke auf mir gespürt hatte. Marie war rot geworden, als ich sie angelächelt hatte. Im Flugzeug hatte ich meinen Platz getauscht, damit ich neben ihr sitzen konnte. Glaube, das wusste sie bis heute nicht. Was ein paar Euro-Scheine bewirken konnten. Der Flug war voll und ich hatte weniger Glück mit meinem Sitznachbarn. Die Zeit vertrieb ich mir mit ein paar Serien und versuchte ein wenig zu schlafen, damit ich die Autofahrt nach Hause durchziehen konnte. Vom Pech verfolgt, wurden wir umgeroutet und mussten einen halben Tag in Los Angeles warten, bis der Flughafen in Vancouver wieder freigegeben war. Mitten in der Nacht kam ich endlich in Vancouver an. Ungeduldig wartete ich am Kofferband auf mein

Gepäck, aber es kam nicht. Genervt seufzte ich und trat an den Schalter.

„Ryan Parker, mein Koffer ist nicht angekommen“, sagte ich.

„Füllen Sie das Verlustformular aus“, entgegnete die mürrische Angestellte. Anstatt also im Auto auf dem Weg nach Hause zu sitzen, füllte ich das vierseitige Formular aus und reichte es dann über den Tresen.

„Wir melden uns, wenn der Koffer auftaucht.“ Für sie war der Fall erledigt und sie widmete sich wieder ihrem Sudoku. Es war mir egal. In meinem Koffer waren keine Wertgegenstände und sogar meinen Autoschlüssel hatte ich in meine Jackentasche getan. Zum Glück. Durch Schnee und Kälte ging ich zum Shuttle-Bus, der mich auf den Parkplatz brachte, wo ich einige Zeit brauchte, bis ich meinen SUV gefunden hatte. Ich räumte den Schnee vom Wagen und stieg ein. Zuerst startete ich das Auto und wartete mit dem Losfahren, bis der Innenraum warm war. Noch einmal versuchte ich jemanden zu erreichen, aber keine Chance.

Bis zur ersten Pause fuhr ich sieben Stunden. Das Motel von Maggys Cousin Shawn fiel mir wieder ein. Mir fielen beinahe die Augen zu. Der schwache Schein der Reklame leuchtete mir im Schneetreiben entgegen. In der Hoffnung, einen Parkplatz erwischt zu haben, schaltete ich den Motor aus. Kniehoch lag der Schnee und ich kämpfte mich zur Tür durch. Mit einem Gast hatte Shawn wohl nicht gerechnet. Erschrocken schaute er mich an. „Sie müssen irre sein, bei dem Wetter Auto zu fahren“, sagte er. Sofort schloss ich die Tür hinter mir.

„Wenn man zurück nach Hause will, hat man keine Wahl.“

Erst jetzt erkannte er mich.

„Ryan Parker, dass ich dich hier mal antreffe. Das letzte Mal habe ich dich auf Maggys Beerdigung gesehen. Wo kommst du denn her?“ Er klopfte mir so fest auf den Rücken, dass ich beinahe stolperte.

„Hast du ein Zimmer? Ich komme direkt aus Amsterdam. Bis nach Hause schaffe ich es heute nicht mehr.“

„Klar, ich gebe dir einen Schlüssel. Viel Auswahl für ein Essen habe ich allerdings nicht.“

„Das ist egal. Ich würde jetzt alles essen.“

Shawn lachte, stellte mir ein Bier vor die Nase und verschwand in der Küche. Seine Herzlichkeit erinnerte mich an Maggy. Sie fehlte uns. Uns allen.

Shawn hatte eine große Portion Poutine zubereitet. Ausgehungert verspeiste ich den die gesamte Portion „Wann willst du weiterfahren? In ein paar Tagen soll das Wetter besser werden“, sagte Shawn, nachdem er uns jedem ein neues Bier hingestellt hatte.

„Morgen früh sofort. Ich muss unbedingt nach Hause. Hast du was von der Shamrock Ranch gehört?“

Er schüttelte den Kopf. „Du kannst gerne versuchen anzurufen. Manchmal funktionieren die Leitungen, wenn es nicht allzu schlimm schneit." Langsam stand ich auf und hob den Hörer neben dem Tresen ab. Kein Freizeichen.

Dankbar für die Gespräche verweilte ich noch ein wenig im Pub, bis ich mich müde auf mein Zimmer zurückzog.

Der Schnee am nächsten Tag war noch dichter als den Tag zuvor. Doch Shawn hatte meine Entschlossenheit erkannt und ein großes Care-Paket zusammengestellt.

„Vielen Dank, Shawn. Du hast was gut."

„Doch nicht dafür. Grüß Jake von mir und sag ihm, dass ich demnächst mal vorbeischaue, wenn das Wetter wieder besser ist."

Zum Abschied klopfte ich auf den Tisch und trat hinaus in den Schnee. Netterweise war mein Wagen bereits freigeräumt worden.

Im Schneckentempo kämpfte ich mich weiter Richtung Heimat. Kurz vor Einbruch der Dunkelheit erreichte ich endlich die Abfahrt. Bei gutem Wetter brauchte ich nur eine Stunde, bis ich zu Hause war, doch das würde heute nicht so sein. Ich hatte Hunger, war müde und mir tat alles weh von der langen Fahrt. Was würde ich jetzt für ein heißes Bad geben. Oder einen Kamin. Oder Kayla. Der Gedanke an sie gab mir neue Kraft und zum Glück kannte ich die Straße wie meine Westentasche. Mein Handy lag ausgeschaltet auf meinem Beifahrersitz. Es war sowieso nutzlos. Als ich durch das Dorf fuhr, war nirgendwo Licht zu sehen. Ich fuhr an Taylors ehemaligem Elternhaus vorbei, da sah ich, dass dort noch Licht brannte. Erschöpft parkte ich mein Auto hinter Sophies Mini Cooper. Wenige Sekunden später klopfte ich an ihre Haustür. Es war noch nicht spät und ich hoffte, dass ich niemanden weckte. Warm eingepackt öffnete Sophie die Tür.

„Ryan, was machst du denn hier? Komm rein." Sie zog mich an der Hand hinein. Das Haus wurde nur mit Kerzen erleuchtet.

„Ich komme vom Flughafen. Bin gestern gelandet und seitdem unterwegs hierher."

„Durchgehend?", fragte sie erschrocken.

„Nein, ich war über Nacht bei Shawn im Motel. Seit wann habt ihr keinen Strom mehr?"

„Seit gestern. Keith kommt von der Shamrock Ranch nicht mehr weg. Das konnte er mir vor drei Tagen sagen. Das Dach vom Strohlager drohte einzustürzen, deswegen war er dort."

„So einen schlimmen Schneesturm hatten wir ja schon seit Jahren nicht mehr. Bei euch ist alles in Ordnung? Hast du was von den anderen gehört?"

Sophie schüttelte den Kopf, dann lauschte sie im Flur, ob Oliver wach war.

„Soweit ich weiß, ist alles in Ordnung. Möchtest du etwas essen?"

„Nur ein bisschen ausruhen. Ich fahre gleich weiter. Ich muss zu Kayla."

Sie schmunzelte und setzte sich auf das Sofa. Ich war lange nicht mehr in dem Haus gewesen und es hatte sich viel verändert.

„Was ist denn schon wieder passiert? Emma und ich konnten nur kurz sprechen."

Seufzend setzte ich mich neben sie und legte die Füße auf den angrenzenden Hocker.

„... Tja und Olivia hat es so hingestellt, als ob ich es auch gewollt hätte. Ich hätte es Kayla direkt erzählen sollen, aber ich wollte auch nicht, dass jeder wusste, dass sie mich belästigt hat. Bei einem Mann klingt es so ...-"

„Schwach? Sexuelle Belästigung gibt es nicht nur bei Frauen. Männern glaubt man das nur nicht."

Genervt wischte ich mir über das Gesicht. „Wie bescheuert, oder? Noch vor Monaten hätte ich die Chance nicht verstreichen lassen. Sie sieht ja nicht schlecht aus, aber ich will nur mit Kayla zusammen sein."

Freundschaftlich legt sie eine Hand auf meinen Oberschenkel.

„Sie doch auch. Da bin ich mir sicher."

Ich musterte sie. „Hab´ ich mich jemals bei dir entschuldigt?", murmelte ich. Nun lachte sie leise.

„Nein, aber ich mich auch nie bei dir."

Verwirrt sah ich sie an.

„Wie meinst du das?"

„Ich dachte, ich wäre stark genug, um für Emma und Taylor den Weg freizubekommen. Eigentlich wollte ich dich nur ausnutzen, obwohl du mein Freund warst. Am Ende hatte ich ein gebrochenes

Herz, einen wütenden Bruder und zerstrittene Freunde."

„Ich hatte nie vor, dir das Herz zu brechen. Es tut mir leid."

Sanft lächelte sie mich an, gab mir einen Kuss auf die Wange und legte müde den Kopf auf meine Schulter.

„Lass es uns einfach vergessen. Ich bin froh, dass du hier bist. Es ist ganz schön einsam und auch kalt. Ich bekomm den Kamin einfach nicht an." Erst jetzt bemerkte ich die Kälte im Haus.

„Ich mach ihn dir an, okay?" Sophie nickte und kuschelte sich in ihre Wolldecke. Ich wusste, wo schon Taylors Eltern das Holz gelagert hatten, und eilte hinaus in den Holzschuppen. Voll bepackt betrat ich wieder das Wohnzimmer, schichtete das Holz zu einem ansehnlichen Türmchen auf. Mit Anzündern entfachte ich das Feuer und Sophie klatschte begeistert in die Hände. Dann hörte ich ein Schreien aus dem Obergeschoss.

„Soll ich ihn holen?"

Die Erleichterung stand ihr ins Gesicht geschrieben.

„Er liegt in Taylors altem Zimmer. Danke, Ry."

Zügig ging ich die Treppe hoch, den Flur entlang und öffnete die vorletzte Tür auf der rechten Seite. Oliver lag in seinem hellblauen Zimmer und lachte, als er mich sah. Leuchtende Sterne klebten an der Decke und ein Mobile mit kleinen Ponys drehte sich über seinem fröhlichen Gesicht.

„Na, du kleiner Fratz? Bist du etwa schon ausgeschlafen?“ Vorsichtig nahm ich ihn hoch. Immer noch lächelte er, als ob ich ein alter Freund war. Mit ihm auf dem Arm ging ich zurück ins Wohnzimmer, wo Sophie friedlich schlief. Ich hoffte, dass der Kleine keinen Hunger hatte, und setzte mich mit ihm auf das gemütliche Sofa.

Eine knappe Stunde konnte ich das Baby beschäftigen, bis sein Appetit zu groß wurde. Vom Schreien geweckt, blinzelte Sophie.

„Danke fürs Schlafenlassen. Wenn Keith nicht da ist, dann bekomme ich kaum ein Auge zu. Gib ihn mir, er hat bestimmt Hunger.“

Behutsam reichte ich ihn ihr.

„Ich passe immer gerne auf, aber ich muss jetzt wirklich los. Es sieht aus, als ob der Schnee weniger geworden ist.“

Wir lachten gleichzeitig los, als wir aus dem Fenster schauten. Die Schneeflocken waren noch dicker geworden.

Kapitel 21

Noch bevor ich unseren Heimatort verlassen hatte, bereute ich meine Entscheidung. Ich hatte Angst, steckenzubleiben, und fuhr so schnell wie möglich über die dicke Schneedecke. Die Abzweigung kam und ich brauchte nicht nachdenken, ob ich nach Hause oder zur Black Ranch wollte. Schon fuhr ich die Straße zu Kayla, die noch dichter zugeschneit war. Die Scheinwerfer leuchteten über den dunklen Weg, da musste ich eine Vollbremsung einlegen. Der Hund stand mitten auf dem Weg und bellte mich an. Ich öffnete die Fahrertür. „Geh weg! Ich muss zu deinem Frauchen", rief ich. Außer dem Bellen und dem Motorgeräusch drang nur das Geräusch vom rieselnden Schnee durch den Wald. Hoffentlich würde der Hund an die Seite gehen, wenn ich weiterfuhr. Doch das erwies sich als schwieriger als gedacht. Durch meine Bremsung hatte ich mich festgefahren. Fluchend stieg ich aus meinem Mercedes, schaute mir das Dilemma an und entschied mich, den Rest des Weges zu Fuß zu gehen. Mit meinem Handy und einer Taschenlampe bewaffnet, stapfte ich dem Hund hinterher, der vor mir herlief. Ich hatte das Gefühl, ich war ihm zu langsam. Manchmal bellte er. Mir war nicht bewusst gewesen, wie lang der Weg noch war, und ich fing an zu zittern. Es krachte im Wald neben mir. Die

Äste gaben unter dem vielen Schnee nach. Doch das Geräusch hörte sich normalerweise anders an. Angestrengt versuchte ich etwas zu erkennen. Der Hund knurrte und stellte sich vor mich. Etwas Dunkles bewegte sich auf uns zu. Dann hörte ich ein Schnauben. Ungläubig starrte ich auf den Schatten, denn ich ahnte schon, was da auf mich zu kam.

„Nox, du kleiner Schlingel. Marie ist bestimmt krank vor Sorge." Das schwarze Pony schüttelte sich den Schnee aus der Mähne. Er gab so viel Wärme ab, dass es bis zu mir strahlte. Mit den zwei Vierbeinern an meiner Seite fühlte ich mich nicht mehr so allein. Dennoch war ich froh, als ich endlich Kaylas Haus erblickte. Auch hier war bis auf wenige Kerzen alles dunkel. Ein Licht brannte in Sadie's Zimmer. Ich ging nun so schnell ich konnte. Nichts konnte mich mehr aufhalten. Nox brachte ich in die Scheune, dann klopfte ich an die Tür. „Kayla! Ich bin es, Ryan. Mach auf, bitte."

Eilige Schritte kamen die Treppe herunter. Kayla war blass und besorgt. „Wie kommst du denn hierher? Ich dachte, du bist noch in Amsterdam?"

„Ich bin gestern gelandet und wollte so schnell wie möglich zu dir. Kann ich reinkommen?"

Das Feuer im Kamin war beinahe erloschen.

„Sadie hat Fieber. Ich weiß nicht, was ich machen soll. Es geht einfach nicht mehr runter." Jetzt sorgte auch ich mich um Sadie.

„Trinkt sie denn?“, fragte ich, als ich Kayla nach oben ins Kinderzimmer folgte.

„Wenig. Es ist schrecklich.“

Vor der Zimmertür weinte sie kurz an meiner Brust, dann öffnete sie das Zimmer. Sadie schlief blass in ihrem Bett und rührte sich nicht. Davor lag eine Matratze. Kayla war wohl nicht von ihrer Seite gewichen.

„Sadie, Schau mal, wer hier ist“, murmelte Kayla. Ich setzte mich auf die Bettkante und streifte eine Haarsträhne aus Sadies verschwitztem Gesicht. Sie reagierte nicht.

„Seit wann ist sie so?“, hakte ich besorgt nach.

„Seit heute Mittag. Ich habe versucht hier wegzukommen, aber ich will sie auch nicht allein lassen.“

„Es ist kein Durchkommen. Ich stecke auch fest.“

Verzweifelt schaute Kayla mich an. Schweigend streichelte sie ihre Tochter.

„Nox ist draußen im Stall. Ich bin etwas zu schwer für ihn, aber ich denke, für den Weg in die Stadt wird es klappen.“

„Und dann? Der Arzt kommt ja auch nicht hierher. Wenn ich nur noch Fiebermittel hätte. Ich habe alles überprüft, nur das nicht.“

„Dann besorge ich das. Ich versuche so schnell wie möglich zurück zu sein.“

Sofort sprang ich auf.

„Das ist doch Wahnsinn. Bei dem Sturm.“

„Für Sadie würde ich alles machen. Für euch beide. Das weißt du doch, oder?“

Stürmisch küsste sie mich. „Was war mit Olivia?“, murmelte sie an meinen Lippen.

„Sie hat mich bedrängt. Ich wollte das nicht, das musst du mir glauben. Es war dunkel und sie hat mich überrumpelt. Mehrfach habe ich ihr gesagt, dass ich kein Interesse habe. Ich will nur mit dir zusammen sein.“ Wieder küssten wir uns, dann stand ich auf und ging die Treppen runter. Kayla eilte mir hinterher, legte mir liebevoll einen Schal um den Hals und wartete an der Haustür. Trotz der angespannten Situation musste sie lachen, als ich auf dem schwarzen Pony um die Ecke kam.

„Das sieht zu komisch aus. Pass auf dich auf, ja?“, rief sie mir hinterher. Mutig schritt das Pony durch den tiefen Schnee und der Hund verfolgte uns bis an die Grundstücksgrenze. Ich hatte gehofft, dass ich zumindest die Fahrspur meines Autos nutzen konnte, jedoch hatte der neu einsetzende Schneefall auch diese Spuren wieder überdeckt. Nur langsam kamen wir voran, aber Nox lief unbeirrt weiter. Weiße Wolken kamen aus seinen Nüstern und ich überlegte, ob ich nicht lieber absteigen sollte, da wurde die Straße ein wenig freier und Nox legte an Tempo zu. Auch er schien zu spüren, dass es dringend war. Zuerst hielt ich bei Sophie. Sie musste grinsen, als sie mich auf Nox sah, aber als sie hörte, wie schlecht es Sadie ging, lief sie nach drinnen und schaute in ihrem Medizinschrank nach.

„Ich hab´ leider nur noch ein bisschen. Oliver hatte letzte Woche eine Mittelohrentzündung, da ist fast alles draufgegangen“, sagte sie entschuldigend.

„Egal. Bevor ich gar nichts bekomme, nehme ich das schon mal mit. Danke, Soph.“ Zusätzlich zu dem Medikament packte sie ein paar Süßigkeiten für Sadie ein.

„Wenn es ihr besser geht, freut sie sich bestimmt. Das sind ihre Lieblingsbonbons. Melde dich, sobald es geht, okay? Im Fernsehen sagen sie, in den nächsten Tagen soll es besser werden.“

„Mach ich. Ich versuche noch mehr aufzutreiben.“

Sophie schnallte sich die Trage um, zog ihre Jacke und Winterstiefel an und folgte mir nach draußen.

„Ich helfe dir. Wir treffen uns wieder hier in einer halben Stunde.“

„Soph, es ist viel zu kalt für dich und Oliver. Geh wieder rein.“

Trotzig stemmte sie die Hände in die Seite.

„Nein, ich weiß, wer hier Kinder hat und wahrscheinlich auch noch Medikamente. Du reitest zu Beth, vielleicht kann sie den Markt aufmachen.“

Ich nickte widerwillig, kämpfte mich dann aber weiter durch den Schnee. Immerhin war das Durchkommen im Dorf leichter und ich stieg von Nox ab, um ihm eine Pause zu gönnen. Der Ponywallach trottete gemütlich neben mir her. In Beths Haus war alles dunkel, dennoch klopfte ich.

Es dauerte, aber dann hörte ich doch Geräusche aus dem Inneren. Die Haustür öffnete sich einen spaltbreit. Beth, die Kassiererin im Supermarkt, schaute neugierig durch den Spalt.

„Ryan, was führt dich bei dem Wetter hierher?"

„Ich komme von der Black Ranch. Kaylas Tochter ist krank und braucht etwas gegen das Fieber und …-"

„Ich komme sofort. Im Laden haben wir mit Sicherheit noch etwas da."

Tränen stiegen mir in die Augen.

„Danke, Beth."

Es dauerte nur wenige Minuten, bis sie, eingehüllt in eine dicke Winterjacke, aus dem Haus kam. Hinter Beth ihr Ehemann Thomas.

„Vielleicht kommen wir mit meinem Wagen durch?", meinte er und nickte in Richtung seines Trucks. Dicke Schneeketten waren auf die großen Reifen gespannt.

„Mein Mercedes hängt kurz vor der Abfahrt fest. Wir können es versuchen, aber der Weg ist echt dick eingeschneit. Mit Nox war es schon schwierig."

Thomas prustete. „Du bist auf dem Kleinen hierhin geritten?"

Dankbar klopfte ich den Hals des Rappen. „Es ging schneller als zu Fuß."

„Geht ihr die Medikamente besorgen, ich versuche den Wagen zu starten und zumindest ein bisschen den Weg zu räumen." Die Sorge um Sadie machte mich emotional. Das kleine Mädchen war mir ans Herz gewachsen. Mit Beth an meiner Seite kämpfte ich mich zum Supermarkt durch. Nox wartete vor dem Laden, während ich mit Beth durch die Gänge streifte und die Arzneien zusammensuchte.

„Das sollte reichen. Hoffen wir, dass es schnell besser wird. Braucht Kayla sonst noch etwas?“

„Ich denke, sie hat alles da. Ich war nur kurz bei ihr, bevor ich zurück ins Dorf geritten bin.“ Dennoch packte sie ein paar Kleinigkeiten in einen Beutel.

„Damit ihr was dahabt, während die Kleine schläft.“ Verschwörerisch nickte sie mir zu. Zum Dank drückte ich sie. Ich war froh, dass wir alle zusammenhielten. Thomas hatte mittlerweile seinen Truck gestartet.

„Ich fahre vor und du kannst ja mit dem Pony hinterherkommen. Gib mir die Sachen.“

„Er findet schon allein nach Hause. Wir müssen aber bei Sophie vorbei.“

Thomas nickte, als ich auf den Beifahrersitz kletterte. Ich drehte mich nochmal nach Nox um, der jagte aber schon in den Wald hinein.

„Verrücktes Pony“, murmelte ich und ich nahm mir vor, Marie Bescheid zu sagen, wo der kleine Rappe abgeblieben war.

Sophie wartete bereits in der Küche. Sie schaute aus dem Fenster hinaus und als sie Thomas´ Wagen sah, kam sie an die Tür.

„Ich habe nicht viel bekommen, hier sind fast alle krank.“ Dennoch reichte sie mir ein paar Medikamente.

„Danke, aber im Laden hatten sie alles. Wir fahren jetzt zu ihr hin und versuchen auch die Straße zur Shamrock Ranch freizubekommen, damit Keith nach Hause kann.“ Sophie winkte Thomas und warf ihm einen Kuss zu. Ich beeilte mich wieder in das warme Auto zu kommen. Der lange Ritt durch die Kälte hatte mich ziemlich durchgefroren.

Mit Nox wäre ich vielleicht schneller gewesen, aber ich konnte sehen, dass wir mit dem großen Auto zumindest die Chance hatten, den Weg mit geländetauglichen Wagen zu nutzen. Wie ich den kleinen Racker kannte, wartete er bestimmt schon bei Kayla auf mich. Vielleicht hätte ich ihm eine Nachricht anhängen sollen, damit sie sich keine Sorgen macht. Schon bald kam mein Wagen in Sicht, der mit einer dicken Schneeschicht bedeckt war.

„Soll ich deinen Wagen rausziehen, oder willst du ihn hier stehenlassen?“

„Ich will erst zu Sadie. Wenn die Straße frei ist, werde ich mich um meinen Wagen kümmern. Er ist nicht so wichtig.“ Thomas nickte, reichte mir dir Tüte, als ich ausgestiegen war, und zeigte auf den Weg.

„Den Weg räume ich auf dem Rückweg. Habe Angst, dass ich da vielleicht steckenbleibe.“

Ich winkte zum Abschied und kämpfte mich dann zurück zum Haus durch. Im Augenwinkel bemerkte ich Bewegung im Wald und Nox kam herausgetrottet.

„Da bist du ja. Komm, bringen wir der Kleinen die Medizin."

Der Rappe schnaubte nur.

Am Kinderzimmerfenster entdeckte ich Kayla, die mir zuwinkte und dann verschwand. Wenige Sekunden später öffnete sich die Haustür.

„Ihr habt es tatsächlich geschafft. Du bist mein Held", freudig warf sie ihre Arme um meinen Hals. Ich gab ihr die Tüte und sie schaute hinein.

„Kondome?" Belustigt schaute sie mich an.

„Was? Ich … Mann … Beth hat noch ein paar Sachen extra eingepackt. Ich schwöre, ich habe damit nichts zu tun." Entschuldigend hob ich die Arme. Sie gab mir einen Kuss.

„Erstmal kümmern wir uns um Sadie. Dann müssen wir reden."

Mit dem Fiebermittel verschwand sie nach oben und ich wartete im Wohnzimmer, wo ich ein Feuer im Kamin entfachte. Sofort breitete sich eine wohlige Wärme aus. Wie hatte sie es nur in der Kälte ausgehalten? Ich ging ins Obergeschoss, um nach den beiden zu sehen, und fand Kayla in Sadies Bett. Vor Erschöpfung war sie eingeschlafen. Schmunzelnd deckte ich sie zu und ging wieder nach unten. Während ich eine Gemüsesuppe kochte, schaute ich immer wieder aus dem Fenster, ob Thomas auftauchen würde.

Wahrscheinlich war ihm die Gefahr zu groß, steckenzubleiben. Der Schnee hatte mittlerweile nachgelassen. Als das Telefon klingelte, zuckte ich zusammen. Ich hob den Hörer ab.

„Hallo?“

„Ryan? Hier ist Marie. Sophie hat mich angerufen und gesagt, dass Sadie krank ist. Ihr seid also durchgekommen.“

„Ja, die beiden schlafen gerade. Wie ist die Lage bei euch?“

„Wieder besser. Dank Keith konnte ein Einsturz verhindert werden. Er ist jetzt wieder zu Hause. Ist bei euch alles in Ordnung, braucht ihr noch was?“

„Soweit ich das sehen kann, kommen wir noch ein paar Tage aus. Dein Pony hat uns übrigens gerettet. Ohne ihn wäre ich nicht so schnell im Ort gewesen.“

„Ja, Sophie hat mir schon gesagt, dass du auf Nox angeritten kamst. Ist er noch bei euch?“

„Er steht in der Scheune, solange er das möchte. Kann auch sein, dass er wieder los ist. Schlaues Kerlchen ist das.“

„Nox hat mich auch schon mal im Schnee gerettet. Wir denken, dass die Leitungen nun stabil sind. Falls irgendwas ist, meldet euch, okay? Thomas hat die Straße so weit freigeräumt, dass wir im Notfall da lang können.“

„Gut, dann versuche ich meinen Dad zu erreichen. Ich melde mich, wenn es etwas Neues von Sadie gibt.“

Bei meinem Vater nahm zunächst niemand meinen Anruf entgegen. Also ging ich hinaus, neues Feuerholz aus dem Lager zu holen. In der hintersten Ecke saß der Hund und zitterte.

„Komm mit rein, du Streuner. Das ist viel zu kalt für dich.“ Geduckt folgte der Rüde mir ins Haus. Unsicher stand er in der Küche. Von der Couch nahm ich eine Decke und legte sie in die Nähe des Kamins. In der Vorratskammer stand das Hundefutter und den Napf platzierte ich direkt neben dem improvisierten Bett. Zurückhaltend ging er Schritt für Schritt darauf zu, fraß und legte sich dann hin.

Erst jetzt packte ich die Tüte aus, die Beth gepackt hatte. Neben den Kondomen – ich verfluchte sie dafür – waren noch eine Flasche Rotwein, ein paar Chips und Schokolade. Dennoch musste ich lächeln. Sie hatte es gut gemeint. Mit einer Tasse Tee setzte ich mich aufs Sofa und schaute verträumt ins Feuer.

„Das duftet herrlich. Hast du gekocht?“, hörte ich Kaylas verschlafene Stimme von der Treppe. Schon saß sie neben mir und kuschelte sich an mich.

„Suppe. Sadie hat bestimmt Hunger, wenn sie wach wird. Wie geht es ihr?“, murmelte ich in ihre Haare.

„Sie schläft und sie ist nicht mehr so heiß. Sorry, dass ich eingeschlafen bin. Die letzten Tage haben mich geschlaucht.“

„Entschuldige dich doch nicht dafür. Auch du musst dich ausruhen. Möchtest du etwas Suppe?" Müde streckte sie sich.

„Gerne", murmelte sie. Ich legte ihr ein Kissen unter den Kopf, zog eine Decke über ihre Beine und stand auf. Mit zwei Schüsseln heißer Suppe kehrte ich zurück ins Wohnzimmer. Bevor wir mit dem Essen begannen, gab sie mir einen Kuss auf die Wange.

„Ich weiß gar nicht, wie ich dir danken soll." Stumm gab ich ihr nur einen Kuss auf die Stirn.

Kapitel 22

Wir hatten gemütlich Suppe gegessen und kuschelten auf der Couch, da hörten wir Fußtapsen im Flur. Kayla richtete sich auf und schaute zur Treppe. Sadie kam in ihrem Nachthemd und mit ihrem Lieblingskuscheltier die Treppe runter. Verschlafen schaute sie uns an. „Mami?“, murmelte sie.

„Schatz, komm zu uns auf die Couch, hier ist es schön warm.“ Sie rieb sich die Augen, erst dann sah sie mich.

„Ryan?“ Ungläubig sah sie mich an.

„Hast du Hunger?“, fragte ich und stand auf. Erschöpft nickte sie und legte sich zu ihrer Mutter auf das Sofa. Mittlerweile war die Brühe leicht abgekühlt und Sadie konnte löffelweise etwas essen.

„Geht es dir besser?“, fragte ich das Mädchen, in deren Gesicht langsam Farbe zurückkehrte.

„Ein bisschen. Ich bin so müde.“ Sie gähnte.

„Iss noch ein wenig und dann legst du dich wieder ins Bett“, schlug ihre Mutter vor. Nach dem letzten Löffel Brühe streckte sich Sadie.

„Liest du mir was vor?“ Dabei sah Sadie mich an.

„Ähm. Klar. Hast du ein Lieblingsbuch?“ Sie nahm mit ihrer kleinen Hand meine und zog mich nach oben. In ihrem Zimmer holte sie ein Buch. Müde legte sie sich in ihr Bett. Zuerst warf ich die

Decke über sie, bevor ich mich neben ihr Bett sinken ließ und das Buch aufschlug.

„Kannst du weiterlesen, wo mein Papa aufgehört hat?"

Ein Lesezeichen steckte mitten im Buch. Ich schluckte.

„Du hast es nie zu Ende gelesen?" Traurig schüttelte sie den Kopf.

„Mama wollte es zu Ende lesen, aber ich wollte, dass Papa das macht. Aber das geht ja nicht mehr."

„Und wieso ich?"

Ihre warme Hand streichelte über meine Wange.

„Weil meine Mama wieder lacht, seitdem sie dich kennt." Nun konnte ich die Tränen nicht mehr zurückhalten. Fest drückte ich Sadie an mich, bevor ich weiterlas. Bei jedem Satz musste ich eine kurze Pause machen und mich sammeln. Dieses Buch bedeutete Sadie so viel und ich wollte es richtig vorlesen. Als ihr Atem sich verlangsamte, legte ich das Buch leise zur Seite und ging auf Zehenspitzen aus dem Zimmer. Im Flur fand ich Kayla stumm weinend auf dem Boden sitzen. Ich half ihr aufstehen und hielt sie fest, bis sie sich beruhigte. Erst als das Schluchzen aufhörte, führte ich sie hinunter, setzte sie aufs Sofa und öffnete den Rotwein. Aus dem Schrank holte ich zwei Gläser und setzte mich neben sie. Wieder ließ sie sich gegen mich sinken und vergrub ihr Gesicht an meiner Brust. Tröstend streichelte ich ihr über den Kopf.

„Matt hatte das Buch neu gekauft, kurz bevor der Unfall passierte. Er hat ihr jeden Abend vorgelesen, wenn er keinen Dienst hatte."

„Und seitdem dein Mann nicht mehr da ist, hast du ihr vorgelesen?"

Kayla schüttelte den Kopf. „Nein, ich durfte nicht. Ich habe ihr Geschichten erzählt, aber ich durfte kein Buch in die Hand nehmen. Dass du … Also …-" Wieder begann sie zu weinen.

„Na, es ist doch alles gut. Ruh dich aus und trink einen Schluck Wein." Mit zittrigen Händen nahm sie das Glas.

„Ich weiß, dass alles gut ist, weil du hier bist. Es tut mir leid. Wenn ich wütend bin, höre ich oft nicht zu. Das hätte uns viel Ärger erspart. Diese Frau hat mich nur einfach so wahnsinnig gemacht."

„Ihr Stolz war verletzt. Nach dem, was ich über sie gelesen habe, hat sie sich genommen, was sie wollte. Und dieses Mal hat es nicht geklappt. Das Einzige, was ihr einfiel, war, alles zu zerstören, was mir wichtig war."

„Und ich bin dir wichtig?", hauchte sie.

„Ihr seid mir wichtig. Seitdem du aufgelegt hast, konnte ich nur noch daran denken, wie ich am schnellsten zu dir komme. Und dann dieser bescheuerte Schneesturm. Ich bin beinahe irre geworden."

Ich fand ihre Lippen, schmeckte das Salz der Tränen und streifte ihre Haare aus dem Gesicht.

Sie kletterte auf meinen Schoß, fuhr mir durch die Haare und knöpfte mein Hemd auf.

„Ich dachte, wir wollten reden", murmelte ich grinsend und zur Strafe biss sie mir auf die Unterlippe.

„Später", flüsterte sie in mein Ohr. Eine Gänsehaut bildete sich auf meinem ganzen Körper. Nie wieder würde ich die Finger von ihr lassen können.

Schon am nächsten Morgen ging es Sadie besser. Sie hatte zwar immer noch Fieber, aber ihre Lebensgeister kehrten zurück. Auch der Schnee hatte aufgehört. So machte ich mich in der Sonne auf den Weg zu meinem Auto. Die Vorräte gingen zur Neige und Kayla kam mit ihrer Limousine auf gar keinen Fall bis zum Supermarkt. Ich versprach meinen beiden Mädels so schnell wie möglich zurückzukommen und musste bei der Einkaufsliste immer noch lachen. Schokolade, Gummibärchen und Donuts. Zum Glück hatte ich schon einige eingeschneite Tage erlebt und wusste, welche Lebensmittel in ihrem Vorratsschrank nicht fehlen durften. Der Supermarkt war voll, alle nutzten das gute Wetter, um die Speisekammern aufzufüllen. Neugierig beäugten sie mich. Es war eher selten, dass ich zum Einkaufen kam. Im Gang mit den Konserven traf ich auf Sophie und Marie. Marie fiel mir um den Hals.

„Wie gehts euch? Ist alles gut?", fragte sie.

„Sadie geht es besser und Hunger hat sie auch. Bei euch auch alles in Ordnung?“

„Jetzt, wo wieder Strom da ist und wir mobil sind. Selbst mit dem Schlitten habe ich mich nicht getraut. Das nächste Mal soll Kayla zu uns auf die Ranch kommen. Dann ist sie nicht so allein“, meinte Marie. Sophie schmunzelte.

„Ich glaube, Kayla wird nicht mehr viel einsam sein“, sagte Taylors kleine Schwester und knuffte mich in die Seite.

„Hoffentlich“, murmelte ich und warf ein paar Dosentomaten in den Wagen.

„Das ist gut, dass ihr euch vertragen habt. Ich hab´ dir doch gesagt, dass du deine große Liebe noch finden wirst. Ich hatte – mal wieder – recht.“

„Vielleicht prophezeist du dir mal was Gutes. Das wäre doch schön“, setzte ich an. Ihre Augen schimmerten traurig.

„Etwas Besseres wie das, was ich habe, brauche ich nicht. Es ist alles so, wie es sein soll“, sagte sie bestimmt, vertiefte sich dann in ihre Einkaufsliste, um mich nicht ansehen zu müssen.

„Ladys, ich muss mich beeilen. Ich habe versprochen, dass es zum Abendessen Pasta Italiana gibt, und Sadie freut sich schon drauf.“

„O ein richtiger Hausmann. Wusste gar nicht, dass du kochen kannst“, bemerkte Sophie.

„Du weißt einiges nicht über mich, Soph. Wir sehen uns!“ Ich winkte ihnen zum Abschied, doch die beiden kicherten nur miteinander, anstatt mir zu antworten. Mir war es egal. Vielleicht galt ich als Frauenheld, jedoch wollte ich jetzt nur noch der Held für eine einzige Frau sein. Naja, eher zwei. Sadie hatte ich ebenso in mein Herz geschlossen wie Kayla.

Auf der Black Ranch wurde ich schon sehnsüchtig erwartet. Sadie saß auf der Couch und schaute Cartoons, während der Hund, der Baxxter genannt wurde, zu ihren Füßen lag. Ich fühlte mich geehrt, dass sie sich an den Namen meines ersten Ponys erinnerten. Der Hund und ich hatten eine stille Übereinkunft. Er ließ mich in Ruhe und im Gegenzug ich ihn. Nox war, sobald das Wetter besser wurde, allein wieder losgezogen. Marie hatte nur eine kurze Nachricht geschickt, dass er gut zu Hause angekommen war.

Ich hatte schon lange nicht mehr für jemand anderen als für mich gekocht und es machte Spaß. Ungeduldig versuchte Kayla immer wieder zu probieren, doch ich schob sie vom Herd weg. „Setz dich, ich mache das. Lass dich doch mal verwöhnen“, brummte ich.

„Aber ich habe so einen Hunger. Wieso muss das denn so lecker riechen?“ Schmollend setzte sie sich neben Sadie und griff in die Chipstüte. Eine gute Tomatensauce brauchte Zeit. Zwischendurch kam mir der Gedanke, was wohl meine Freunde sagen würden, wenn sie mich am Herd stehen sahen, doch es interessierte mich nicht.

Als ich beim Abendessen in die glücklichen Gesichter sah, war das das Einzige, was mir wichtig war.

„Ich wollte morgen zu meinem Dad fahren, kommt ihr mit? Also, wenn es Sadie gut genug geht. Du musst noch dein Auto abholen."

Kayla wollte gerade zu Widerworten ansetzen, da sagte Sadie: „Mami hat gesagt, wie doof es war, das Auto nicht anzunehmen, nicht wahr, Mama?"

„Ja, das stimmt. Ich habe versucht mit meinem Auto zur Shamrock Ranch zu fahren, als es losging, aber ich kam nicht mal den Berg hoch."

„Ich würde ja sagen: Ich habe es dir gesagt, aber ich würde das schon gerne aus deinem Mund hören", neckte ich sie.

Sie verdrehte die Augen. „O großzügiger und gutmütiger Ryan. Nicht, dass du uns schon so ein leckeres Mahl zubereitet hast, nein, du hattest auch recht, was mein Auto betraf. Darf ich es morgen mit dir abholen fahren?"

Ich brach in schallendes Gelächter aus. „Klar, darfst du. Wenn ich dafür einen Kuss von dir bekomme."

Kayla beugte sich über den Tisch zu mir und sanft legten sich ihre Lippen auf meine. Ihrem Gesichtsausdruck nach zu urteilen, würde sie mich gleich dafür büßen lassen. Im guten Sinne.

Sadie freute sich auf den Ausflug. Auch wenn sie immer noch nicht richtig gesund war, würde ihr frische Luft guttun. Die Landschaft war noch weiß, aber friedlich. Durch die Sonne wirkte alles freundlich und man konnte nur noch an den umgestürzten und eingeknickten Bäumen erahnen, welche Naturgewalten hier die letzten Wochen getobt hatten. Auch das ein oder andere verendete Wild lag am Straßenrand. Unter der dicken Schnee- und Eisdecke war kaum Futter zu finden. Vorbei an der Shamrock Ranch steuerten wir auf mein Anwesen zu, wo reges Treiben herrschte. Alle fassten mit an, dass der Hof und die Plätze vom Schnee befreit wurden. Viele der Angestellten begrüßten mich nur mit einem Nicken, ehe sie weiterarbeiteten, doch Marc umarmte mich. „Ich habe mir solche Sorgen gemacht. Bob auch. Wir sind froh, dass du wieder da bist."

Hinter ihm stand Kyle, der mich mit Handschlag zurück im Heim begrüßte. Ich bemerkte, dass Kyle und Marc näher zusammenstanden als gewöhnlich, und fragte mich, ob da etwas im Busch war, aber meine Gedanken wurden von meinem Vater unterbrochen, der aus dem Stall gerannt war. Fest drückte er mich. „Willkommen zu Hause, mein Junge." So viel Freude über meine Heimkehr war ich gar nicht gewohnt.

„Hi, Dad. Ich wollte nur ein paar Sachen holen. Keine Angst, zum Arbeiten bin ich pünktlich auf dem Hof und …-"

„Mach dir doch keinen Stress. Hier läuft alles und Kayla kann bestimmt etwas Unterstützung brauchen nach ihrem ersten Schneesturm. Ist etwas auf der Ranch kaputt gegangen?“

„Wir haben bis jetzt nichts gesehen, dafür ist es aber noch zu früh. Und hier?“

Ich ließ meinen Blick über die Stallungen schweifen.

„Nichts passiert. Kayla, Sadie. Wie geht es euch? Ich habe gehört, du warst krank?“

Sadie nickte schüchtern. Oft hatte sie meinen Vater noch nicht getroffen.

„Danke, Bob. Uns geht es gut. Dank Ryan. Er war da, als wir ihn am dringendsten gebraucht haben.“ Ich nahm ihre Hand und mein Dad strahlte über das ganze Gesicht.

„Bleibt ihr zum Essen? Gloria kocht gerne für euch mit.“

„Ein ander´ Mal gerne. Sadie muss sich noch ausruhen. Wir wollen nur das Auto abholen, damit Kayla mobil ist, wenn ich nicht da bin.“

„Du meinst den Pick-Up?“ Zerknirscht schaute mein Vater mich an. Wir folgten ihm dahin, wo ich den Wagen abgestellt hatte. Die große Tanne, die daneben stand, hatte dem Schnee nicht statthalten können. Ein schwerer Ast war auf meinem Geschenk für Kayla gelandet.

„Der ist Schrott“, sagte Kayla trocken.

„Ziemlich“, entgegnete ich. Dann lachten wir alle vier gleichzeitig.

„Ich ersetze euch den Schaden natürlich. Das tut mir leid“, sagte mein Dad. Ich legte meine Hand auf seine Schulter.

„Das macht doch nichts. Alles im Leben hat einen Sinn.“

Am nächsten Tag befreiten wir das Auto von der Tanne. Kayla hatte mich mit meinem Wagen zur Ranch gefahren, auch wenn sie sich nicht wirklich wohl fühlte hinter dem Lenkrad meines SUVs. „Wir suchen dir schnell ein neues Auto, das zu dir passt“, versprach ich ihr, als sie sich mit einem Kuss verabschiedete. Zum Glück mussten auf der Ranch nur ein paar Schönheitsreparaturen erledigt werden. Das Wetter versprach sich zu bessern. Noch ein Schneesturm wurde in nächster Zeit nicht erwartet. Dennoch stockte Kayla ihre Vorratskammer auf. Für Notfälle. Thor liebte das kalte Wetter. Wir begannen langsam mit dem Training für die neue Saison und genossen die warme Wintersonne, die den Schnee glitzern ließ.

Kayla arbeitete wieder auf der Shamrock Ranch, nachdem Sadie vollkommen gesund war, die sogar im Winter nun Gäste hatte. Ich brachte Thor gerade zurück in seine Box, als ich verdächtige Geräusche hörte. Sofort dachte ich an die Mobbing-Attacke gegen Marc zurück, doch als ich mit einem Ruck die Tür zur Sattelkammer aufzog, war ich überrascht. Kyle hatte Marc gegen die Wand gepresst und die beiden küssten sich. Sie stoben auseinander, als sie mich bemerkten. „Chef, es …-“

„Ich hab´ nichts gesehen, wenn ihr das wollt“, sagte ich mit einem breiten Grinsen. Ich hatte schon länger den Verdacht gehabt, dass Gefühle bei den beiden im Spiel waren. „Weitermachen.“ Bevor ich die Tür schloss, tippte ich mir an meinen Hut. Dad kam mir entgegen und schaute mich verwirrt an.

„Was ist los? Haben sie Marc wieder eingesperrt?“ Mein Vater brauste sofort wieder auf, aber ich schüttelte lachend den Kopf.

„Gib den beiden noch ein paar Minuten. Ich reite zur Shamrock Ranch, kommst du mit?“

Dad blieb stehen. „Wir beide ausreiten?“, fragte er ungläubig.

„Ja, das haben wir Ewigkeiten nicht mehr gemacht. Oder hast du verlernt, wie man auf einem Pferd sitzt?“, reizte ich ihn.

„Das sagst du zu dem Mann, der dir das Reiten beigebracht hat? Ich hole mir ein Pferd und dann werden wir ja sehen, wer von uns besser im Sattel sitzt.“

„Immer langsam mit den jungen Pferden. Thor muss erst in seine Box. Der hat genug gearbeitet für heute.“

Gerade als ich Thors Sattel auf den Sattelhalter an der Box ablegte, kam Marc um die Ecke. Er versuchte ein Grinsen zu unterdrücken, aber sobald er mich sah, gelang es ihm nicht.

„Das kommt nicht mehr vor. Tut mir leid.“

„Läuft das schon länger zwischen euch?“ Ich war neugierig.

„Nein, das war unser erster Kuss. Er hat mich überrumpelt. Kyle traut sich noch nicht zu seinen Gefühlen zu stehen.“

Ermutigend klopfte ich ihm auf die Schulter.

„Das wird schon. Ihr seid ein süßes Paar“, merkte ich an. Marc lief rot an. „Abwarten. Ich versorge Thor, oder soll ich etwas anderes für dich erledigen?“

„Nein, ich reite mit Riddle und meinem Dad aus. Das bekomme ich schon allein hin. Danke.“

Mit Riddle und dem kräftigen Rappwallach Attila ritten mein Dad und ich das erste Mal seit vielen Jahren gemeinsam über unser Grundstück.

„Ich mache das viel zu selten“, sagte er lächelnd.

„Finde ich auch. Du musst auch mal raus. Jake wird seinen Augen nicht trauen, wenn du gleich auf Attila kommst.“

„Er sitzt ja auch ab und zu wieder im Sattel. Hier hat sich in der letzten Zeit viel getan. Mein Sohn ist wieder zu Hause, wohnt mit einer Frau zusammen …-“

„Woah, was? Wir wohnen nicht zusammen“, warf ich ein, aber mein Vater grinste.

„Wann hast du das letzte Mal hier geschlafen? Und deine Wäsche macht Gloria auch nicht mehr. Der Umbau vom Gästehaus ist auch fertig.“

„Ich brauche Möbel und …-“

Dad schaute mich mit hochgezogenen Augenbrauen an.

„Es ist okay, Ryan. Außerdem hätte ich einen Mieter für das Gästehaus. Marc braucht eine neue Wohnung."

Dass Marc einziehen würde, fand ich eine gute Idee. Er war sowieso immer der erste auf dem Hof und der letzte, der nach Hause fuhr.

„Das ist eine gute Idee."

Kapitel 23

Schon kam die Shamrock Ranch in Sicht. Auch hier hatten sie schon die Flächen, die sie brauchten, vom Schnee befreit und Marie trainierte mit Thunder auf dem Platz. Sie wollte unbedingt das Barrel Racing ausprobieren und Mike trainierte sie.

Der Palomino Thunder war so schnell, dass mir schwindelig wurde, als sie um die Fässer galoppierte. Beinahe verlor Marie das Gleichgewicht und stoppte ihren Wallach. Dabei lachte sie. „Das ist wie ein Rausch. Krass. Hey!“, rief sie uns zu.

Jake kam aus dem Stall. Ihm folgten die Hunde, die übermütig durch den Schnee tollten.

„Ihr kommt genau richtig. Kayla hat Apfelkuchen gebacken und ihr wisst, für ein Stück warmen Apfelkuchen würde ich morden. Stellt die Pferde auf den Paddock“, begrüßte der alte Mann uns. Das ließen wir uns nicht zweimal sagen. Die Sättel brachten wir in den Stall und folgten dann Jake ins Haus. Schon draußen drang der Geruch vom Kuchen in meine Nase und ich freute mich auf Kayla. Aber die Küche war leer.

„Sie holt gerade Sadie von der Schule ab und ist jeden Moment da.“

„Dann warten wir noch. Wo sind denn Taylor und Emma?“, fragte ich.

„Kontrolltermin beim Arzt. Kann es kaum erwarten, dass das Kleine da ist."

„Deine Ranch füllt sich wieder mit Leben, Jake. Wir haben Glück mit so tollen Kindern", sagte Dad.

„Du hast recht. Taylor und Sophie sind wie meine eigenen Kinder. Sophie sagt auch immer Opa Jacob zum Kleinen. Ich bin ganz verrückt nach ihm." Erst jetzt fiel mir auf, dass überall in der Küche Fotos von Sophies Sohn Oliver hingen.

„Und die Hunde wirst du nicht los?", fragte Dad.

„Nein, alle Höfe in der Umgebung sind versorgt. Steve kastriert die Rüden sofort, wenn es möglich ist, und dann bleiben sie eben hier. Oder wolltest du dich gerade anbieten?"

Ich stupste meinen Vater an, der eine kleine Hündin hinter den Ohren kraulte.

„So lange sie nicht in mein Haus müssen, könnte ich vielleicht einem oder zweien ein neues Zuhause geben."

Jake ließ den Blick über seine Welpen schweifen.

„Wenn du sie mitnehmen willst, Sadie nennt sie immer Tipsy, dann am besten ihren Bruder Jacko. Die beiden hängen eigentlich immer zusammen." Jacko, ein stämmiger Rüde, bellte, als er seinen Namen hörte.

„Ich denke drüber nach." Stimmen drangen von draußen in die Küche hinein und füllten sie mit

Leben. Taylor fuhr sich durch die Haare, als er die vielen Leute im Haus sah.

„Hier ist ja was los. Acht Hunde und genauso viele Menschen. Jake, wir müssen anbauen." Wir alle lachten.

„Selbst in der kleinsten Hütte ist Platz für alle. Schick die Hunde raus", sagte Jake.

Kayla quetschte sich durch und gab mir einen Kuss. Mangels Sitzplätzen rutschte sie auf meinen Schoß und wartete, bis sie an den Ofen konnte, um den Kuchen herauszunehmen. Marie holte derweil die Teller aus den Schränken, goss jedem einen frisch aufgebrühten Kaffee ein und setzte sich neben Mike auf die Ablagefläche. Sadie verschlang ihr Stück Kuchen und rannte wieder nach draußen.

„Ihr Pony wartet. Nox ist zwar schon eifersüchtig, aber nächste Woche kommen wieder die Reitschüler, da wird er froh sein, etwas Ruhe zu haben", sagte Marie.

„Könnt ihr euch vorstellen, dass es hier bald noch voller wird?", meinte Emma und streichelte glücklich über ihren Bauch.

„Wieso gibt es Kuchen und niemand sagt uns Bescheid?" Sophie betrat mit Keith und Oliver die Küche. Sofort streckte Jake die Arme nach seinem Enkel aus und führte ihn durch die Küche. Neugierig sah das Baby sich um. Sophie setzte sich auf den freigewordenen Platz. Auch sie legte ihre Hand auf die kleine Wölbung von Emmas Bauch.

„Hallo, meine kleine Nichte. Hoffe es ist alles in Ordnung bei dir?“

„Soph, wir wissen noch nicht, was es wird. Und mit Sicherheit wird es ein Junge. Noch mehr Frauen halte ich hier nicht aus“, stöhnte Taylor.

„Mir ist es egal. Hauptsache gesund. Und ja, es ist alles in Ordnung. Das Kleine entwickelt sich prächtig. Will aber nicht zeigen, ob Junge oder Mädchen. Also müssen wir uns überraschen lassen.“

„Ich hasse Überraschungen. Vielleicht beim nächsten Mal. Marie und ich wollen endlich Einkaufen fahren“, meckerte Sophie.

„Es gibt doch auch niedliche Sachen in neutralen Farben“, warf Marie ein.

„Aber mehr Spaß macht es, die süßen rosa Kleider auszusuchen, da es ja mit Sicherheit ein Mädchen wird.“ Das stand für Sophie fest.

„Wird eher Zeit für ein Fest auf der Shamrock Ranch“, sagte Jake und schaute Mikes Bruder an. Keith hatte der Mutter seines Kindes noch keinen Antrag gemacht und alle warteten nur darauf.

„Setzt ihn nicht unter Druck. Er fragt schon noch, wenn er bereit dafür ist. Wir sind auch ohne Hochzeit eine richtige Familie, auch wenn böse Zungen etwas anderes behaupten.“

Sie tätschelte die Hand ihres Freundes, der ihr dankbar einen Kuss auf die Stirn gab.

„Ich geh mal nach Sadie gucken. Sie ist bestimmt schon fertig und wartet auf dem Reitplatz auf mich“, sagte Marie, rutschte von der Küchentheke und verließ mit Mike im Schlepptau das Haus. Sophie blickte ihr lange nach. Ich fragte mich, ob ihre Freundinnen Bescheid wussten, was mit ihr los war.

„Wir müssen auch wieder los, bevor es dunkel wird. Vielen Dank für den Kuchen und sag Bescheid, sobald ich meine Hunde abholen soll", sagte mein Vater. Kayla folgte uns.

„Ich kann nicht verstehen, wieso Sadie bei der Kälte freiwillig draußen ist", sagte sie bibbernd.

„Auf einem Pferd ist dir nicht kalt. Du solltest es mal wieder probieren. Wie wär´ es mit morgen? Wir könnten einen kleinen Ausritt machen, bevor du hierherfährst."

„Ich glaube, ich fühle mich sicherer, wenn kein Schnee mehr liegt. Das sieht mir doch sehr gefährlich aus."

Dad und ich lachten.

„Nicht gefährlicher als bei trockenem Boden. Aber wie du möchtest. Warten wir bis zum Frühjahr. Dann ohne Ausrede", sagte ich zu ihr. Wir sattelten die Pferde und beobachteten dabei Sadie mit Marie auf dem Reitplatz.

„Sie ist ein Goldstück mit den Kindern. Alle wollen bei ihr Reitunterricht nehmen", sagte mein Dad zu mir.

„Ich weiß und Marie hätte noch mehr Ponys gekauft, wenn Platz wäre. Sadie ist auch talentiert. Wie schnell sie sich weiterentwickelt hat."

„Sie muss ja mal in große Fußstapfen treten." Dad klopfte mir auf die Schulter.

„Kayla reißt mir den Kopf ab, wenn sie an Rodeos teilnimmt. Obwohl wir für nächstes Jahr bei uns vielleicht eine Ponyklasse einführen sollten. Teilnehmer hätten wir mit Sicherheit genug."

Auf dem Heimweg diskutierten wir die neue Kategorie.

Wir stellten fest, dass wir nicht genügend Platz hatten, um alles unterzubringen, da hatte Dad die Idee.

„Die Ponyklassen finden auf der Shamrock Ranch statt, so hat Jake auch etwas davon, und der Abschluss ist ein Staffelritt von der Shamrock Ranch zu uns. Was sagst du dazu?"

„Großartig. Wir sollten alles planen und dann Jake vorschlagen. Ich bin mir sicher, dass er nicht nein sagen wird."

Zurück zu Hause, verpflegten Kyle und Marc unsere Pferde. Immer wieder lächelten die zwei Männer sich an und ich hoffte, dass Kyle bald den Mut haben würde, sich öffentlich zu bekennen. Immerhin war die Stimmung unter den Mitarbeitern wieder besser, seitdem wir die Unruhestifter rausgeworfen hatten.

Nach der Arbeit holte Kayla mich ab. „Ich bin total erledigt", sagte sie erschöpft, als sie aus dem Auto stieg und auf den Beifahrersitz rutschte.

„Sogar zu müde zum Fahren?", fragte ich.

„Definitiv", murmelte sie.

Sadie saß strahlend auf dem Rücksitz.

„Weißt du was, Ryan?"

„Was denn?“ Ich beobachtete sie durch den Rückspiegel.

„Ich bin heute das erste Mal allein galoppiert.“ Stolz lächelte sie mich an.

„Hey, das ist ja super. Dann kannst du ja schon besser reiten als deine Mama.“

Kayla gab mir einen Ellbogenstoß in die Rippen.

„Ich hab´ keine Zeit zum faul Rumsitzen“, motzte sie, musste aber lachen, als sie meinen Blick auffing.

„Denkst du, ich sitze den ganzen Tag nur auf einem Pferd und schaue durch Gegend?“

„Natürlich nicht. Manchmal läufst du auch über die Ranch und kommandierst deine Mitarbeiter rum.“

„Klar. Für dich mag es so aussehen, aber es gehört noch mehr dazu.“

„Ich weiß“, sagte sie, gab mir einen Kuss auf die Wange und schaute aus dem Fenster. Beim Anblick der Tannen fiel mir ein Gespräch der letzten Tage mit meinem Dad ein.

„Bald ist Weihnachten und ich dachte, es wäre doch schön, wenn wir alle zusammen feiern könnten, also wenn ihr möchtet.“ Es war eine gefährliche Frage. Angespannt hielt ich die Luft an.

„Bei deinem Vater oder bei uns zu Hause?“, wollte Kayla nur wissen.

„Das weiß ich noch nicht. Letztes Jahr hatten wir ein großes Weihnachtsessen auf der Shamrock Ranch, vielleicht machen wir es dieses Jahr bei uns. Marc und Kyle könnten dann auch dabei sein."

„Warte mal. Marc und Kyle?" Neugierig riss Kayla die Augen auf. Ich grinste.

„Ich hab´ die beiden in der Sattelkammer beim Knutschen erwischt."

„Und das sagst du mir erst jetzt? Das ist ja süß. Ich wusste gar nicht, dass Kyle auch schwul ist."

Ich zuckte mit den Schultern. „Ich auch nicht. Glaube, er auch nicht, aber Marc scheint ziemlich glücklich zu sein. Erzähl es niemandem, bevor es nicht offiziell ist."

Kayla verschloss mit einem imaginären Reißverschluss ihre Lippen.

„Ja, dann lass uns ein großes Weihnachtsfest bei deinem Dad geben. Bei uns ist nicht genug Platz, außer wir räumen die Scheune aus."

„Zu kalt. Ich red´ mit Dad. Er freut sich mit Sicherheit."

Somit war das beschlossen.

Auf Kaylas Ranch verschwand Sadie im Badezimmer, während ich mit Kayla zu kochen begann. Es war unser Abendritual geworden, neue Rezepte auszuprobieren. Heute gab es Hähnchenspieße mit Reis und Pfannengemüse in Erdnusssoße. Kayla war so konzentriert, dass sie die Zungenspitze zwischen den Zähnen festhielt. „Was als nächstes?", fragte sie. Ich blätterte im Kochbuch.

„Das Hähnchen scharf anbraten und den Reis kochen“, las ich vor. „Scharf“, brummte ich in ihr Ohr. Lachend drehte sie sich um.

„Sadie kommt jeden Moment aus der Badewanne, du musst dich gedulden, Ryan.“

„Mir ist eingefallen, wir hatten nicht mal ein richtiges Date“, murmelte ich in ihr Ohr. Sanft knabberte ich an ihrem Ohrläppchen und Kayla seufzte.

„Ist es dafür nicht ein bisschen spät?“, presste sie hervor.

„Für ein Date ist es niemals zu spät. Meinst du, Sadie hätte Lust, mal eine Nacht außer Haus zu schlafen?“

Verliebt legte sie beide Arme in meinen Nacken und sah mich an. Jedoch antwortete nicht sie mir.

„O ja, Mama. Darf ich bei Marie übernachten?“

„Demnächst. Heute nicht. Außerdem gibt es jetzt Essen. Deckst du bitte den Tisch?“

Ich liebte die gemeinsamen Abendessen. Beinahe fühlte es sich an wie eine richtige Familie. Sadie probierte mit Freuden, was wir kochten, und wenn es mal nicht gelang, freute sie sich auch. Denn da fuhren wir zu Angela ins Diner. Darlene, Mikes Schwester, wohnte und arbeitete dort. Sie schien es mit ihrem Freund, dem Tierarzt, deutlich langsamer angehen zu lassen. Dennoch trafen wir fast immer auf Steve, wenn unser Essen mal in der Tonne landete und nicht mal der Hund einen Blick für die Reste übrighatte. Es war schön, nicht mehr allein zu sein und zur Gemeinschaft dazuzugehören. Das hatte mir all die Jahre gefehlt. In Amsterdam hinterließ ich, außer Lieke, keine Freunde und die hatte sich für ihren Frühlingsurlaub bereits auf der Shamrock Ranch eingebucht. Alles fügte sich zusammen.

„Marie sagt, du kannst gerne am Wochenende kommen." Kayla legte ihr Handy wieder auf den Tisch und grinste mich an.

„Das ging aber schnell", sagte ich.

„Wenn du mich schon auf ein Date entführen willst, muss ich das ausnutzen, bevor du keine Lust mehr auf uns hast." Ich lachte empört. „Keine Lust mehr auf euch? Wie kommst du darauf? Ich habe Dad die Erlaubnis gegeben, mein Gästehaus an Marc zu vermieten."

Klappernd fiel Kaylas Gabel auf den Teller und dann auf den Tisch. „Aber … Wolltest du nicht … Also …-"

Schief grinste ich sie an. „Wollte ich. Oder darf ich hier nicht sein? Nerve ich euch?"

Kayla und Sadie sahen sich an, dann prusteten sie los.

„Natürlich nicht. Du bist hier herzlichst willkommen."

Ich nahm die Hand meiner Freundin. Dass ich mal mit einer Frau zusammenzog, hätte ich vor wenigen Monaten auch nicht gedacht.

Samstagfrüh brachte ich Sadie mit gepackten Taschen auf die Shamrock Ranch. Marie hatte noch ein paar Mädels aus Sadies Schulklasse eingeladen.

Geplant war, gemeinsam Weihnachtsdekoration basteln, Plätzchen backen und abends gemeinsam einen Film gucken. Natürlich durfte auch ein Ausritt mit den Ponys nicht fehlen. „Dann viel Spaß euch heute“, rief ich dem Mädchen hinterher, aber die war bereits im Haus verschwunden.

„Mach dir nichts draus. Das wird später nicht einfacher, wenn sie in die Pubertät kommen. Julchen hat gerade wieder so eine Phase“, sagte Marie.

„Kinder, hm?“, versuchte ich es mit einem Scherz.

„Da sagst du was. Und was macht ihr heute Abend Schönes?“, fragte sie neugierig.

„Erst hatte ich überlegt, nett essen zu gehen, aber ich weiß, dass Kayla da keine Lust drauf hat. Also fahren wir in die Stadt, gehen ins Kino und danach Burger essen. Als Nachtisch gibt es dann einen Milk-Shake.“

„Sehr süß. Kino und Burger hätte ich auch mal wieder Lust drauf“, überlegte Marie, als sie mir zum Auto folgte.

„Was ich noch fragen wollte: Gibt es schon Pläne für Weihnachten?“

Marie lächelte. „Hat es euch so gut gefallen letztes Jahr? Wir können das gerne wiederholen.“

„Diesmal bei meinem Dad auf der Ranch? Wir könnten uns abwechseln.“

„Großartig. Dann fang ich schon mal an zu planen. Jetzt hau ab, Kayla wartet bestimmt schon“, scheuchte mich Marie vom Hof.

Kapitel 24

Kayla stand noch unter der Dusche, als ich zurückkam. Aus dem Kleiderschrank holte ich mir frische Klamotten, zog mich aus und gesellte mich dann zu ihr. „Kind ist abgeliefert“, murmelte ich, küsste ihren Hals und sie lehnte sich an mich.

„Das ist die erste Nacht ohne mein Kind, seitdem ich hier wohne.“ Ich drehte sie zu mir um, legte meine Lippen auf ihre und spürte ihren nackten Körper an meinem.

„Bei Marie ist sie in guten Händen. Sollen wir das Kino ausfallen lassen und hierbleiben?“, murmelte ich.

„Bloß nicht. Ich muss hier unbedingt mal raus“, antwortete sie, bevor ich sie gegen die Duschwand drückte.

Zum Glück hatte ich genug Zeit eingeplant, sonst hätten wir nach unserem Stelldichein in der Dusche glatt den Film verpasst. Wir fühlten uns wie Teenager. Als wir knutschend in der letzten Reihe saßen und uns nach dem Burger einen Milk-Shake teilten, wirkte Kayla um einige Jahre jünger.

„Das war schön, Ryan. Ich weiß gar nicht, wann ich das letzte Mal im Kino war. Seit Sadie auf der Welt ist, nicht einmal.“

„Matt hatte wohl nicht viel Zeit bei seinen Diensten, oder?“

Kayla schüttelte den Kopf. „Auch. Und wenn er zu Hause war, haben wir die Zeit als Familie genutzt."

„Ist doch auch schön gewesen", sagte ich zu ihr. Es war das erste Mal, dass sie von ihrem Mann erzählte, ohne Tränen in den Augen zu haben. Ich legte eine gelöste Haarsträhne zurück hinter ihr Ohr und sie lächelte.

„Ja. Vielleicht sollte ich mit Sadie mal hierher fahren. Sie war nämlich noch nie im Kino."

„Da finden wir bestimmt einen Film für uns. Also, wenn ich mitdarf."

Kayla legte ihre Hände auf meine. „Du bist ein Teil von uns, du darfst überall mit hin."

Ich küsste sie. „Das freut mich. Übrigens habe ich mit Marie wegen Weihnachten gesprochen. Wir können es gerne bei uns machen."

„Das ist ja großartig. Ich hab´ so viele Ideen." Freudig plapperte sie drauf los. Ich begnügte mich damit, ihr lächelnd zuzusehen. Wenn sie sich für etwas begeisterte, wurden ihre Wangen rot vor Aufregung. Sie bemerkte noch nicht einmal, dass nach einem großen Schluck vom Milk-Shake ein Schnurrbart zurückgeblieben war. Mit meinem Daumen wischte ich ihr über die Oberlippe, leckte dann den Schaum ab. Kayla verstummte plötzlich und beobachtete fasziniert meine Bewegung.

„Sollen wir nach Hause fahren?", raunte ich ihr zu. Sie nickte nur. Ich zog mein Portemonnaie aus meiner Hosentasche, winkte der Bedienung und bezahlte zügig die Rechnung. Sie packte noch ein paar Kekse für uns ein und schon verließen wir das Lokal. Der Rückweg schien mir viel zu lange. Immer wenn die Kreise, die Kayla auf meinem Oberschenkel zog, enger wurden, hielt ich an der nächstmöglichen Stelle an, küsste sie gierig und fuhr erst weiter, als sie versprach sich zu benehmen. Das hielt für ungefähr zehn Minuten und viel zu schnell raste ich über Landstraße. Vor der Ranch bremste ich und Kayla kletterte auf meinen Schoß.

„Gehen wir rein“, murmelte ich zwischen den Küssen, aber Kayla schüttelte den Kopf.

„Seitdem wir losgefahren sind, phantasiere ich davon, hier im Auto mit dir zu fummeln“, sagte sie grinsend. Hastig öffnete sie den Gürtel meiner Jeans und löste den Hosenknopf. Meine Hände wanderten unter ihren Pullover. Viel zu viel Stoff für meinen Geschmack. Als ihre Finger ihr Ziel erreichten, stöhnte ich auf. Das war so heiß, dass ich mit Sicherheit nicht lange durchhalten würde. Baxxter bellte, als wir nicht ausstiegen. Erhitzt schaute ich Kayla an, die innegehalten hatte.

„Was?“, brummte ich, darauf wartend, dass sie weitermachte. Langsam bewegte sie ihre Becken und ich warf den Kopf in den Nacken.

„Gehen wir rein.“ Sie rutschte noch näher, griff nach dem Türgriff und kalte Luft strömte ins Auto. Lachend sprang sie in den Schnee, während ich noch meine Hose verschloss. Plötzlich landete ein Schneeball in meinem Gesicht. Laut lachend versteckte sich Kayla hinter einem Baum.

„Na warte“, drohte ich. Schnell war ich aus meinem Wagen gesprungen und rannte ihr nach. Der Hund sprang verwirrt um uns herum, freute sich aber, dass wir Bälle warfen, die er aber nicht fangen konnte. Wieder landete etwas Kaltes in meinem Nacken und ich lief los. Sobald ich Kayla erwischt hatte, warf ich sie in einen Schneehaufen.

„Schon gut. Schon gut. Du hast gewonnen“, sagte sie atemlos. Völlig durchnässt betraten wir das Haus. Grinsend zog Kayla ihre Sachen aus und ließ sie nass auf dem Fußboden liegen.

„Wer zuerst unter der heißen Dusche ist.“ Schelmisch blitzten ihre Augen auf, dann rannte sie nackt die Treppe nach oben. Bei dem Versuch, ihr schnell hinterherzukommen, kippte ich mit heruntergelassener Hose um und warf meine Boots in die nächste Ecke. Ich hörte, wie das Wasser im Badezimmer anging. Wolken heißen Dampfs empfingen mich im Bad und Kayla stand schon unter dem heißen Wasser.

„Das war nicht fair“, brummte ich, als ich mich zu ihr gesellte.

„Das Leben ist selten fair. Und nun mach endlich die Tür zu, sonst wird es hier zu kalt.

Wir machten da weiter, wo wir vor dem Kino aufgehört hatten. Dann gingen wir in ihr Schlafzimmer, wo ich die Klamotten, die sie dort noch liegen hatte, mit einer Handbewegung vom Bett fegte. Das wir noch nass waren, störte uns nicht. Innig küssten wir uns und als meine Hände zwischen ihre Beine wanderten, unterdrückte sie ein Stöhnen. „Wir sind allein, Kayla. Niemand kann dich hören“, murmelte ich mit tiefer Stimme. Sie stoppte mitten in der Bewegung und brach dann in schallendes Gelächter aus. Verwirrt sah ich sie an.

„Das hörte sich an wie aus einem schlechten Horrorfilm“, sagte sie. Nun erkannte ich es auch und stimmte in ihr Lachen ein.

„Macht dich das etwa an?“, versuchte ich es mit einem ernsten Ton, den ich jedoch nicht lange halten konnte.

„Ob ich auf Bad Boys stehe?“

Neugierig musterte ich sie. Ich kannte ihren Mann nicht. War ich wie er? Oder waren wir total unterschiedlich?

„Ich mag Männer, denen Familie und Freundschaft etwas bedeutet. Und jetzt küss mich, sonst hole ich doch noch meine Tochter ab, wenn du den freien Abend nicht nutzen möchtest“, scherzte sie.

Nackt wachten wir am Morgen im Bett auf. Kaylas Gesicht lag auf meiner blanken Brust und sie schlummerte immer wieder ein. Verliebt streifte ich ihr ein paar Haare aus dem Gesicht und sie rutschte näher an mich heran.

„Wie viel Uhr ist es?“, nuschelte sie.

„Erst sieben Uhr. Soll ich schon mal Kaffee kochen?“, fragte ich und sie nickte nur.

Gut gelaunt schwang ich mich aus dem Bett, zog mir Boxer-Shorts und eine Jogging-Hose an und ging mit nackten Füßen hinunter. Als erstes feuerte ich den Kamin an, dann befüllte ich die Kaffeemaschine. Es war noch dunkel draußen und ich konnte Baxxter nirgendwo entdecken. Wahrscheinlich schlief er wieder in der Scheune. Später würde ich ihm eine Decke auf seinen Schlafplatz legen. Schmunzelnd hob ich unsere nassen Sachen vom Boden auf und warf sie in den Waschraum. Aus dem Kühlschrank holte ich Eier und verquirlte sie, um Rührei zu machen. Kalte Hände legten sich von hinten auf meinen Bauch und Kayla schaute mir über die Schulter.

„Du verwöhnst mich, Ryan“, murmelte sie und gab mir einen Kuss auf die Wange.

„Für dich nur das Beste. Wie hast du geschlafen?“

„Wie ein Baby. Sadie vermisse ich trotzdem. Wie wohl ihre Nacht das erste Mal weg von zu Hause war? Ich hatte eigentlich damit gerechnet, dass ich sie abholen muss.“

„Dann ist doch alles gutgegangen. Wir haben beide keine Nachrichten von Marie. Ich bin gespannt, was sie nachher erzählen wird.“

Wir frühstückten auf dem Sofa, genossen die Ruhe und schauten der Sonne beim Aufgehen zu. Der Blick von Kaylas Terrasse auf den See war traumhaft.

„Ich möchte ab sofort jeden Morgen mit dir in den Sonnenaufgang schauen. Für den Rest unseres Lebens“, flüsterte sie. Ich lächelte sie breit an.

„Das möchte ich auch. Unbedingt.“

Und noch nie hatte ich etwas so ernst gemeint.

Vor der Mittagspause auf der Shamrock Ranch fuhren wir los. Kayla vermisste ihre Tochter und ich das kleine Mädchen auch. Wir parkten also vor Jakes Haus. Doch niemand kam heraus, um uns zu begrüßen. Auch die Hunde waren nirgends zu sehen. In mir breitete sich ein merkwürdiges Gefühl aus. Hand in Hand gingen wir in den Stall, nachdem wir feststellen mussten, dass die Küche leer war. Und da fanden wir sie alle. Die Mädchen putzen die Ponys, Marie beobachtete sie alle und die Männer waren in Gespräche über einen überdachten Reitplatz vertieft.

„Hey, wir haben euch gesucht“, sagte ich. Alle zuckten erschrocken zusammen.

„Mama!“, rief Sadie, rannte auf ihre Mutter zu und umarmte sie fest.

„Hallo mein Schatz, wie war denn dein Abend?“

„Es war so cool. Wir waren reiten und dann haben wir einen Film geguckt. Marie hat Popcorn gemacht. Und als der Film zu Ende war, hat Marie schon geschlafen und wir haben noch ganz lange eine Serie geguckt.“

Marie zuckte entschuldigend mit den Schultern. „Die haben mich fix und alle gemacht. Gerade wollten wir noch eine kleine Runde ausreiten. Kommt ihr mit?“

„Ich … äh … ein ander´ mal“, stotterte Kayla.

„Keine Ausreden mehr, Kayla. Fawkes wartet schon auf dich“, drängte Marie.

„Bitte, Mama. Wir machen auch langsam.“ Alle, einschließlich mir, schauten sie flehend an.

„Schön, aber dann lasst ihr mich in Ruhe. Das ist einfach nichts für mich.“

Marie schickte mich zu Ace, einem kräftigen Braunen, und ich half Kayla beim Fertigmachen. Ich bewunderte Sadie, wie selbstverständlich sie mit ihrem Pony umging und den anderen auch zeigte, wie es richtig gemacht wurde. Taylor blieb bei Jake und so ritten wir vier Erwachsenen mit vier Kindern los. Kayla saß verkrampft im Sattel.

„Entspann dich. Fawkes ist eigentlich ein Schaf. Den bringt so leicht nichts aus der Ruhe.“

„Und wenn wir ausrutschen?“, fragte sie.

„Bevor eins von den Pferden ausrutscht, rutschst du in der Stallgasse auf einer gefrorenen Pfütze aus. Du machst das toll.“

Ein Lächeln stahl sich auf ihr Gesicht. „Vielleicht ist es nicht ganz so schlimm, wie ich bisher dachte. Nur kalt ist mir.“

Ich zog meinen Schal aus und legte ihn ihr um den Hals. Ihre Wangen, die ohnehin schon vor Kälte gerötet waren, vertieften ihre Farbe noch mehr.

„Wie war denn euer Kinoabend?“, fragte Marie.

„Ehrlich gesagt, haben wir nicht viel vom Film mitbekommen“, begann ich. Kayla schlug mir gegen den Oberarm.

„Ryan! Der Film war ganz gut. Aber die Burger hinterher noch besser. Da könnten wir ja demnächst alle gemeinsam hin, was sagt ihr?“, schlug sie vor.

„Gerne. Mal einen Abend raus ist bestimmt nicht verkehrt“, entgegnete Marie seufzend. Mike warf mir einen traurigen Blick zu. Kayla bemerkte es und trabte mutig zu ihrer Tochter.

„Ist alles in Ordnung? Du wirkst bedrückt“, murmelte ich Marie leise zu.

„Ich komme nicht viel raus momentan. Emma schwanger, Sophie mit Kind und eigentlich sind wir abends meistens auch zu müde, um nochmal loszuziehen. Und durch den Schneesturm haben wir auch einige Tage hier festgehangen. Winterblues oder so.“

„Bald ist doch Weihnachten. Und du hast noch mehr Freundinnen als nur Emma und Sophie.“

„Ja, du hast recht. Es ist nur momentan ein bisschen deprimierend und ich verkrieche mich dann gerne.“

„Dann lass dich von Kayla rausholen. Sie kann das gut. Außerdem habt ihr bestimmt viel zu planen für Weihnachten.“ Endlich lächelte sie ein wenig.

„Hängenlassen gilt nicht, hm?“

„Nein, du bist doch unsere Gute-Laune-Garantie. Hast du schon eine Idee für Weihnachten?" Ihr Gesicht hellte sich wieder ein wenig mehr auf.

„Mehrere. Bin gespannt, was Kayla dazu sagen wird", sagte sie begeistert. Immerhin konnte ich sie ein bisschen aufmuntern.

Durchgefroren ritten wir wieder auf die Ranch, wo Emma uns mit heißer Schokolade erwartete. Maggy, Jakes verstorbene Ehefrau, hatte das auch immer gemacht. Während alle nach drinnen stürmten, blieb Mike mit Marie zurück. In der Küche sahen mich alle fragend an. „Was? Die kommen mit Sicherheit gleich", murmelte ich und nahm auf einem Stuhl Platz. Immer noch spürte ich die Blicke auf mir.

„Was ist mit Marie? Du hast doch mit ihr gesprochen", drängte Kayla. Alle machten sich große Sorgen um ihre Freundin.

„Ich werde nichts erzählen. Da mische ich mich nicht ein."

„Ryan", begann meine Cousine Emma, aber Marie betrat das Haus. Sofort verstummten alle. Die Blondine versuchte unbekümmert zu lächeln, gab es aber auf, als sie mich ansah.

„Sie machen sich Sorgen", sagte ich schulterzuckend.

„Es ist alles in Ordnung, wirklich. Macht euch nicht so viele Gedanken. Marie und ich", versuchte Mike zu erklären, doch Marie legte eine Hand auf seinen Arm.

„Ihr trennt euch doch nicht, oder?" Panisch schaute Emma sie an.

„Nein. Keine Sorge. Wir waren in letzter Zeit öfters bei verschiedenen Ärzten, weil ich gerne das Kinderzimmer in unserer neuen Wohnung füllen würde, aber es nicht funktioniert." Es dauerte einige Sekunden, bis die Nachricht bei den anderen ankam. Emma legte sofort eine Hand auf ihren Bauch. Die Hormone nahmen Überhand und sie begann zu weinen.

„Und ich plapper die ganze Zeit nur von dem Baby. Süße, wieso hast du denn nichts gesagt?"

Tränen sammelten sich in ihren Augen. „Es ist nicht so einfach, zu sagen, dass man keine Kinder bekommen kann. Wir haben nur wenige Optionen und da müssen wir noch drüber klar werden, ob wir die in Anspruch nehmen oder es akzeptieren."

Wütend verließ Mike die Küche. Die Tür knallte hinter ihm zu. Taylor stand auf, drückte Marie kurz und folgte dann Mike nach draußen.

„Er will alles versuchen, aber ich bin mir nicht sicher, ob ich so viele Hormone nehmen möchte."

„Du weißt, dass ich nur jemanden anrufen brauche. Ich dachte, ihr wolltet noch etwas warten, bis dein Bruder geheiratet hat?", hakte ich nach.

„Schon, aber die Voruntersuchungen nehmen auch so viel Zeit in Anspruch und ich möchte hier niemanden im Stich lassen."

Jake stand auf. „Und wenn du längere Zeit wegfahren musst. Wenn es euer Traum ist, solltet ihr ihn verwirklichen. Je mehr Kinder hier rumlaufen, desto besser. Um die Ranch musst du dir keine Sorgen machen. Maggy und ich hätten auch alles ausprobiert, was möglich gewesen wäre. Unser Traum war es immer, viele kleine Kinderfüße über diesen Hof laufen zu sehen."

Nun konnte Marie ihre Tränen gar nicht mehr zurückhalten.

Kapitel 25

Kayla und Marie stürzten sich in die Weihnachtsplanungen. Auch hatte ich für Marie einen Termin in Vancouver im neuen Jahr vereinbart. Weihnachten rückte immer näher und das Einzige, was wir wussten, war, dass wir unsere elegantesten Klamotten raussuchen sollten. Beim Weihnachtsgeschenkeeinkauf legte ich mir also ein neues Hemd mit passender Krawatte zu. Seitdem ich nicht mehr täglich im Anzug rumlief, war es ein merkwürdiges Gefühl, wieder einen zu tragen. Ich war überrascht, dass Kayla zwischen der Arbeit und der Vorbereitung sogar noch Zeit fand, ihre Ranch weihnachtlich zu schmücken. Auf der Suche nach einem Versteck für die Geschenke entdeckte ich ein altes Fotoalbum und öffnete es neugierig. Kayla im Hochzeitskleid neben einem gutaussehenden schwarzhaarigen Mann. Verliebt lächelten sie in die Kamera. „Ich sah furchtbar aus", hörte ich Kaylas Stimme und zuckte zusammen.

„Überhaupt nicht. Nur anders."

„Dünner?" Das war eine Fangfrage.

„Das beantworte ich nicht. Anders eben. Wie lange ist das her?"

„Zwölf Jahre. Die Zeit fliegt. Sadie wird auch bald schon neun. Dabei war sie gerade noch mein kleines Baby, schau hier auf der nächsten Seite. Da kommen wir gerade aus dem Krankenhaus."

Kayla war ein paar Jahre älter und die dunklen Augenringe zeigten ihre Erschöpfung. Dennoch strahlte sie über das ganze Gesicht. In ihrem Arm ein winziges Baby.

„Sorry, ich wollte nicht in deinen Sachen wühlen."

Traurig fuhren ihre Finger über die Fotos.

„Ich habe da ewig nicht mehr reingeschaut. Manchmal vergesse ich, wie klein sie mal war", murmelte Kayla.

Mehrere Fotos von Sadie folgten. Ihr erster Brei, wie sie krabbelte, erstes Weihnachten. Es war sehr emotional für Kayla, vor allem wenn ihr Mann auf den Fotos mit drauf war.

„Soll ich dich allein lassen?", fragte ich mit einem Knoten im Magen.

„Nein, wie hast du das eigentlich gefunden?"

„Ich wollte die Weihnachtsgeschenke verstecken", gab ich zu und schob die Tüte ein wenig nach hinten, damit sie nicht hineinschauen konnte.

„Da findet Sadie die wahrscheinlich. Du musst dich schon ein bisschen mehr anstrengen", spornte sie mich an.

„Bist du sauer auf mich, weil ich hineingeschaut habe?"

„Niemals. Das ist ein Teil von mir und du bist auch ein Teil von mir. Wieso solltest du dir keine alten Fotos anschauen dürfen?"

Ich küsste sie. „Okay, dann schaue ich mal nach einem besseren Versteck für die Sachen hier und anschließend kochen wir?“

Kayla nickte und streichelte dabei über das Fotoalbum. Es war besser, sie nun allein zu lassen.

Die Feiertage standen vor der Tür und am Heiligen Abend war sie bereits weg, als ich aufwachte. Wir hatten einen schönen SUV für sie besorgt und ihre alte Limousine verkauft. Ich schielte auf meinen Wecker und fragte mich, wieso ich eine halbe Stunde zu früh wach war und wann Kayla es geschafft hatte, sich hinauszuschleichen. Dann spürte ich Gewicht neben mir auf der Matratze und ich drehte mich um. Sadie saß im Schneidersitz neben mir und grinste. „Frohe Weihnachten“, sagte sie. Ihr Lächeln war so breit, dass es mich sofort ansteckte. Froh über meinen Schlafanzug, den ich aufgrund der Kälte im Schlafzimmer angezogen hatte, setzte ich mich auf.

„Frohe Weihnachten, Sadie. Wann ist deine Mum denn weg?“, fragte ich. Dabei streckte ich mich müde.

„Erst vor ein paar Minuten. Machst du uns Frühstück?“ Ich grinste. „Was möchtest du haben?“

„Pfannkuchen?“

„Zieh dir was Wärmeres an und wir treffen uns in der Küche. Wenn du dich beeilst, kannst du die Eier in die Schüssel geben“, sagte ich. Sie eilte in ihr Zimmer und auch ich schlüpfte in einen warmen Pullover und Jogginghose. Bevor ich runter in die Küche ging, putzte ich mir schnell die Zähne. Das Klappern von Pfannen drang nach oben. Sadie bereitete schon alles für die Pfannkuchen vor. Sogar die Eier schwammen in der Schüssel. Lächelnd hielt Sadie den Schneebesen nach oben.

„War das schnell?“, fragte sie.

„Sehr schnell sogar. Dann lass uns mal loslegen“, entgegnete ich. Schon bald erfüllte der Duft von Pfannkuchen das Haus und wir frühstückten am Wohnzimmertisch. Dabei lief ein Weihnachtsfilm nach dem anderen.

Am frühen Nachmittag kam auch endlich Kayla nach Hause.

„Ich springe sofort unter die Dusche, sonst kommen wir zu spät“, rief sie im Vorbeigehen. Kurz überlegte ich, ihr zu folgen, aber Sadie kuschelte sich noch näher an mich. Sie hatte eine Schüssel Popcorn auf dem Schoß und hielt den Blick starr auf den Fernseher gerichtet.

„Willst du dich nicht auch langsam umziehen?“, fragte ich sie.

„Gleich. Wenn der Film zu Ende ist“, nuschelte sie. Oben verstummte das Wasser. Schwerfällig wand ich mich unter Sadie heraus.

„Dann gehe ich zuerst ins Badezimmer. Trödel nicht, du weißt, dass deine Mum das nicht leiden kann“, sagte ich.

„Mach ich nicht, versprochen.“ Sie war immer noch halb abwesend.

Im Schlafzimmer stand Kayla, nur in ein Handtuch gekleidet, und cremte sich gerade ein.

„Ich habe früher mit dir zurück gerechnet“, murmelte ich in ihr Ohr. Zu verlockend war ihr halbnackter Anblick, sodass ich meine Hände unter ihr Handtuch gleiten ließ.

„Marie ist eine Perfektionistin. Ich hab´ sie ja lieb, aber das war Sklaventreiberei.“

Ich lachte leise. „Sadie ist abgelenkt, was sagst du zu einem verfrühten Weihnachtsgeschenk?“

„Ryan, du überschätzt deine Fähigkeiten“, antwortete sie lachend.

„Mhm … dies´ Nacht hast du noch etwas anderes gesagt, als ich mit meiner Zunge …-“

„Muuuuum?“, rief Sadie aus ihrem Zimmer. Schon nahm ich die Finger von Kayla. Sie lachte laut, drehte sich zu mir um und küsste mich. „So viel zu abgelenkt. Du solltest dich fertigmachen. Ich möchte pünktlich da sein, sonst reißt mir Marie den Kopf ab.“

Ich folgte ihrem Befehl und sprang nun selbst unter die Dusche. Danach überließ ich den Frauen das Badezimmer. In Boxer-Shorts wartete ich auf dem Bett, bis es Zeit war, mich anzuziehen. Ich schloss Kayla den Reißverschluss ihres dunkelroten Abendkleids, bevor ich mir mein Sakko überzog. Sadie trug das passende rote Kleid mit Tüllrock.

„Stellt euch vor den Weihnachtsbaum, dann mache ich ein Foto von euch“, schlug ich vor.

„Mach den Timer an, du musst mit drauf“, sagte Kayla. Ich suchte nach einem guten Platz, positionierte mein Smartphone und stellte mich hinter Sadie und neben Kayla vor den geschmückten Baum.

Ich fuhr uns alle zur Ranch meines Vaters und war nicht überrascht, Maries Wagen dort zu sehen. Kayla seufzte.

„Es ist doch alles schon fertig und für alles andere könnt ihr frei über mich verfügen.“ Das entlockte ihr ein Lächeln. Wir eilten über den Hof und betraten den Raum für heute Abend. Ich blieb überrascht in der Tür stehen. „Ihr habt euch selbst übertroffen. Das sieht super aus“, sagte ich. Die lange Tafel war eingedeckt und mit Eiskristallen und Glitzer dekoriert. Dieses Jahr dominierten die Farben hellblau und weiß. Nur kleine Tannenbäume, die als Tischkärtchen dienten, waren Farbtupfer in einem Meer aus Eis. Lichter flackerten und eine große Tanne mit Geschenken bildete den Mittelpunkt. Das Buffet hatten sie direkt daneben aufgestellt. Die leeren Behälter warteten nur darauf, befüllt zu werden. Marie begrüßte uns in einem langen eisblauen Kleid. Sadie riss weit die Augen auf.

„Sie sieht aus wie Elsa“, hauchte Sadie.

Kayla wollte gerade zu einer Erklärung ansetzen, doch ich winkte ab. „Die Eiskönigin. Weiß ich. Wir beide haben den Film schon eine Million Mal geschaut die letzten Tage." Ich schmunzelte, als ich ihr verdutztes Gesicht sah.

Kayla und ich halfen Marie bei den letzten Handgriffen, ehe die anderen eintrafen. Zuerst kam Sophie herein, die vor Erstaunen die Hand vor den Mund schlug. Ihr folgten die Bewohner der Shamrock Ranch, die Arme voll Geschenke. Auch ich hatte für alle kleine Präsente besorgt, die ich nun endlich aus dem Wagen holte. Julia, die mit ihren Eltern und ihrem Freund Rob gerade ankam, half mir.

„Wow, Julia. Du hast dich ja in Schale geworfen", sagte Marie, als wir wieder den Raum betraten. Julia lief rot an, aber ihr Freund drehte sie an seiner Hand.

„Sie nimmt nicht so gut Komplimente an", sagte Rob für sie. Die Jugendliche sah hinreißend aus in dem grünen Kleid. Marie war stolz auf ihren Schützling und ich konnte es ihr nicht verübeln. Julia nahm sich sofort Sadie an, die mit großen Augen den Weihnachtsbaum bestaunte.

Nach und nach nahmen wir Platz, diesmal saß Bob am Kopf des Tisches. Dennoch war es Marie, die sich neben Kayla erhob.

„Das ist unser zweites gemeinsames Weihnachten und unsere Runde wächst immer mehr. In diesem Jahr kamen neue, besondere Menschen in unser Leben und andere verließen uns." In den Augen von Keith, Sophie, Darlene, Mike und Marie glitzerten Tränen. Nur wenige Stunden vor Olivers Geburt war Mikes Mutter an Krebs gestorben. „Neues Leben findet den Weg zu uns und Oliver kann sich bald über einen kleinen Cousin oder eine kleine Cousine freuen, die ihn ganz schön auf Trab halten wird. Marc, der so viel Angst hatte, zu sich selbst zu stehen und in Kyle jemanden gefunden hat, der ihn glücklich macht. Kayla und Sadie können wir gar nicht mehr aus unserem Leben wegdenken. Ihr beide seid so schnell ein fester Bestandteil unseres Lebens geworden. Und dir, Kayla, vielen Dank für deine Hilfe. Ohne dich hätte ich all das hier nicht hinbekommen. Hoffentlich war ich nicht allzu schrecklich", sagte Marie. Mike nieste leiste und versteckte das Wort: „Perfektionistin". Dafür erntete er einen Stoß in die Rippen. Grinsend rieb er sich die Seite.

„Ich bin niemand, der lange Reden schwingt, also lasst uns essen und die Geschenke auspacken. Aber zuerst erheben wir die Gläser auf unseren Gastgeber Bob", sagte Marie. In ihrer Hand hielt sie ein Glas Sekt. Wir alle taten es ihr gleich. Dad winkte ab und prostete in Maries und Kaylas Richtung. Erst dann fielen wir über das angerichtete Buffet her.

Mit vollen Bäuchen lagen wir, mehr als dass wir saßen, auf unseren Stühlen. Kayla beschloss die Bescherung einzuläuten und gab meinem Vater ein kleines Geschenk. Tränen der Rührung schimmerten in seinen Augen. Dann erhob er sich und holte das nächste Geschenk. Das wiederholte sich so lange, bis auch ich an der Reihe war. Emma brachte mir ein kleines Päckchen. Zum Vorschein kam ein Flachmann mit der Aufschrift: bester Patenonkel.

„Ist das euer Ernst?“, fragte ich mit belegter Stimme.

„Du bist mein Lieblingscousin und ich möchte, dass sie dich auch Onkel nennen kann“, murmelte sie mir ins Ohr. Ich formte die Worte „Sie“ mit meinen Lippen und Emma zwinkerte mir zu. Nun konnte ich Kayla ihr Geschenk überreichen. Zwischen den unzähligen Paketen holte ich ihr Päckchen heraus. Ich war etwas aufgeregt, als ich das kleine Paket in ihre Hände legte.

„Ryan, was ist das?“ Ihre Hände zitterten.

„Kein Ring. Mach es auf“, sagte ich.

Schnell war das Papier weg und die dunkelblaue Schmuckschatulle kam zum Vorschein. Sie schaute mich noch einmal nervös an, bevor sie das Kästchen aufklappte. Ein feines goldenes Armband mit zwei kleinen Steinen lag dort eingebettet. Ich nahm das Schmuckstück in die Hand und legte es ihr um das Handgelenk.

„Der Mondstein ist der Stein für neue Anfänge und der Opal ist der Geburtsstein von Sadie.“

Mehr konnte ich nicht sagen, da warf sich Kayla in meine Arme.

„Das ist wunderschön, Ryan“, murmelte sie.

„Freut mich, dass es dir gefällt.“

Glücklich schwebte sie davon, um das nächste Geschenk auszuwählen.

Marie setzte sich neben mich. „Das hast du gut ausgewählt. Ihr beide seid ein tolles Paar“, sagte sie zu mir. Ich lächelte.

„Du hattest recht, weißt du?“, meinte ich zu ihr. Nun grinste sie.

„Ich weiß. Manchmal sollte man schon auf mich hören.“

Wie auch im letzten Jahr war die Weihnachtsfeier besinnlich, nur dass ich diesmal am Weihnachtsmorgen nicht allein aufwachte. Kayla lag friedlich schlafend neben mir, die Hand mit dem Armband neben ihr auf dem Kopfkissen, und ich nahm sie in meine Arme. Sie seufzte leise. Ich vergrub mein Gesicht in ihren Haaren. Ihr Hintern rieb sich an mir, aber bevor ich die Chance nutzen konnte, stürmte Sadie ins Schlafzimmer.

„Mum! Wach auf! Der Weihnachtsmann war da!“, schrie sie. Sie sprang auf unser Bett und quetschte sich zwischen uns.

„Wir stehen ja schon auf. Gib uns zwei Minuten“, stöhnte Kayla. Sadie rollte sich wieder heraus und tapste aus dem Schlafzimmer. Schnell zogen wir uns etwas über und folgten ihr nach unten. Freudig riss Sadie nacheinander die Geschenke auf. Ich hatte ihr einen eigenen Putzkoffer für ihr Pony gekauft und ihren ersten eigenen Cowboyhut. Mit einer Tasse Kaffee machten Kayla und ich es uns auf der Couch gemütlich und freuten uns daran, dass Sadie so viel Spaß mit ihren

Geschenken hatte. Gedankenverloren spielte Kayla an ihrem Armband herum.

„Gefällt es dir nicht?“, fragte ich sie leise.

„Im Gegenteil. Ich liebe es. Dagegen wirkt mein Geschenk so lächerlich.“

Ich schaute meinen neuen Schlafanzug an.

„Wieso? So einen tollen Pyjama hatte ich schon lange nicht mehr gehabt und kalt wird mir hier drin auch nicht.“

„Trotzdem, dein Geschenk hat so viel Bedeutung und …-“

„Kayla, du und Sadie seid das größte Geschenk, das ich je bekommen habe.“

Kayla küsste mich. Wir waren glücklich und ich hoffte, dass es immer so bleiben würde.

Kapitel 26

„Beeil dich, Kayla. Sadie ist als nächste dran", scheuchte ich Kayla über den sonnenbeschienen Hof der Shamrock Ranch. Die Ponyklasse des diesjährigen Turniers fand hier auf dem Hof statt. Ich schnappte mir Kaylas Hand und zog sie durch die Stallgasse zum Reitplatz. Ein kleiner Trail-Parcours war aufgebaut und Sadie wartete bereits am Eingang darauf, hineinreiten zu dürfen. Marie überwachte die Prüfung. Sie würde in diesem Jahr nicht teilnehmen, um das neue Konzept zu überwachen. Neben ihr standen Emma und Sophie. Und in Emmas Arm lag Cora, meine Patentochter. Die drei Frauen winkten uns zu und ich nahm Emma sofort das Baby aus den Armen. „Hallo, kleine Prinzessin. Wo ist denn dein Hut, den dein Lieblingsonkel dir geschenkt hat?"

„Ryan, das sah lächerlich aus. Außerdem hat es sie genervt. Sie hat noch Zeit, bis sie einen Hut braucht."

„Ich hatte mein erstes Pony, als ich gerade laufen konnte. Man muss früh anfangen."

„Wag es dich, Ryan Parker. Cora bekommt kein Pony zum ersten Geburtstag!", drohte mir Emma. Hinter ihr lachte Taylor.

„Es gibt schlimmere Geschenke." Er zwinkerte mir zu.

„Seid leise, Sadie muss sich konzentrieren", sagte Kayla scharf und wir richteten alle unsere Aufmerksamkeit auf das kleine Nachwuchstalent. Ganz in Türkis ritt sie auf den Platz. Kayla hielt den Atem an und ich nahm ihre Hand. Souverän lenkte Sadie ihr Pony über die Hindernisse. Ich warf einen Seitenblick zu Marie, die in den letzten Wochen beinahe jeden Tag mit den Kindern trainiert hatte. Leise murmelte sie Worte vor sich hin, die nur für sie gedacht waren. Wir klatschten laut Beifall, als Sadie fertig war. Stolz lächelte sie uns von ihrem Pony aus zu.

„Das war sehr gut geritten, junge Dame", sagte ich. Sadie kicherte.

„Du hörst dich an wie dein Papa."

„Vor ein paar Jahren wärst du bei dem Spruch noch an die Decke gegangen", bemerkte Taylor. Heute zuckte ich nur mit den Schultern.

„Gibt Schlimmeres. Reitet ihr gleich mit der Ponystaffel zu uns?", wollte ich wissen. Im Hintergrund sah ich Mike und Marie leise streiten.

„Das war so geplant, ja. Damit die Kinder nicht auf sich allein gestellt sind, auch wenn wir soweit alles abgesperrt haben."

„Was ist da los?", fragte ich. Dabei nickte ich in Richtung der beiden Streithähne.

„Keine Ahnung. Die beiden verhalten sich schon seit ein paar Tagen merkwürdig", bemerkte Taylor.

„Ich weiß, was los ist", flötete Sophie. Aller Augen richteten sich auf sie.

„Und ich habe eine Vermutung“, sagte nun Kayla. Grinsend verschwanden die beiden, um sich die Pferde für die Staffel vorzubereiten. Kayla hatte sich mit dem Wallach Murphy von Johnny King angefreundet und die beiden waren ein Herz und eine Seele. Stirnrunzelnd schauten wir den beiden Frauen nach, bevor wir uns Emma zuwandten.

„Nope, lasst mich bloß in Ruhe. Ich hole jetzt Jake und fahr mit ihm zum Hof. Fährst du mit, Ryan?“

„Ich komme sofort.“

Ratlos standen Taylor und ich am Zaun und beobachteten die kleinen Reiter.

„Du hast keinen blassen Schimmer, oder?“, fragte ich meinen besten Freund.

„Noch nicht einmal annähernd. Vielleicht ist das so ein Frauending.“

„Möglich. Ich geh mal zu Emma. Seit die Kleine da ist, ist ihr Geduldsfaden bedenklich kurz.“ Taylor lachte auf.

„Sag ihr das bloß nicht. Wir sehen uns gleich.“

In der Stallgasse lief Marie mir in die Arme. Wütend funkelte sie mich an, bevor sie versuchte sich an mir vorbeizudrängen.

„Was ist denn los, Marie?“, fragte ich sie. Schnaubend drehte sie sich zu Mike um, der etwas verloren an Lokis Box stand.

„Mike will nicht, dass ich mitreite.“

„O wenn du so anfängst, dann kannst du auch direkt allen erzählen, wieso.“

Es herrschte Totenstille im Stall.
„Du weißt, dass wir noch warten wollten."
Mike hob beide Arme in die Luft. „Dann hör doch einfach mal auf mich!"
„Loki passt schon auf. Es wird nichts passieren!"
Immer noch wagte niemand, zu sprechen oder sich zu bewegen.
„Klar, Loki sieht jedes Mauseloch und ist noch nie gestolpert."
Ich war immer noch verwirrt. Worum ging es hier? Plötzlich ging mir ein Licht auf.
„Du bist schwanger?", platzte es aus mir heraus.
Stille. Nur das Kauen der Pferde war zu hören. Marie schaute zu Mike. Mike zu mir. Sophie und Kayla bewegten sich keinen Millimeter. Dann bildete sich ein schüchternes Lächeln auf Maries Gesicht.
„Wir wollten noch warten, weil wir nicht wissen, ob sie bleiben. Aber ja …-"
Wieder ratterte es in meinem Kopf. Mike versuchte noch sein Lächeln zu verstecken, aber es gelang ihm nicht.
„Sie?", kam es dann von Kayla und Sophie gleichzeitig.
„Ja … Wir sind jetzt in der 11. Woche und …-"
Mehr konnte Marie nicht mehr sagen, da hatte Sophie sie fest in ihre Arme gezogen.
„Und ich will nicht, dass sie aufs Pferd steigt, damit auch alles in Ordnung bleibt", rechtfertigte sich Mike.

Einerseits konnte ich Mike verstehen, andererseits würde er Marie nicht gebremst bekommen.

„Wenn sie nicht Loki reitet? Würdest du dich dann sicherer fühlen?", fragte ich ihn.

„Gerade Loki passt auf mich auf. Ich werde jetzt nicht die ganze Schwangerschaft aufs Reiten verzichten."

Mike grummelte.

„Du musst wissen, was du tust. Ich sage, lass es. Sobald alles sicherer ist, dann kannst du von mir aus wieder aufs Pferd, solange der Arzt das okay gibt."

Unsicher schaute Marie zu ihren Freundinnen und ihrem Ehemann, dann sackten ihre Schultern zusammen.

„Das ist nicht fair. Okay, dann fahre ich mit dem Auto, aber ich bin nur schwanger, nicht krank."

Eingeschnappt rauschte sie davon, bevor auch ich ihr meine Glückwünsche aussprechen konnte.

„Herzlichen Glückwunsch, Mike", sagte ich zu ihm und er lächelte mich glücklich an.

„Danke. Wir hatten auch gar nicht damit gerechnet. Wir fliegen in drei Wochen zur Hochzeit von ihrem Bruder, da werden wir es ihrer Familie erzählen. Hoffentlich geht im Flugzeug alles gut."

„Pack sie bloß nicht in Watte. Aber nun fehlt uns doch ein Reiter zur Aufsicht", sagte Sophie, dabei sah sie mich an.

„Ich? Und wer fährt mein Auto zurück?"

Marie kehrte zurück. „Gib mir deinen Schlüssel. Wenn ich schon fahren muss, dann wenigstens

Mercedes. Nimm dir, wen du willst. Loki braucht eigentlich Bewegung, wenn du dich traust."

Ich lachte. „Niemals. Ich finde schon ein Pferd für mich. Fahr du schon rüber und lass dich bedienen. Marc macht alles für dich, wenn du ihn fragst."

Sie lachte auf. „Ich kann mir schon selbst helfen. Wir sehen uns gleich."

Mit meinem Autoschlüssel verschwand sie.

„Mach ich das Richtige?", fragte Mike in die Runde. Kurz sahen wir uns an, dann nickten wir.

„Sie muss lernen ein bisschen langsamer zu machen, gerade mit zweien. Das wird schon", beruhigte Sophie ihn.

Mike atmete aus. Ich machte mir einen der Schimmelwallache fertig. Bestimmt brauchten sie dringend Bewegung.

Aufgeregt standen die Kinder an der Startlinie. Auf Taylors Zeichen galoppierten die Ponys los. Ziel war es, alle bunten Ringe einzusammeln und dann als erstes die Ziellinie zu überqueren. Neben den hauseigenen Ponys waren auch ein paar andere Teilnehmer dabei. Kleine Beine trugen die jungen Reiterinnen und Reiter über die markierte Strecke. Wir folgten auf unseren großen Pferden im leichten Galopp. Die Kinder jauchzten ausgelassen, galoppierten aneinander vorbei. An den verschiedenen Stationen mussten sie Aufgaben bewältigen, um sich ihren Ring zu verdienen. Der Schimmel Sky trabte auf der Stelle.

„Ehemaliges Rennpferd", erklärte Mike.

„Das erklärt einiges", sagte ich. Sobald die ersten Reiter wieder losritten, folgte ich ihnen. Der Wind wehte in mein Gesicht und es war das pure Gefühl von Freiheit. Hinter mir folgte Kayla, die so locker im Sattel saß, als hätte sie nie etwas anderes getan. Sadie fand ich irgendwo in der Mitte der vielen Ponys, aus vollem Herz lachend. Hauptsache war, sie hatte Spaß. Den Sieg würden andere einheimsen.

Endlich kam unsere Ranch in Sicht. Ein Junge auf einem kleinen sportlichen, braunen Pony lag in Führung und ich folgte der Truppe. Vor den Ponys erreichte ich die Ziellinie und verfolgte gebannt den Wettkampf. Marie wartete ungeduldig an der Ziellinie.

„Ich wollte dir noch sagen, dass ich dir alles Gute wünsche für deine Schwangerschaft. Mike macht sich nur Sorgen."

„Das weiß ich ja, aber ich bin schon alt genug und der Arzt hat gesagt, ich darf reiten. Seit Wochen hab´ ich schon nicht mehr im Sattel gesessen."

„Bald wieder. Lass die Zwerge sich doch schon mal festbeißen."

Marie lächelte glücklich. „Ich bin zwar katholisch aufgewachsen, aber an eine größere Macht habe ich nicht geglaubt. Vor lauter Verzweiflung habe ich Gott angefleht, mir ein Wunder zu schicken. Und dann schickt er auch noch zwei. Ich weiß gar nicht, ob ich das schaffe. Zwei auf einmal.“

„Wenn es eine schafft, dann du.“

Dankbar nahm sie meine Hand. „Ich bin wirklich froh, dich als Freund zu haben. Und vor allem, dass du und Mike euch nun vertragt. Das beruhigt mich sehr. Ohne dich hätten wir nicht einziehen können.“

„Immer gerne. Ich muss dir danken. Dank dir habe ich mich mit Taylor vertragen.“

Sie nahm meine Hand, drückte sie sanft und lächelte. Erst dann widmete sie sich den Zieleinläufen. Kurze Zeit später gesellten sich die anderen zu mir.

„Ryan!“, rief Marc so laut über den Hof, dass wir alle zusammenzuckten. Ich schaute auf meine Uhr am Handgelenk.

„Ich komme“, sagte ich, sprang von dem weißen Wallach ab und drückte Kyle die Zügel in die Hand. Taylor sah mich nur an und nickte. Unsere Prüfung war die nächste und wir mussten uns vorbereiten. Heute gab es keinen Druck. Thor gegen Ridge. Als ich auf dem Warmreiteplatz ankam, war ich erstaunt.

„Das ist nicht Ridge“, stellte ich fest, als ich das goldene Pferd unter ihm sah.

„Marie hat mir Thunder zur Verfügung gestellt. Ridge ist schon ein bisschen zu alt geworden.“

„Das ist nicht fair. Ich habe mich auf deinen Dunkelfuchs eingestellt. Aber vielleicht ist das auch ein Vorteil für uns."

Taylor grinste verschmitzt. Die beiden harmonierten verboten gut und aus den Augenwinkeln beobachte ich sie. Thors und meine Chancen, zu gewinnen, waren gering. Am Zaun entdeckte ich Johnny King. Um mich abzulenken, ritt ich auf ihn zu.

„Dein Pferd ist heute auch hier, wenn du ihn sehen willst", sagte ich, doch er hob nur eine Augenbraue.

„Er nützt mir nichts mehr. Sentimental bin ich nicht. Ich habe bereits ein neues Pferd im Stall und beim nächsten Turnier werde ich euch besiegen."

Nun kam auch Taylor dazu. „So wie du Marie besiegen wolltest?"

Johnny schnaubte. „Dem Cutting habe ich abgeschworen."

Taylor und ich grinsten uns an, ritten dann schweigend davon.

Taylor hatte mich mit Thunder in Grund und Boden geritten und ich hoffte, dass Marie niemals gegen mich antreten würde. Bei ihrem Talent würde sie auch da gegen mich gewinnen. Ich gratulierte meinem Freund zum ersten Platz und am Abend, nachdem das Siegerfoto geschossen worden war, saßen wir vollgegessen am Tisch. Marie hatte nun auch Julia und Jake eingeweiht und ich schaute so in die Runde. Taylor fing meinen Blick auf.

„Was ist, Ryan?“

Kayla legte den Kopf auf meine Schulter. „Nichts. Ich dachte nur zurück an die letzten Wettkämpfe. Da habe ich allein gesessen und nun …-“ Meine Stimme versagte.

„Ich bin zwar noch nicht so lange da, aber jeder von euch spielt eine wichtige Rolle in unserem Leben und ich bin dankbar dafür. Und auf die beiden Mäuse freue ich mich demnächst besonders. Für mich seid ihr eine große Familie, die sich selbst gefunden hat. Und ich bin froh, ein Teil von euch zu sein. Wenn Ryan und ich mal heiraten …-“

Erstaunt sah ich in Kaylas Gesicht. Sie hatte sich an mich gekuschelt und schaute mich nun lächelnd an.

„Wir heiraten? Willst du das denn?“, hakte ich nach.

„Du nicht?“

Alle schwiegen.

„Natürlich will ich den Rest meines Lebens mit dir verbringen.“ Immer noch schwiegen alle. Unwohl rutschte ich auf meinem Stuhl hin und her. Kayla brach endlich das Schweigen und lachte.

„Ryan Parker, du brauchst mir doch nicht sofort einen Antrag machen. Immer langsam mit den alten Pferden“, scherzte sie.

„Wenn ich dir einen Antrag mache, dann nicht hier“, versprach ich ihr leise. Sie lächelte.

„Das hoffe ich doch.“

Ich war glücklich. Endlich hatte ich meinen Platz gefunden. Meine Freunde und meine große Liebe saßen bei mir und ich konnte mir nichts Besseres vorstellen. Nun gesellten sich auch Marc und Kyle zu uns. Die beiden waren nun offiziell ein Paar. Die Belegschaft riss zwar Witze, aber diese waren nur nett gemeint. Dad freute sich, dass ich meinen Platz gefunden hatte. Sadie und er waren unzertrennlich und ich hatte sogar schon mitbekommen, dass sie ihn Opa genannt hatte. Es war alles so, wie ich es immer wollte. Und ich würde niemals wieder hier weggehen.

„Ryan, nimmst du mal Cora?“, fragte Emma und gab mir ihre kleine Tochter, die nach meiner Mutter benannt worden war. Mit dem Säugling im Arm beobachtete ich Emma, die mit Taylor über die Tanzfläche schwebte. Ich spürte eine Hand auf meiner Schulter.

„Steht dir gut“, sagte mein Vater leise, als er sich neben mich setzte. Mein Blick fiel auf Kayla, die ausgelassen mit Sadie tanzte.

„Wenn die Zeit kommt. Wir wachsen gerade zusammen. Keine Sorge, du bekommst deinen Enkel noch früh genug.“

„Eine Enkeltochter reicht mir ja schon“, sagte er. Er beobachtete Sadie, die ihm, sobald sie merkte, dass er sie anschaute, winkte.

„Du sollst tanzen, glaube ich“, bemerkte ich lächelnd. Dann winkte auch Kayla.

„Nicht nur ich muss tanzen. Los!“ Mein Vater zog mich vom Stuhl hoch und ich reichte Cora an Marie weiter, die erschöpft die Füße auf den Stuhl gelegt hatte. Mike hatte sie Sky zurückreiten lassen und sie schaute glücklich in die Runde.

Gerade konnte ich mir keinen besseren Ort vorstellen und war einfach nur dankbar. Dankbar für alles.

Über die Autorin

Caroline Krieger wurde 1989 in Andernach geboren und verbrachte ihre Jugend in dem kleinen Ort am Rhein, Bad Breisig, wo sie karnevalistisch im Spielmannszug aktiv ist. 2007 verschlug es sie nur einen Ort weiter nach Sinzig, wo sie nicht nur einen neuen Heimatort, sondern auch die Liebe gefunden.

Ihr Debüt Roman erschien am 15.12.2020 und erhielt 2021 eine Überarbeitung inklusive neuem Titel. Der Neuauflage folgte der zweite Teil der Trilogie ehe 2022 der Einzelband #nashville #music #love erschien und nur zwei Monate später das Ende der Mit Herz und Huf Reihe veröffentlicht wurde.

Mehr Informationen hier:
IG: autorin.carolinekrieger
FB: Caroline Krieger Autorin

Mit Herz und Huf
Neue Hoffnung

Für Taylor gab es nur eines: keine Verpflichtungen, keine Verantwortung - nur seine Leidenschaft das Reining. Als er nach einem tragischen Autounfall jedoch gezwungen ist sich um seine jüngere Schwester zu kümmern, erkennt er bald, dass es größere Herausforderungen im Leben gibt, als der Beste in der Arena zu sein. Doch mit seinen Freunden auf der Shamrock Ranch hat er die Hilfe, die er braucht, als das Schicksal ein weiteres Mal zuschlägt und er sich entscheiden muss: Seine Schwester, sein bester Freund oder die große Liebe?

Das Prequel zu Mit Herz und Huf. Alte und neue Gesichter begleiten Taylor auf seinem Weg zurück ins Leben.

Tequila, Torten & Tamtam

Charlotte hat immer alles im Griff. Als Hochzeitsplanerin ist sie organisiert und geht in ihren Aufgaben im elterlichen Betrieb voll auf. Aber das Schicksal meint es nicht gut mit ihr. Nach einem Junggesellinnenabschied hat sie nicht nur die Erinnerungen an den One-Night-Stand verloren, sondern auch ihr Herz an den charmanten Karaokesänger Jonas. Aber bei ihrem stressigen Job hat sie sowieso genug um die Ohren und keine Zeit für die Liebe - sagt sie. Dennoch will sie nur eines: Jonas wieder sehen. Das passiert schneller als ihr lieb ist. In einer Bar trifft sie abends eine Kundin, die ihr ihren Verlobten vorstellen will: Jonas.

Ghosted
Geisterhaft verliebt

Ein Unbekannter. Ein wildes Pferd. Ein tödlicher Sturz. Dieser Traum verfolgt Katharina, seit sie Gut Löwenstein von ihren Großeltern geerbt hat. Alte Geheimnisse wollen mit paranormaler Hilfe aufgedeckt werden, die ein neues Licht auf die Vergangenheit des alten Hauses werfen. Was Katharina nicht weiß: Sie schwebt in großer Gefahr! Viel zu fasziniert von dem leibhaftigen Besuch aus ihren Träumen, kommt sie nicht nur ihm, sondern dummerweise auch der Person näher, die es auf sie abgesehen hat. Aber wem liegt so viel daran, die junge Frau um jeden Preis von dem Gut zu vertreiben?

Hopfensommer
Verliebt in den Boss

Jenna ist hoffnungslos in den Juniorchef der ansässigen Brauerei verliebt. Doch ausgerechnet sie, die graue Maus aus dem Büro und von ihren Arbeitskollegen als Mädchen für Alles abgestempelt, ist für Julian Seiffert kaum mehr als Luft, während dieser eine Frau nach der anderen klarmacht. Zu allem Überfluss bekommt sie noch den neuen Praktikanten Moritz aufs Auge gedrückt. Wenn sie wüsste, dass dieser nicht nur den Laden auf den Kopf stellen wird ...

Nach seinem Abschluss in den USA will Moritz herausfinden, wieso der Betrieb seines Vaters nicht rund läuft. Also schleust er sich als neuer Praktikant ein und trifft dort nicht nur auf die Ursache allen Übels, sondern auch auf die Liebe seines Lebens. Doch wie wird sie reagieren, wenn sie erfährt, wer er wirklich ist?

Mit Herz und Huf
Neue Liebe

Marie hat genug. Simon, ihr Ex, lässt sie einfach nicht in Ruhe. Um ihn endgültig loszuwerden, packt sie ihre Koffer und wandert nach Kanada auf eine Ranch aus. Bereits am Flughafen lernt sie den gutaussehenden Anwalt Ryan Parker kennen, der gewohnt ist zu bekommen was er will. Wie sich herausstellt, kreuzt sich ihr Weg erneut. Bevor sie jedoch überhaupt an ihrer neuen Arbeitsstelle ankommt, läuft sie Mike in einem Pub über den Weg und die beiden verbringen die Nacht miteinander. Dass ausgerechnet er auch auf der Ranch anfängt, hat keiner von beiden geahnt.

Kann das bei der starken Anziehungskraft zwischen den beiden funktionieren? Was trägt Mike für ein Geheimnis mit sich herum? Und was wird aus dem Problemhengst Loki, der eine besondere Verbindung zu Marie aufgebaut hat? Gemeinsam mit ihren Pferden Thunder und Loki und ihren neuen Freunden baut sie sich ein neues Leben auf und hofft, dass Simon sie dort nicht findet…

Mit Herz und Huf
Neues Leben

Maries Leben steht Kopf, denn während ihr die Sorge um den spurlos verschwundenen Mike fast den Verstand raubt, geht es auf der Shamrock Ranch drunter und drüber. Unfälle und merkwürdige Vorkommnisse überschatten das sonst so friedliche Ranchleben und drohen, das wichtigste Turnier des Jahres ins Wasser fallen zu lassen. Wird Mike wieder rechtzeitig auftauchen und was hat es mit den mysteriösen Unglücksfällen auf sich?

Zu Maries Glück stehen ihre Freunde ihr wie eine zweite Familie immer zur Seite und sie kann sich jederzeit auf sie verlassen. Vor allem als neue Gesichter auf der Ranch auftauchen und Fragen stellen, auf die niemand eine Antwort hat …

Mit Herz und Huf
Neues Glück

Sie lebten glücklich bis ans Ende ihrer Tage …

So oder so ähnlich hatten Marie und Mike sich das vorgestellt. Anstatt sich nun in die Planung der Feierlichkeiten zu stürzen, zerbrechen sie sich den Kopf, wie diese unerwartete Nachricht zu ihnen gelangen konnte. Doch noch etwas anderes beunruhigt die Bewohner der Shamrock Ranch: Der Prozess gegen den Drogenring steht endlich bevor und wieder einmal machen einige überraschende Besucher ihnen das Leben schwer.

Schaffen sie es, alles zum Guten zu wenden?

#Nashville #music #love

Ausgerechnet Nashville!

Lia ist wenig begeistert, als ihre beste Freundin sie auf dem Flughafen mit diesem Reiseziel überrascht. Denn die Music City ist nicht nur die Heimat der Country Musik, sondern auch die des aufstrebenden Nachwuchsmusikers Noah. Und genau der antwortet von heute auf morgen nicht mehr auf ihre Nachrichten. Dabei hatte er den Kontakt gesucht. Zurück bleiben ein gebrochenes Herz und unzählige Fragen.

Noah hätte nie gedacht, dass er sich nochmal verlieben würde. Und dann ausgerechnet noch über Instagram. Aber eine Fernbeziehung über zwei Kontinente? Unmöglich. Als ihm das klar wird, bricht er den Kontakt ab. Doch seine Zweifel verfliegen, sobald er hört, dass Lia in Nashville aufgetaucht ist.

Gibt es überhaupt eine gemeinsame Zukunft für Lia und Noah? Oder macht ihnen das Leben einen Strich durch die Rechnung?